恩古吉·瓦·提安哥文集

十字架上的魔鬼

[肯尼亚]恩古吉·瓦·提安哥 著
蔡临祥 译

人民文学出版社

著作权合同登记号 图字 01—2016—7378

图书在版编目(CIP)数据

十字架上的魔鬼/(肯尼亚)恩古吉·瓦·提安哥著;蔡临祥译.—北京:人民文学出版社,2016
(恩古吉·瓦·提安哥文集)
ISBN 978-7-02-012120-5

Ⅰ.①十… Ⅱ.①恩…②蔡… Ⅲ.①长篇小说—肯尼亚—现代 Ⅳ.①I424.45

中国版本图书馆 CIP 数据核字(2016)第 248170 号

责任编辑 陈 黎
装帧设计 李思安
责任印制 王重艺

出版发行 人民文学出版社
社 址 北京市朝内大街 166 号
邮政编码 100705
网 址 http://www.rw-cn.com

印 刷 三河市宏盛印务有限公司
经 销 全国新华书店等

字 数 264 千字
开 本 880 毫米×1230 毫米 1/32
印 张 10.25 插页 3
印 数 1—8000
版 次 2019 年 1 月北京第 1 版
印 次 2019 年 1 月第 1 次印刷

书 号 978-7-02-012120-5
定 价 42.00 元

如有印装质量问题,请与本社图书销售中心调换。电话:010-65233595

目录

Devil on the Cross

◈译者序◈

一

二十世纪八十年代初的一天，作为中国驻坦桑尼亚大使馆文化处官员，我在出席一次坦桑尼亚文学艺术界的招待会时，著名作家穆内哥哈着重向我介绍了在世界文坛上颇负盛名的肯尼亚作家恩古吉·瓦·提安哥：恩古吉著作颇丰，曾以肯尼亚反殖斗争为题材先后发表了《孩子，你别哭》《大河两岸》《一粒麦种》三部曲，小说一发表，声名鹊起，连连获奖，成为非洲文坛上一颗闪闪发亮的新星。为此他还特意送给我由作者亲自参与翻译的斯瓦希里语文版的《孩子，你别哭》和《大河两岸》两本书（原著是作者用英文创作的），而后不久，正值中国翻译家代表团应坦桑尼亚作协的邀请访坦，代表团成员中有人民文学出版社和上海译文出版社的著名翻译家和资深编辑，他们饶有兴趣地听我介绍当时国人还很陌生的黑非洲文坛现状，当我谈到肯尼亚著名作家恩古吉·瓦·提安哥时，他们很感兴趣，一致表示，非洲文学独具一格，是世界文学百花园中一朵绚丽的花朵，是世界文坛的一个重要组成部分。国内译介的非洲文学作品凤毛麟角，如能将像恩古吉这样著名的黑人作家的作品翻译成中文介绍给中国读者，将具有深远的历史意义，既可以增进中国读者对非洲文化艺术的了解，同时也可以加强中非文学界交流和友好交往。他们诚恳地建议我将恩古吉著名的三部曲《孩子，你别哭》《大河两岸》《一粒麦种》翻译成中文出版。尽管当时文化处的工作较忙，为不辜负他们对我的信任和厚望，我也就同意了。非洲有一句谚语说“诺言就是债务”，为了履行我的诺言，此后，在文化处工作期间，我见缝插针，用了近两年的业余时间，先后将《孩子，你别哭》和《大河两岸》翻译成中文，并分别于1984年和1986年由人民文学出版社出版（《孩子，你别哭》于2017年由人民文学出版社再版）。这是有史以来第一次将恩古吉·瓦·提安哥的作品介绍给我国读者。此后不久，《一粒麦种》一书也由杨明秋等译成中文，由人民文学出版社出版发行。

成名作三部曲发表以后，恩古吉怀着巨大的爱国热忱，笔耕不辍，又陆续创作发表了一系列的小说、回忆录和剧作品，其中较有代表性的有长篇小说《十字架上的魔鬼》《血色花瓣》，中篇小说《内罗毕激情》《内罗毕黑星》《沿着第二街走去》《安全地带》，短篇小说集《隐居》，回忆录《狱中札记》《战时梦》《迪丹·基马提的审判》等；剧作品《我想什么时候结婚就结婚》《明天这个时候》和《黑色隐士》等。

恩古吉·瓦·提安哥是近年来诺贝尔文学奖最热门的候选人之一，其作品誉满全球。为能向我国读者系统介绍恩古吉的文学作品，有助于我国读者对他作品较全面的了解，应人民文学出版社之约，不久前我又将恩古吉的另一部力作《十字架上的魔鬼》译成中文，同时人民文学出版社还邀约其他译者翻译了《血色花瓣》等作品。

二

恩古吉的《孩子，你别哭》《大河两岸》《一粒麦种》和《十字架上的魔鬼》分别是作者于1964、1965、1967和1982年发表的作品，《十字架上的魔鬼》是继三部曲以后的又一部较有影响的作品，是一部鞭挞权贵、揭露时弊的现代小说。下面我想以我个人肤浅的认知对这几部作品的内涵做一点初步的探讨，供关注非洲文学的学者和读者们研究参考。

《孩子，你别哭》于 1964 年发表，是作者早期发表的长篇小说三部曲的第一部，作者怀着对祖国和人民的无比热爱，讴歌了英雄的肯尼亚人民为了争取民族独立和残暴的白人殖民统治者进行不屈不挠的斗争。时代背景是 1952 年的肯尼亚，当时肯尼亚正处于白人种族主义者的残酷统治下，日子难熬，广大农民生活在自己的国土上，却没有赖以生存的土地，肥沃的土地全被白人强占了，白人强迫农民在被强占的土地上进行无偿或低报酬的劳动，汗水换来的收获全被贪得无厌的白人占用，白人甚至还将强占的土地租给当地农民，收取高额地租，盘剥农民。此外，白人统治当局还制定了名目繁多的条例和法令，来束缚广大农民的手脚，使他们不敢轻举妄动，安于被剥削压迫。然而，哪里有压迫，哪里就有反抗，面对白人统治者的暴政，广大劳动人民揭竿而起，发动了震撼非洲大陆的“茅茅起义”，与白人统治者进行了艰苦卓绝的斗争，却遭到白人统治当局的残酷镇压，一批批自由战士和爱国者牺牲在凶狠的殖民统治者的屠刀之下，无数家庭家破人亡，流离失所，一时间乌云滚滚，万马齐喑，斗争处于低潮，劳苦大众在黑暗中呻吟、哭泣……

《孩子，你别哭》的发表犹如黑暗中划破长空的一道闪电，照亮了正在哭泣的孩子的心；犹如万马齐喑中的一声惊雷和唤起民众的战斗号角。小说一发表就在非洲文坛引起极大的轰动，1965 年，在达喀尔黑人艺术节获得特别奖，此后又赢得东非文学奖。同时在世界文坛上也获得了极高的评价。

《大河两岸》发表于1965年，描写的是独立前发生在肯尼亚最大的部族基库尤族的故事。当时，肯尼亚正处于白人殖民者文化专制统治时期，在废除还是继承部族传统文化的问题上，吉库尤部族内部发生了严重的分化，彼此分成对立的两大派，以约苏亚为首的一派依附白人殖民者，主张与部族传统文化决裂，用西方文化取而代之；以卡波尼为首的一派则极力反对白人的西方文化，提倡继承和发扬部族传统文化，维护吉库尤部族的纯洁性。两派斗争的焦点集中在青年男女成年仪式的割礼上，约苏亚派认为割礼是罪恶，是上帝不能容忍的，而卡波尼派则认为割礼是维护部族纯洁的具体体现，是联结吉库尤人的纽带，是吉库尤部族的精神支柱，没有成年仪式和割礼就意味着失去部族的传统文化，就失去了部族存在的基础。两派在部族的日常生活和各种传统活动中不断进行着剧烈的较量，将白人殖民者入侵前一片和平安宁、歌舞升平的吉库尤国土搞得四分五裂，同时，在斗争过程中还崛起了第三股势力，他们是以瓦伊亚吉为首的一些受过教育的青年，这些年轻人在两派斗争中持折中态度，他们既反对白人文化专制统治，又对部族的一些传统习俗持保留态度，认为某些传统的东西阻碍社会的发展，束缚人们的自由，提倡有批判地吸收白人文化。提倡“教育救国”，通过教育唤起民众，组织民众，团结部族中对立的两派，一致对外，最终达到推翻白人殖民统治，争取民族真正独立的目的。

小说的主人公是青年瓦伊亚吉，作者用大量的篇幅，以细腻的笔调，描述主人公在面临肯尼亚社会变革和新旧文化碰撞的矛盾斗争中的内心活动，由浅入深，层层铺开。作者用娴熟的创作手法，在小说中巧妙地安排了瓦伊亚吉先后与约苏亚的两个女儿穆索妮和妮娅姆贝拉曲折和令人纠结的恋爱故事，将他们剪不断理还乱的恋爱一直置于尖锐的社会矛盾斗争之中。作者力图通过对年轻人恋爱的描写，向人们指出，无论是事业还是爱情，在与封建势力决裂的同时，想用中庸之道和调和的方法解决社会矛盾冲突是不切实际的幻想。最终，瓦伊亚吉在事业和爱情上的失败，就是这一思想的例证。

《一粒麦种》发表于 1967 年，作者在作品中着力描写在白人殖民统治时期肯尼亚两种不同立场的人对待白人殖民统治的两种不同观点和由此而引发的激烈斗争。一种以英雄基西卡为代表，主张唤起民众为民族的独立和自由，与殖民统治者进行坚决的斗争；另一种以叛徒莫戈为代表，鼓吹安于现状，逆来顺受，忍声吞气。同处白人殖民统治下的这两种人，所选择的道路决然不同，有的人为推翻残酷的殖民统治，争取民族的解放，走进丛林，开展游击战，与白人统治者展开武装斗争；有的人则为自身的私利，出卖民族的利益，投入敌人的怀抱，成为白人统治者的帮凶，成了无耻的叛徒。恩古吉用《一粒麦种》作为书名内涵深远，他将在革命斗争中牺牲的英雄比作撒在土地上的一粒麦种，虽然暂时消失了，但它必将会在土地上生根发芽，扬花吐穗，长出无数的麦粒。

《十字架上的魔鬼》发表于 1982 年，它与三部曲一起构成作者在小说创作方面一个完整的思想体系。如果说三部曲描写的是独立前的肯尼亚人民为争取民族解放与殖民者进行艰苦斗争的波澜壮阔的历史画卷的话，那么《十字架上的魔鬼》描写的则是独立后的肯尼亚人民为砸烂新殖民主义统治的枷锁，争取真正独立和社会进步的艰难斗争历程，前者是对历史的回顾，后者是对时弊的揭露和鞭挞。

《十字架上的魔鬼》以独立后的肯尼亚为历史背景，以小说主人公农村姑娘瓦丽恩尕的人生经历为主线，通过对主人公坎坷人生和盗贼劫匪的

“魔鬼盛宴”的描写，揭示了独立后的肯尼亚存在的贫富差距、土地问题、住房问题等种种社会矛盾；揭露了权贵们、既得利益者、资本家和富人贪婪窃取革命胜利成果，疯狂剥削掠夺社会和劳苦大众财富，造成富人更富、穷人更穷的残酷社会黑暗面。

作者用隐喻的手法详尽描写在伊乌莫罗格黄金山山洞里，盗贼劫匪们在“魔鬼盛宴”上为争夺“最佳偷盗抢劫皇冠”，争取成为白人在肯尼亚国内的银行、保险公司、工厂、庄园代理人的丑陋表演。来自美国、德国、法国、日本等国的盗贼劫匪代表和肯尼亚国内的盗贼劫匪互相呼应，在所谓的盛宴上摇唇鼓舌，鼓吹散布“盗窃和抢劫是推动社会和经济发展的推动力”“偷盗和抢劫是衡量一个国家进步的尺子”等奇谈怪论；在乱哄哄、你唱罢我登场中，盗贼劫匪们吹嘘自己如何比同伙们更心毒手狠、更狡猾、更贪婪地偷盗和抢劫肯尼亚社会财富和剥削压榨广大劳苦大众的血汗，真是群魔乱舞，丑态百出。

故事的结尾令人寻味：盛宴上的魔鬼们最终被伊乌莫罗格工人农民学生和广大爱国民众围追堵截下，顷刻间树倒猢狲散……然而，正当爱国民众兴高采烈、欢呼胜利时，却遭到荷枪实弹的警察逮捕和血腥镇压……为什么？作者没有直接回答，让读者们自己寻找答案；女主角瓦丽恩尕经历了一路坎坷后，结局如何，路在何方？作者也没有交代，给读者们留下无限凄美的遐想……

《十字架上的魔鬼》是我翻译过的最好看的一本非洲小说，故事内容丰富多彩，语言活泼诙谐，情节生动曲折。小说还用一贯的创作技巧穿插了主人公瓦恩嘎丽和作曲家戛图利亚凄美的非洲特色爱情故事，与严酷的社会现实相呼应，让人回味思考。

三

恩古吉·瓦·提安哥早期作品多使用英语创作，从 1977 年开始，他决定放弃英语，回归母语，开始用民族语言斯瓦希里语和吉库尤语写作，在继续创作新作的同时，还和朋友一起把《孩子，你别哭》《大河两岸》翻译成斯瓦希里语。《十字架上的魔鬼》则是作者用本部族的语言吉库尤语和非洲通用语斯瓦希里语发表的，其英文本则是根据吉库尤语翻译过来的。斯瓦希里语是坦桑尼亚、肯尼亚、乌干达三国的官方语言，是非洲使用人数最多的语言之一，使用范围除上述三个东非主要国家外，还遍及科摩罗群岛、刚果东部、马拉维背部、莫桑比克、卢旺达、布隆迪、赞比亚和马达加斯加等国。

我翻译的《孩子，你别哭》《大河两岸》《十字架上的魔鬼》都是根据斯英两个版本译出的，在翻译过程中经常发现斯英两个文本表述有出入，有时候甚至差距很大，基于斯语是东非本地部族的通用语，较之英语，斯语更能准确表达黑非洲国家的民族风情和传统文化，因此翻译过程中则以斯语版本为主，参考英文版本，在不改变原著的思想和风格的基础上采用取长补短的译法，哪个文本描述更符合主题，更有逻辑性，文字更优美，则按哪个文本译出。

恩古吉的作品带有很浓的本土色彩，无论用英文还是用斯语或吉库尤语创作的作品，经常谈到传统中的“三礼”——婚礼、葬礼、割礼；妇女的审美情趣——服饰、首饰、发式，以及其他许许多多的部族传统习俗，等等。同时还习惯于大量引用类似汉语的“欲速则不达”“积少成多”“血浓于水”“物极则反”等本地部族的成语，还常引用一些世代相传的民间故事，如“农夫背妖怪”“黑靓女与白人青年”“没有尾巴的狼”“龟兔赛跑”等；以及谚语，如“鬣狗的智慧在于给自己留两条路”“大象不怕牙压身”“蜂巢破了，蜜蜂也就飞了”等，甚至还有像中国相声“吃葡萄不吐葡萄皮”那样的斯语绕口令，如“那边有个小孩，从树上摔了下来，腰摔断了，昨天死了，今晨埋了”等，对于这些本土色彩非常浓厚的内容和故事只有用斯瓦希里语描述才能准确、流畅和优美，用英语表达就很别扭，甚至找不到合适的词表达。相反，恩古吉在作品中谈到虚荣心是人生大忌的哲理时，引用了莫泊桑《项链》的故事，用英文表述就比较顺畅，通俗易懂，如用斯语表述就晦涩难懂。同样的道理，作品中在谈到人造卫星、汽车结构和工作原理等现代科技时只能用英语，用斯语表述只能是“以其昏昏，使人昭昭”。因此在恩古吉的作品中同时常常是英中有斯，斯中有英，有些地方甚至用的是古英语。实践证明，在翻译恩古吉的作品时只有将斯英两种文本融合在一起翻译，互相补充，取长补短，才能更准确表达作者作品的深刻含义，才能完美地再现作者的创造风格，充分体现非洲作品的特色。

此外，恩古吉的小说中常涉及东非国家曾遭受葡萄牙、英国和阿拉伯人殖民统治的历史和人民大众为民族解放而斗争的“茅茅运动”；在文化方面常常引用世代口头相传的民间传说、民歌民谣、传统乐曲等等。我在翻译过程中深深体会到，如果不了解肯尼亚被英国殖民者统治的历史背景，就难以准确翻译和表述 1952 年的为推翻英国殖民统治的“茅茅运动”的前因后果；不了解东非国家的民族歌舞、民族乐曲和民族乐器，就等于不了解非洲的传统文化艺术。黑非洲各部族能歌善舞，在婚礼、生日、成年仪式、节假日等各种庆祝活动都离不开歌舞，每个部族都有自己的舞蹈，名目繁多，丰富多彩，如乌卡拉、蛇舞、马赛舞等；东非各部族民族乐器种类繁多，本土化突出，有马林巴琴、再再琴、牛角号、脚铃、串铃和各种兽皮小鼓等数十种；民乐有班图乐曲和塔阿拉布乐曲两大类，前者是属班图人的传统乐曲，后者是受外来乐曲影响的阿拉伯风格的乐曲。因此，可以说不了解东非各部族的传统文化，就不能深刻理解小说中描述的部族新旧文化冲突的内涵，翻译时也只能是鹦鹉学舌，很难从更深层次去理解。我在中国驻坦桑尼亚大使馆文化处工作期间，使我经常有机会与东非文学艺术界人士和黑人百姓零距离接触，经常有机会亲自参加他们部族的传统婚礼和生日庆祝，以及节假日的盛大歌舞篝火晚会，观看话剧和舞蹈等各种文艺演出，甚至有机会协同中央电视台拍摄各个部族传统舞蹈，参观了各种民俗博物馆，对东非各国的历史，传统文化和民俗风情有一些了解，因此对我来说翻译起来困难也就相对少一些。

作者在用斯语、吉库尤语或英语发表的作品中，所引用的成语、谚语和诗词等都是基于班图人的语言背景和生活环境创作出来的。肯尼亚、坦桑尼亚等东非国家是世界上野生动物最多的地区，那里的黑色居民世代与动物为伍，与动物打交道成了他们生活中的内容之一，因此在他们的文学作品中常常将动物人格化，用动物做比喻，来演绎人生的哲理。如“蛇的儿子就是蛇”“老猫不在家，耗子成大王”“逃出困境，又落入灾难”等，如果直接将读者所熟悉中文成语套译进去的话，就可译成“龙生龙凤生凤，耗子生来会打洞”“老虎不在家，猴子成大王”和“逃出狼窝，落入虎口”，这样读者读起来可能会更通俗易懂，会更真切。但实际上不能这样生搬硬套，因为它脱离了东非国家的语言环境和地理环境，那里根本就没有老虎，只有狮子和豹子，在黑色人种心目中更没有“龙”的概念。

所以你要是不了解东非国家的国情，将中文的成语谚语生搬硬套到恩古吉小说的译文中，看起来文字是精练了，生动了，却误导了中国的读者。

非洲小说和其他形式的文学作品跟中文的文学作品一样，离不开人、物、地点。如何译恩古吉作品中人名和地名是有考究的，它和英语规范的译法不一样，有它班图语的传统习惯译法。就斯语和吉库尤语而言，这些语言属班图语系，班图语是以拉丁语的字母为拼音基础，类似汉语，是怎么拼就怎么读，如“wa”读“瓦”；“yi”读“伊、依、弋”；“ya”读“亚、雅、娅”；“ji”读“吉、姬、基”等。比如在《孩子，你别哭》小说中主人公是一位年轻的吉库尤族姑娘，名字叫“Wayiyaji”，根据班图语的翻译习惯，便可分别译成“瓦伊亚吉”，当然也可译成“瓦依雅吉”。非洲地名的翻译法也是根据上述规律翻译的，如《十字架上的魔鬼》小说中提到的有一个地方叫“Nakuru”，那么根据班图语的译法，就译成“纳库卢”，“Limuru”就翻译成“利穆卢”等。在《大河两岸》中经常提到的一个地方叫“Kamenu”和“Makuyu”的地方，即可译成“卡梅奴”和“马库尤”。总而言之，非洲小说，尤其是以斯瓦希里语和基库尤语创作的小说中人名和地名是按照班图语的习惯拼法译出的，不能用英语的习惯套译，相反，如欧美小说“Romeo and Juliet”就只能按英文习惯，翻译成《罗密欧和朱丽叶》等，英文对人名和地名都有一套固定的译法，与班图语的翻译法不同。

多年来，无论是翻译肯尼亚作家恩古吉的作品，或尼日利亚作家索因卡的作品，还是坦桑尼亚的名家名作，我越来越体会到翻译好比写作，但它是远比写作更困难的再创作过程。在这个过程中，无论是翻译小说、剧作，还是诗作，译者可发挥自己的文字灵感，在不改变作品原意的基础上使文字变得更丰满，更生动，更优美。当然这里指的是文艺作品，不是外交外事上的外交用语，对外交往中国家领导人的讲话、国家的大政方针以及双边来往的重要文书和签署的协议书等，是不能像翻译文艺作品那样用译者思维进行深加工的，它必须有板有眼，只字不差，准确无误，当然也有翻译得好不好的标准。翻译是人类最复杂、最难完美的行为之一，任何译作只有更美，没有最美。众所周知，翻译文学作品是一桩苦差事，要将小蝌蚪似的外文通过与译者文学思维的链接，用文字上的灵感，百倍耐心地将它转换为四方块的中文，在转换过程中既不能改变原作者的创作思想和风格，同时还要顾及中外文的语言习惯，力求做到译文流畅优美，如行云流水，句句娓娓动听，字字如珠落玉盘，读起来欲罢不能，让读者觉得是一种高雅的视觉盛宴和艺术享受。当然，要做到这一点很不容易，它取决于译者中外文语言文化素养和审美认知，取决于译者是否有较深厚的中文和外文语言功底。翻译恩古吉的作品也是这样，除需要有较好的中文功底外，还必须有斯瓦希里语和英语较好的基础，要达到这种高度，非一日之功。审视我翻译过作品，说实在的，还难达到这种境界，心中总有一种“革命尚未成功，同志仍需努力”的感觉。

目前，国内翻译出版的非洲文学艺术作品比起欧美文学作品少之又少，其原因除了国内文学和史学界对非洲文学的认知不足以及出版界受市场经济因素的影响以外，非洲语言翻译人才短缺也是原因之一，就斯瓦希里语翻译人才而言，现在是青黄不接，较有翻译经验的早期斯语人才多数已不再从事翻译工作，新一代的斯语翻译，还需要时间和实践的磨炼。我坚信，随着我国强国梦的实现，经济的不断发展和中非文化领域交流的不断扩大，我国教育界将会顺应时势，加大力度培养包括斯瓦希里语、豪萨语、祖鲁语，甚至吉库尤语在内的非洲主要小语种人才，一批批有抱负有能力的斯瓦希里语和非洲大陆其他语言的人才必将不断涌现，青出于蓝而胜于蓝。

多少年来，对如何做好这个艰苦而又神圣的翻译工作，议论不断，见仁见智，众说纷纭，孰是孰非，难有统一标准。本人才疏学浅，上面所谈体会只是个人浅见，意欲抛砖引玉，与翻译同人共勉，如若不妥，都只付笑谈中。

蔡临祥
二〇一六年岁末
完稿于北京

◈作者的话◈

这是一个发生在当今社会的故事。一九七七年因为我参加了工农大众在利姆卢的卡里米苏举行的为争取话剧《什么时候结婚要看我自己》公演的示威活动，一九七八年被逮捕入狱。这个故事是我在监狱里写的。

肯尼亚中央省基阿姆布县县长拒绝批准话剧公演，他说，尽管这出话剧热情地歌颂茅茅运动[①]的英雄和无情揭露了叛徒和帝国主义，但这已成为历史，让我们彻底忘记这场噩梦吧。然而，我们怎能忘记历史呢？如果不明白我们是从哪里来的，又怎能知道我们将何去何从呢？这就是为什么我在监狱里遭受残酷折磨的情况下决心用我们的民族语言之一——基库尤语继续坚持写作的原因。

话剧获得了极高的评价。事实证明，在发展我国传统文化中，如果我们不使用自己的民族语言，还会有谁能站出来说他们能呢？

令人遗憾和失望的是在教育我们孩子时简直是困难重重，因为那些关于经济、历史、政治、科学技术、农业、医学等内容的教科书都是用外国语编写的。人们不禁要问，难道我们是为外国人培养我们的孩子们吗？放弃本民族的语言转而使用外国语就等于在嘲笑上帝！每一位肯尼亚公民无论何时何地都要坚持使用两种语言：本部族语言和斯瓦希里语。没有自己语言的人就等于是别人的奴隶，就永远不明白什么是他们的传统文化。

① “茅茅运动”是1952年发生在肯尼亚的一次旨在反对殖民统治争取民族独立的农民运动。

语言是一个民族用来照自己的镜子，也是用来加强民族文化教育的坚实基础。

民族文化教育有两种：古代文化教育和现代文化教育。古代文化教育就是基库尤人的传统文化教育，内容涉及诸如巨人与野兽等民间故事、谜语、谚语、诗歌；即我们的先辈们在帝国主义者入侵肯尼亚以前创作的一切文学作品，这些作品内容生动活泼，给人以启迪和欢笑，让人们在快乐轻松的气氛中陶冶情操放松精神。但事物不会是一成不变的，它在一代接一代的教育和传承中不断得到发展。尽管如此，我们也不要刻意地一味模仿古代的东西，而是要不断地推陈出新。

这些用文字或口头讲述的包括诗歌、故事、谜语、谚语、剧作等在内的各种形式的文学作品在当今肯尼亚文坛大放异彩。这些作品的宗旨无疑是为了不断探索智慧人生、快乐人生、平安人生，归根结底就是教育人们如何过好日子。

对这些教育和传承不能畏惧，也不能不好意思，因为在这过程中畏惧或不好意思就难以很好地开展教育和传承。比如一位有威望的长辈有一天在公开场合做了一件不光彩的事，在场的男女老少都看到了，但因为畏惧或不好意思而不敢吭声，这是很不明智的。其实对长辈的这种行为，应该毫不畏惧和害羞地予以指责，这样他才能知错改错。因此读者们在读这本书时，如果书中描写的故事情节牵涉到某些人，希望不要跳出来骂我给他们添乱，相反他们应该温故知新，反思改过。

古代和现代文化教育的主要目的是教育人们：如果一个人违背了现代社会的行为准则，那么这个人必须改过；如果一个部族违背了现代社会的行为准则，部族就必须改过；如果是一个民族违背了现代社会的行为准则，那么民族必须改过。古代和现代文化教育还有一个目的就是鼓励民众心情愉快地接受教育，轻轻松松过日子。

这本小说写得很艰难，我是在监狱里写成这本书的，监狱里没有纸，只能用厕所的手纸，写完一张张藏在我的屁股眼里。但无论如何，书的好坏不在于写作环境，主要在于如何写和写什么。书里的故事是臆造的，故事中所提到的人物和地点如伊乌莫罗格、卢瓦伊尼和伊西西里等都是作者的创作，在现实中是没有的。

好，现在就请竖起耳朵，听我讲这个故事。

第 一 章

1

在我的家乡伊乌莫罗格有人告诉我说，这件事太不光彩，太丢人了，必须将它深深埋在坟墓里，永远忘记它！

有人却说，这件事令人伤心和催人泪下，不要再提它了，以免再掉眼泪。

我问他们，如果我们的院子里坑坑洼洼到处是坑，我们只用点枯枝乱草胡乱一盖，然后就可以说没有坑了，可以让孩子们在院子里自由玩耍了吗？

幸亏有人在穿过院子时事先发现了院子里有坑，及时绕行。

幸亏有人走路时，事先发现前路有树桩，告诫别人要绕行；或者将树桩挖出来，以免别人绊脚。

应该将那些迷惑我们心灵和思维、使我们误入歧途的魔鬼牢牢钉在十字架上，好好看管起来，以免信徒们将它救下来继续危害世人……

2

而我，即使是我，正义的先知，也深感自己身上的责任重大。我曾默默对自己说：鸡多的地方，千万可别将手里的小米全撒了。树林大了什么鸟都有。伊乌莫罗格是我的家乡，家乡的秘密是不能随便告诉陌生人的。

有一天凌晨，天刚放亮，瓦丽恩尕的妈妈就来家里找我，泪汪汪地恳求我说：哎哟，跳基康迪舞的人哟，求求你，快告诉我宝贝儿子的情况吧，告诉我他到底发生了什么，把实情告诉我，不要让我担心。请将发生的一切毫不保留地告诉我吧。

我犹疑不决，心里暗暗问自己：我到底是谁呀？哪能因为她这么一句话就出卖自己？基库尤人[1]不是有一句谚语说，“睡着的人不要叫醒他，叫醒他，你也就睡着了”吗？丛林里的野兽最看不起那些一见到它就大叫大嚷的人，在它眼里这些人还不如那些见到它就默不作声的人。

后来，我耳边若隐若现响起一阵低低的吟唱：

哎哟，跳基康迪舞的人哟
哎哟，正义的先知
揭开黑暗中隐藏的秘密
让它暴露在光天化日之下

我受唱词的刺激，心里一直郁郁寡欢，以致后来整整七天里不能吃不能喝。过后，我又扪心自问：难道我所看到的是假的？我到底是谁？不是常言道祸从口出吗？基库尤人不是说“睡着的人不要叫醒他，叫醒他，你也就睡着了”吗？

七天刚过，突然发生了一场大地震，真是天动地摇，雷鸣电闪，气浪把我抛到高高的屋顶上，朦胧中各种光影不断在我眼前匆匆映现，光怪陆离……一声惊雷般巨响向我吼道：是谁告诉过你预言可以占为己有？又是谁告诉你预言可以禁锢在心灵里？为什么你要用各种毫无意义的理由来粉饰自己？如此下去，它将会成为你心灵中的创伤，永远折磨着你！

巨响过后，又有一股无形的力量牢牢抓住我，将我高高举起，像扔垃圾那样将我狠狠摔到灶膛里的灰烬中，我抓起一把炉灰就往脸上和脚上涂，同时大声喊叫着：

我同意！
我同意！
抚平我心灵中的创伤吧，

① 肯尼亚最大的部族。

抹去我心中的眼泪吧……

这一切都是我，这位正义的先知，在高高的屋顶之上耳闻目睹的……

我已经同意了……

我已经同意了……

民众的声音就是上帝的声音：

这就是我同意的原因，

这就是我同意的原因。

然而，我为何在河边徘徊呢？

想洗澡，就得脱掉衣服，

想游泳，就要跳进河里，

事情本应是这样……

来吧，

来吧，我的朋友，

过来吧，我们一起聊聊，

现在就过来吧，我们一起聊聊，

过来吧，在你还不知道怎么教育孩子以前，我们一起聊聊贾西塔·瓦丽恩尕……

第 二 章

1

周日那天，魔鬼突然来到伊乌莫罗格市伊西西里区的高尔夫球场。它对贾西塔·瓦丽恩尕说：哎呀！我还没有开始讲故事，瓦丽恩尕在伊乌莫罗格的遭遇也还没有发生，那我们的故事还是从头来吧……

瓦丽恩尕在被辞退以前，原是在内罗毕汤姆·姆贝亚大街靠近《民族现状》杂志社的一家叫“顶尖建筑公司”的办公室从事打字和速写的文员工作。

俗话说，灾难难防，祸不单行。周五上午，瓦丽恩尕因为拒绝了公司经理基哈拉难以启齿的要求被开除了，就在同一天晚上，她的恋人以所谓她和那位老板基哈拉睡过觉为借口和她分手了。

周六早晨，住在内罗毕奥华华·杰利乔地区的房东来找瓦丽恩尕要房租，瓦丽恩尕租了他的一间小屋为家。啊！其实这哪是个家，活像一个鸟窝。地上坑坑洼洼，墙壁四面透风，屋顶无雨不漏。富有的房东告诉她房租要涨了。瓦丽恩尕拒绝了房东的要求，告诉他多一分钱也不交。房东勃然大怒，让她马上搬出去。瓦丽恩尕毫不让步，她对房东说，要她搬出去没有那么容易，首先要去房产法院立案。房东怒不可遏，气呼呼地坐上那辆豪华的小车扬长而去，可是转眼间又回来了，这回他带来了三名戴着太阳镜的暴徒，房东双手叉腰站在远处，傲气十足地对瓦丽恩尕说：“这回我给你请来房产法院官员了。”就这样，这伙暴徒不由分说将瓦丽恩尕的东西全部从屋里扔了出来，还给小屋的门重重地加了一把锁。其中一个暴徒扔给了瓦丽恩尕一个字条，字条里写着：

我们是魔鬼的天使——无法无天的敛财人，要给你传递一个信息：我们将送你一张上天堂或者下地狱的单程票。

一阵闹腾之后，这帮暴徒钻进奔驰车里，瞬间消失得无影无踪。

瓦丽恩尕看到了地上的纸条，走过去捡了起来放进手提包里。瓦丽恩尕一筹莫展，双手托腮坐在门口的一个木箱上默默地沉思：坏事接连不断在我身上发生，这是怎么啦，我犯了什么罪孽？她从手提包里掏出镜子照了照自己的脸，心里在反复地琢磨着眼前所发生的一切，她嫌自己长得太丑，甚至心里暗暗埋怨父母生她时为什么不给她一张漂亮的脸蛋。现在连立足的地方都没有了，该何去何从呢？

她忧心忡忡，百般无奈，突然想到了故乡伊乌莫罗格的父母，她决定回去找他们。主意已定，她将散落在门口的东西收起来寄放在邻居姆卡姆巴的小屋里，匆匆离开那里。

瓦丽恩尕总认为容貌丑陋是她累遭逆境的原因。每每用镜子照自己就觉得自己长得很难看，甚至厌恶自己黝黑的肤色。她曾经不止一次用一种叫“奥蜜和雪火”的雪花膏涂在自己的脸上，想改变自己的肤色。谁不知道皮肤颜色是不可能用化妆品改变的。黑色就是黑色，不可能改变成白色，不可能像身上穿的康加[①]可以随意改变颜色和花样。头发也让她发愁，由于经常用烫红的铁梳子梳头编发型，头发变得像干草，易脆干枯。牙齿也让她揪心，本是雪白的牙齿却变成难堪的灰黄色，因此常常是该笑时不敢笑，笑了还得用手捂着嘴。由于总是板着脸孔不敢笑，男孩们常嘲笑她是受气包。

然而，在一次聚会中，瓦丽恩尕曾高兴得忘乎所以放声大笑，完全忘却了那满嘴灰黄色的牙齿和黑皮肤。但她并不知道，她那娇美的容貌和银铃般的笑声已惊四座：微微泛红的双颊放着异彩，含着笑意的双眸，就像星星闪烁。此时的她精神勃发，俏丽中透着稚气，全身散发出一种难以言喻的诱人魅力。有时候，她神采奕奕、步履轻盈地走在大街上时，一对饱满的乳房一抖一抖的犹如两只在胸前跳动的鸽子，更像随风飘逸的两

① 非洲妇女喜欢的一种类似长裙的传统服装。

个熟透的果实，令男人们不断驻足回眸。

瓦丽恩尕并不知道她与生俱来端庄秀丽的容貌曾令多少男人为之倾倒，却相反总自卑地认为自己长得丑陋，每天想的就是如何改变自己的容貌和肤色。她的一些做法有时候甚至令人啼笑皆非。就说服装，她盲目追求漂亮，从不考虑对她年龄是否合适，只要喜欢，穿上就招摇过市，心里美滋滋的，自认为比其他姑娘漂亮，简直成了一个地地道道的衣奴。有时候她还一扭一扭地盲目模仿其他姑娘们走路的动作，一味追求十全十美，而忘记了基库尤谚语说的“鬣狗的智慧就在于给自己留两条路”这最普通的道理。

这个周六她要回伊乌莫罗格。然而她总开心不起来。她思绪万千，神情沮丧，对自己的容貌耿耿于怀，感到懊恼和失望。在去三轮车站搭车的路上，她在内罗毕街道两旁的服装店和化妆品店寻寻觅觅，进进出出。

几天过去了，事情发生了出乎预料的变化，她甚至想不起当时是怎么穿过河滨路的。有一天她穿过罗纳德 · 恩加拉大街，站在位于圣彼得 · 克拉沃斯教堂和裁缝店之间的雷斯库尔斯大街的卡卡咖啡店附近的汽车站旁边。突然有一辆公共汽车朝她站立的地方飞快地开了过来，眼看着就要撞上了她，她惊慌失措，紧闭双眼，全身发抖，喉咙发干，心剧烈地跳动，好像在对上帝祷告：圣父呀，在我危难时刻，你不要视而不见，不要撒手不管，帮我一把吧……接受我吧，现在……

就在此时，瓦丽恩尕隐约听到有人对她说：你又想自杀吗？为什么？谁说你在人世间是没有用的废物？谁告诉你已经活到尽头？

她立刻睁开眼睛，环视四周，但没有发现有谁在和她说话。想起刚才发生的一切，她全身又开始发抖，双脚发软，浑身无力，周围天翻地转，街上的行人、房屋、树木、车辆，在她眼前不停地翻滚着，耳朵也失灵了，周围一片死寂。她心里明白她马上就要晕过去，一定会失去控制重重地摔下去。就在这危急时刻，突然间有人紧紧抓住她的右手，将她扶了起来。

“哎呀，你险些摔下去。”那位抓住她手的人对她说，“赶紧离开这里，不要在阳光底下，到那边屋檐下的阴凉处去。”那人说着拉着她的手朝旁边走去。

瓦丽恩尕无暇顾及他是谁，木然地被拉着来到一家“卡卡美发和按摩沙龙”门口，沙龙的门关着。她在沙龙台阶旁背靠墙颓然坐了下来，两手捂着脸，极力使自己镇定下来。这时她觉得全身散了架似的，浑身乏力，头皮发麻，好像临深谷，马上就要坠进黑暗的万丈深渊。不一会她又听到了数声口哨声，细细一听又觉得不是口哨声，而是断断续续从远处随风飘来的低语声，这声音如泣如诉：

> 我要哀悼我的遗体，
> 全能的主所赐，
> 我要问：
> 当他们将我埋葬时，
> 我将和谁一起在这个坟墓里……？

到最后，这不再是歌声，更像是一种断断续续从井里冒出的浑浊的气泡声。

现在我们回过头来说说瓦丽恩尕在去罗莎莉教堂的祷告路上经常遇到恶魔的事，当时她还在纳库卢全日制中学上学。

先是突然间眼前一片黑暗，然后又有一道亮光射向悬挂在半空中的十字架，接着又看见一群穿着麻袋片的人从亮处走了出来，他们推赶着魔鬼朝十字架走去。魔鬼身着麻布衫，手扶折叠伞似的手拐，头上张扬地长着七个小喇叭似的触角，有两个大大的嘴巴，一个在脸上，一个在脖子后面。全身皮肤就像猪皮，下垂的硕大腹部，似乎随时可以裂开给人间衍生无尽的罪孽。当魔鬼靠近十字架时，身体开始摇摇晃晃，脸朝黑暗转过去，生怕受到亮光的伤害。这时魔鬼开始发出阵阵呻吟声，哀求人们不要诅咒他，并发誓它和它的信徒们从此不再折磨人世间的黎民百姓。推赶魔鬼的人们对他大声吼道：“现在，你的罪恶阴谋写在奸诈的面孔上，已昭然若揭。你残忍地杀害无辜百姓，然后披着同情的外衣，假惺惺地含泪去安慰他们的孤儿寡妇。你在夜半三更偷盗他们家的存粮，然后在第二天早晨，披着慷慨的外衣把盗来的粮食施舍给他们。你为了自身的骄奢淫逸，寻欢作乐，到处鼓吹卖淫嫖娼，然后披上文明的外衣，告诫人们为此而忏悔，扬言只有你们才能给他们指引一条超凡脱俗的康庄大道。你无情地窃夺他们的财富，然后你又披着友善的外衣，诱骗他们你能帮他们找回被窃夺的财产。”喊完，他们立刻将魔鬼牢牢钉在十字架上，哼着胜利的歌谣扬长而去。三天后，又从黑暗中走来了一群西装革履的人，他们把魔鬼从十字架上解救了下来，虔诚地跪倒在魔鬼面前，齐声恳求魔鬼赐予他们一些行骗术。话音刚落，骤然间，他们一个个肚子迅速膨胀起来，他们站了起来，一个个满意地摸着滋生人间罪恶的便便大腹离开了这里。

突然间，瓦丽恩尕如梦初醒，她睁眼环视四周，理智在慢慢地恢复着，她觉得刚才发生的好像是非常遥远的事情。当她完全恢复理智时，她明明白白地告诉自己，确实是站在位于圣彼得·克拉沃斯教堂和裁缝店之间的雷斯库尔斯大街的卡卡咖啡店附近的汽车站旁边，她所听到的是街道上来来往往的汽车喇叭声和行人的嘈杂声。她满腹狐疑地问自己：我这么会到这里来呢？是什么风把我吹到这里呢？我清楚地记得，我从杰利乔的奥华华登上 78 路公共汽车，路经耶路撒冷，巴哈提大道，进入杰贡路，又穿过马萨库公共汽车站附近……然后……噢，对啦，我原来是要去大学和情人约翰·吉姆瓦纳见最后一面的。当我从白玫瑰干洗店附近的国家档案馆站下车时，却直接穿过汤姆·姆波亚来到科加清真寺，然后又穿过杰万杰公园和公园饭店，径直来到对面的大学路和哈利苏库路交叉路口对面的中央警察站。我想这地方我来过了，那么现在我就可以回去了？因为我已经见到大学的校园了。这时又让我回到了儿时就读巴哈利尼小学和纳库卢全日制中学时的梦幻中……我是怎么搞的，后来怎么会深深陷入恩戈利卡那个老富翁的圈套而不能自拔呢。愁与恨，万千思绪在脑海里翻滚着，尤其昨晚恋人约翰·吉姆瓦纳无情地和我断绝了恋爱关系后，顿时将我抛进无边的苦海，我痛苦万分，悲愤难忍！噢……哎……我的天哪！现在我该怎么办？我又该到哪里去？我的手提包丢到哪里去了？我已身无分文，哪里还能有钱回伊乌莫罗格？

瓦丽恩尕再次抬头环视四周，突然间她又看见了那个在她快要晕倒时抓住她的手并将她扶到一家美发店门口的台阶上的那个人。

“这，这是你的手提包。”说着他将夹在腋下饰有斑马条纹的黑色手提包递给了瓦丽恩尕。

瓦丽恩尕依然坐在地上，她看了看面前这位陌生人，只见他年纪不大，脸上污迹斑斑，头发又黑又长，下巴留着一小撮山羊胡子，身着牛仔裤和褐色皮夹克，双眼炯炯有神，充满智慧。这位青年人蹲下来开始给她讲他是怎么捡到这个手提包的。

“是你将手提包扔在滨河路的一家茶馆附近的姆朗噶和尼椰利交界的三轮车站的。我看见了，把它捡了起来，然后跟着你。你很幸运，当时你没有被车轧着，那个时候你就像一个喝得酩酊大醉的醉汉，犹如盖世英雄，旁若无人地在车水马龙的大街上随意穿行。我一直跟着你，当你将要倒下去那一刻，我冲了过去，抓住你的手并将你拉到阴凉处让你休息，想等你深受痛苦折磨的心恢复平静，头脑清醒后再还给你！”

“你怎么知道我的心深受痛苦的折磨？”

“你的痛苦已经明显地写在你的脸上、眼睛和嘴唇上。”年轻人回答说。

“能找回我的手提包我真高兴，”瓦丽恩尕说，“我根本就不知道我是怎样扔掉手提包的，其实我手提包里一分钱也没有。”她接着说。

“好啦，你现在可以打开你的手提包，看看丢了什么东西没有，尤其是钱。”年轻人对她说。

“里面没有什么钱。”瓦丽恩尕说。

“尽管如此，你还是看一下吧。俗话说，贼一伸手末日就到了，你知道吗？”

瓦丽恩尕打开手提包，装作认真地查看了一遍，合上手提包，然后说：“没丢什么。”

瓦丽恩尕心里总在问，眼前和我说话的人就是我在街上快要倒下时跑过来将我扶住的那个年轻人吗？他怎么知道这不是我第一次想自杀呢？

“你就是在我晕倒前和我说话的那个人吗？”瓦丽恩尕忽然开口问。

“啊，不是，”年轻人脱口说，“我是在你快要倒下时在你跟前的人，当时你好像病了，是吗？”

“不！我没有病，只是在内罗毕这座城市里无尽的痛苦和压力把我压垮了。”瓦丽恩尕接着回答说。

“你有痛苦的权利，”年轻人说，“内罗毕是一个大都市，也是一个没有灵魂和腐败堕落的城市。”他说着背靠墙在瓦丽恩尕身旁坐了下来，继续说，“其实不仅仅是内罗毕，其他刚刚获得独立的国家所有类似的城市都是这样，这些新独立的国家都不可避免地会遇到各种困难，因为它们都毫不例外地正在向美国经济学家学习如何振兴经济，它们所学的就是唯利是图的私有经济，结果每个人都在为一己的私利忙碌着，挖空心思如何赚钱！钱，钱，每天唱的曲调就是钱。请你看看内罗毕现状：

正直被扭曲了，
热情被贬低了，
爱情被遗忘了，
邪恶被美化了。

可是现在的歌舞却宣扬说：

没有人再去盘剥了，
没有人再去偷盗了，
没有人再去乞讨了，
没有人再热衷于打听别人隐私了。

那么你想想，这种歌曲会把我们引向何方呢？我们的思想又能得到什么启迪呢？我们怎能目睹我们的孩子与猫狗争夺垃圾堆里的残菜剩饭而放声大笑呢？

智者见智。
因此让我告诉你：
基库尤人说劝告就是爱，
今天就是明天的宝库，
明天就是今天的收获。
让我们问问自己：
呻吟和抱怨于谁有益？
换换啤酒吧，不要总喝一种，
变变歌曲吧，不要总听一个调，
现代的舞蹈是前后两步和不断转身。

年轻人突然沉默不语。瓦丽恩尕也在默默回味着刚才年轻人说的话，她一点也不明白年轻人说话的真实含义，但她隐约觉得这些话似曾相识，好像是她原来曾经想过的。她若有所思地对年轻人说："你的话含义很深刻，说得实实在在，没有添油加醋，但这些痛苦和苦难有谁能忍受呢，你想想看，有谁想逃避现实而不思改变呢？”她说话不紧不慢，声音不高不低，带着悲痛、伤感和眼泪。说完这番话后，她如释重负，心里顿时轻松了许多。

2

“就拿我自己来说吧，”瓦丽恩尕说着低下了头，好像在对自己说话，“或者我们拿内罗毕其他的一个女孩来说，我们就叫她玛乌阿·卡莱迪吧，现在我们就来到她出生的村庄，因为是农村，她所受教育很有限，这无关紧要，或者可以说，她读完了小学，有机会上了一所穷人孩子不用缴高学费的较好的师资学校。

“可是，嗯，嗯，在师资学校她还来不及读完二年级，就已经怀孕了！”

“谁让她怀孕的？”

“我们就说是她的同学让她怀孕的吧，她的这位同学穷得叮当响，口袋里一分钱也没有。他们的情爱是在彼此传阅詹姆斯·哈德利·蔡斯以及查尔斯·曼故阿或者戴维·梅卢的小说时，或相互交换对吉姆·里夫斯、迪克或者劳伦斯·恩杜卢的唱片里的歌词看法时产生的。我说卡莱迪呀，现在你怎么办？

“那么，我们现在假设是同村的一个无业游民让她怀了孕。这个无业游民孤身一人，游手好闲，居无定所。他们是在一次晚上的舞会上认识的，舞会结束时他们来到租借的房子或者在黑暗的草丛中做了爱。结果怀了孕。啊，卡莱迪，你这个可怜的小宝贝，你到哪里给你的小东西弄吃的穿的？

“或者我们说这个流氓后来在内罗毕找到了一份工作，每月工资五个先令，他们在一次观看了李小龙和詹姆斯·邦德武打片以后，在回家的路上来到了一家廉价的小旅馆，其实在里面只待了短短的五分钟，然后就乘三轮车回家了，结果就怀孕了。啊！卡莱迪，谁能为你擦干后悔莫及的眼泪呢？

“或者，我们说卡莱迪的怀孕是一个富翁给她的。当今社会腰缠万贯的老富翁，老牛吃嫩草，与比他年轻得多的姑娘有床第之欢已成为时髦和司空见惯。这位富翁其实已经有了家室。有一天她在回学校的路上，经过住宅区时，遇见正开着奔驰车从那里经过的富翁，富翁招呼她搭车，下车时因为接受了点富翁所谓的零花钱，在一个周末的晚上，卡莱迪不好推辞地跟着富翁来到一家离富翁家很远的豪华夜总会，居心叵测，富翁有意将她灌醉后和她发生了性关系。

“问题是无论是同班同学，同村的无业游民，还是老富翁，他们给卡莱迪的苦果就是怀孕。当卡莱迪向他们提起此事时，他们却说：‘什么？卡莱迪，你说是谁让你怀孕的？是我？呵！这怎么可能呢？噢——噢！你这个好虚荣、图享受的卡莱迪，滚吧，滚得远远的，再去勾引别的男人！你哭吧，你就是流了一桶眼泪，也没有人同情你！你不会因为我曾耻笑过你，得罪了你，我只玩了你一天，然后就不明不白地将怀孕归罪于我吧！’

“卡莱迪也不是好惹的，她双手叉腰怒气冲冲地对昔日情人吼道：‘真是不要脸，你以为你是蜜糖吗？我喝茶可以不用糖！你以为你是公交车吗？我外出可以步行！你以为你是房子吗？我可以露宿！你以为你是床？我可以席地而睡！你整天对我甜言蜜语，说得比唱得还好听，我再也不信你们这一套！’尽管卡莱迪摆出一副气势汹汹的样子，但她没有底气，情绪很紧张，心在激烈地跳动。

“现在我们假设说，卡莱迪不愿意吃药打掉肚中的小孩，而是将孩子生了下来。尔后，她并没有将孩子扔在厕所里，也没有将孩子遗弃在路旁或在公共汽车里，更没有将孩子遗弃在野外丛林或垃圾箱里，而是将孩子送到妈妈或婶子那里让她们看管。但妈妈和婶子很不情愿帮她看孩子，她们生气地告诉她：‘我们不想看到你玩这种游戏，你是自讨苦吃，卡莱迪！到了这种地步，你就应该明白了，男人没有一个是可靠的，他们将你推进受苦受难的万丈深渊，让你自作自受！’

“现在我们说经过这样一次折腾，卡莱迪已经醒悟了，她知道了耻笑你的人绝不会是你的朋友，人世间是没有后悔药可吃的。这一次她下决心回到了学校，继续学习，读到四年级，经过考试，她获得了师资学校的毕业文凭，还通过考试获取了英语、斯瓦希里语和神学的合格证书。

“这就太好了！

“但麻烦事还没有结束。她的父母还要她继续读，他们到处凑钱，让她去内罗毕文秘学院继续深造打字和速写，同时也让她手头有点钱，以便对付有可能像过去发生过的不测。在文秘学院经过九个月的学习，她已经能熟练地打字和速写，打字每分钟达到三十五个字，速写每分钟达到八十个字，由此她顺利地将打字和速写两个文凭收入囊中。

“现在我们继续说这位卡莱迪，内罗毕文秘学院毕业后在内罗毕开始找工作，她带着师资学校和内罗毕文秘学院两份文凭去公司找工作，她找了一家又一家，最后终于找到一家并在秘书带领下来到老板办公室，老板见她进来，开始正襟危坐，用审视的目光从头到脚看了一遍，说，‘你想干什么？想找工作？啊，是吗？我现在正忙，这样吧，你下午五点再来。’卡莱迪只好等，等呀等，好不容易等到五点，她三步并作两步往老板办公室赶，喘着粗气来到老板跟前，老板一见，大笑不止，指着一张椅子让她坐下，并开始询问她的姓名、出生年月日、出生时的乳名和后来的英文名，然后又问她想做什么工作，有什么要求……她一一做了回答，老板耐心地听着她的回答，不时地用指头或笔轻轻地敲击着桌子，最后说：‘目前工作很难找，但像你这样漂亮的姑娘另当别论，但这些具体的东西不能在办公室里谈，我们找个别的地方谈，我们去摩登爱情酒吧细谈吧。’卡莱迪油然想起过去在夜总会和小旅馆里所发生的一切，真是一朝被蛇咬，十年怕井绳，眼前的他也不会安好心，因此她断然拒绝了老板到酒吧见面的邀请。第二天，为了工作，卡莱迪又开始一家家地敲公司的门。

“好，她现在又敲开了另一家公司的大门，在办公室里见到了公司的老板，然而，笑声依旧，问题依旧，相约细谈的地方依然不是酒吧就是旅馆。其实老板的目标就是卡莱迪的大腿，大腿才是签约的地方。但是，卡莱迪总是夹紧大腿，那她怎么能找到工作呢？我们今天的肯尼亚只能这样告诉你：卡莱迪小姐，你懂得舍得吗？只有舍，才能得，你给了我，我才能给你！卡莱迪小姐，愚人打官司肯定耗时，现在打官司，开庭总是从一场盛宴开始的。卡莱迪小姐，男人是不会只吻一下手的，你让我舒服，我也让你舒服。当今社会男人需要的是女人的大腿，不需要鳄鱼皮！

“卡莱迪认为宁可不找这个所谓的工作也不要人格受侮辱。虔诚的上帝信徒是有人格的，不是吃软饭的。一天上午，她终于找到了一份工作，不用先去小旅馆，也不用去摩登爱情酒吧。公司经理基哈拉先生在办公室见了面就答应雇用她。基哈拉先生人到中年，有妻室，是几个孩子的父亲。他是马图伊古卢教堂里一位有影响力的委员会成员。这真是上帝怜悯，现在卡莱迪可以安心工作了，再也不用因情所困，整天惶恐不安了，再也不用怕人格受辱而烦恼了。

“不到一个月，她就找到自己心爱的恋人，小伙子是一名大学生，思维很前卫，当卡莱迪告诉他家里有个孩子时，他用深深一吻表示理解。他说：‘有孩子有什么关系，孩子又不是老虎会伤人。你有了孩子说明你不是骡子！’卡莱迪听到此话，幸福的泪水不禁夺眶而出，心里充满喜悦。她心里暗暗想道：‘能遇到这位如此大度的恋人，我真是三生有幸。今后一定要好好爱他，对他百依百顺，就是骂也不还口。我还要支持他上学，让他顺利完成学业。等他毕业后，我们就结婚组成一个幸福稳定的家庭。从现在开始我就不用再苦苦寻觅了。’

“卡莱迪的女朋友们开始妒忌她，议论纷纷，有的劝说她：‘你们相恋时间还短，对他不一定了解，这种事千万不要太死心眼，不要在一棵树上吊死啊！’卡莱迪回答说：‘我还能怎么样呢，一个无家可归到处要饭的可怜孩子就像一只待宰的羔羊。’有的还对她说：‘朋友，你要记住，这是新肯尼亚，世事难料，今天很难说明天会发生什么，今天他给你一口吃的绝对解决不了你明天的饥饿。’卡莱迪回答说：‘贪多嚼不烂，你想得到一切就会失去一切。不能脚踩两只船呀！’有的对她说：‘日复一日，只吃一种饭，你会觉得索然无味的。’卡莱迪反驳她说：‘吃着碗里看着锅里会使自己什么也吃不到，借来的项链会毁掉自己的一切。[①]

“正当卡莱迪觉得她和年轻人的恋情发展顺风顺水时，老板基哈拉开始打她的主意，经常用一些甜言蜜语哄骗她，卡莱迪并不在意，常常觉得这是长辈在和小辈开玩笑，就像父亲和儿子开玩笑一样。有一天，基哈拉来到卡莱迪办公室，站在正在打字的卡莱迪身旁，有意靠得很近，假装和卡莱迪一起认真审看正在打印的文稿。‘这个周末你有什么安排吗？我想让你陪我出去走一走，可以吗？’卡莱迪有礼貌地回绝了。基哈拉心里明白俗话说的‘欲速则不达’的道理，因此他耐心地等待着，又过了一个月，有一天他又对卡莱迪说：‘今晚在天堂俱乐部有一个鸡尾酒会，我们一起去参加，你说行吗？’他小心翼翼地问她。卡莱迪心里明白，老板又开始打她的坏主意了，因此有礼貌地婉拒了他。基哈拉深知太急了会事与愿违，必须耐心等待。

“一个月以后的一天，基哈拉又开始给卡莱迪这个令他垂涎欲滴的猎物安下了难以逃脱的圈套。真是费尽心机，甜言蜜语引诱她上套。基库尤谚语说：‘想洗澡，就得脱掉衣服’，对待卡莱迪就要这样，‘我告诉你，卡莱迪小姐，今天我很忙，办公室里有许多急待处理的重要信件，我想让你五点下班后留下来加班，加班费由公司支付。’

“卡莱迪没有反对，到了五点，她来到基哈拉办公室整理信件，基哈拉则坐在办公桌前埋头写着什么。大约到了六点，公司的员工们都已下班回家，他站了起来招呼卡莱迪，并将一张椅子搬到她身边让她坐下，基哈拉皮笑肉不笑地在办公桌的一角与卡莱迪面对面坐了下来。卡莱迪预感不妙，赶紧对他说：‘老板，这封信怎么答复，你口头给我说，我按你说的写，这样快些，因为天很快就黑了，我还有一个约会！’

“‘卡莱迪小姐，不要着急，如果晚了，我用车送你回去。’

“‘谢谢，不用了，我不想给你添麻烦。’卡莱迪

① 比喻源于法国著名作家莫泊桑的短篇小说《项链》。

强压着心里的怒气用温柔的声音回答说。

"'没有关系，到时候我也可以给家里打电话叫我的司机过来直接送你回家。'

"'其实，平常我喜欢坐公交车。信在哪？给我吧！'

"基哈拉含情脉脉，低头看着卡莱迪，温柔地对她说：'卡莱迪，我的心肝宝贝，现在我就是你心中急待处理的信件。'

"'是吗？你就是急待处理的信件？'卡莱迪假装不明白他的意思，急忙反问他，'你将如此重要的信件交给属下员工处理合适吗？最好还是你自己处理，这样你心中的秘密就不会泄露给无关的人了。'

"'漂亮迷人的卡莱迪，我心中的花儿，没有别人，只有你才能帮我处理这封信。因为我想将这信用我心中的地址发到你心中的邮箱里，让你的心来读，让这封信的内容永远铭刻在你心中，永远！但愿你的心在接收到这封信后不要无情地说，将它退回去！啊，亲爱的，我心中的花儿，你知道我对你的爱是怎么日夜折磨着我的吗？'

"'啊，老板，先生，请不要……！'卡莱迪看到老板和她说话时喘着粗气，又急又怕，心急如焚，想用话来岔开，同时又对这个秃顶老头连珠炮似的甜言蜜语暗暗感到可笑。她挖尽心思找一些刻薄的语言来嘲笑这个老头，'现在如果你老婆听到你刚才和我说的话，她会说什么呢？到时候看你怎么办！'

"'没有关系啦，我老婆已经老了，卡莱迪，你是我的心头肉。你听着，我告诉你一个好消息，我将在今朝逍遥地产或者在内罗毕市中心肯雅塔大街及其他你喜欢的地方给你租一套房子，地方由你挑，告诉我就行，然后我就按你的想法重新精心装修，从巴黎、伦敦、柏林、罗马、纽约、东京、斯德哥尔摩和香港进口装修材料和家居用品，包括床、桌子、椅子、高档床垫、床单、窗帘、地毯等，一应俱全。此外，我还要从伦敦的牛津大街和法国巴黎的时装店给你买时装。同时还要从意大利的罗马给你买高品位的高跟鞋，你穿着这样的高跟鞋，配上巴黎时装，哪怕在街道上就这么一走，就像飘忽轻盈的彩云飘过，回头率肯定百分之百，人们会评头品足，赞不绝口，甚至会有人因为妒忌吹起口哨，交头接耳议论说：你看，那位漂亮妞就是基哈拉老板的小蜜。我们在一起享受了无与伦比的快乐后，我会给你买一辆阿尔法·罗米欧的小轿车，这种小车最适合偏房，你可以自豪地开着小车去逛商场购物或者周末出去兜风。卡莱迪，我心中的甜果，我心中的花儿，过来吧，来吧，我不会让你后悔的，从此你将永远与贫寒告别……'

"卡莱迪艰难地收起笑容，神情严肃地对基哈拉说：'老板先生，我能问你一个问题吗？'

"'有什么问题？问吧，不要说一个，就是一千零一个也没有问题。'

"'你想和我结婚吗？'

"'哎呀，卡莱迪，你这是怎么了？为什么要把事情说得那么清楚呢？我让你上我这里来，就是把你当成我的小蜜！'

"'啊，不……不，我从未想过要和我的老板做这种事！'

"'啊，亲爱的，你怕什么呢？'

"'我也不想拆散你的家，借来的项链会毁掉自己的一切。'

"'我不是告诉过你她已经老了吗？卡莱迪，我心中的小宝贝，你怕什么？有什么可怕的？'

"'我已经有了心中的恋人。'

"'啊哈，你别开玩笑了，卡莱迪。你还是那样因袭守旧吗？你说的是那个穷小子吗？他们这些人还能算是男人吗？他们行过割礼吗？他们有什么呢？一无所有，穷得叮当响，只靠别人施舍过日子！'

"'是我自己找的，我不后悔。我们真心相爱，互相对上眼了，鞋合适不合适脚知道，你所认为的穷小子，是我心中的花儿。'

"'你听我说，卡莱迪，'基哈拉离开办公桌走近卡莱迪，喘着粗气对她说，'现在丑陋的老朽和年轻貌美的少女相恋已经不是什么新鲜事了，只要是人，都在围绕着钱转……但每个人都有选择的自由，我就再不想说服你做我的偏房了，豪华和舒适的房子你不要，没有关系。但希望你同意一件事，就一件，请不要拒绝。'

"'你不是马图伊古卢教堂委员会的委员吗？你不是经常吟诵《圣经》吗？回到家里，请你好好读一读《罗马书》第十三章第十四行：紧随耶稣吧，经受住肉体的诱惑，不要有肉欲的邪念……'

"'但在同一本书里，还有这样写的：祈求吧，你们会如愿以偿的。寻觅吧，你们会心想事成。敲门吧，大门会为你们开启……我的小水果，我亲爱的，我们没有必要花钱去酒店，在我这个办公室的地板上就很好，如果办公室能说话，它可以给你讲述在这里发生的许多动听的故事。柔软的地板就像一张舒服无比的软床，躺在上面，你可以松松筋骨，从头到脚你会感到无比的舒服。'

"'我没有必要在地上松松筋骨。'卡莱迪生气地回答说。

"就在这时候，基哈拉突然伸手想拥抱卡莱迪，卡莱迪一躲闪，两个人被椅子绊了一下，差点摔倒，卡莱迪乘机拿起手提包，套在身体左侧腋下，不断地往后退，基哈拉伸手抓她，就像猎人追赶猎物。现在基哈拉已经撕掉虚伪的面纱，不顾所谓的尊严，一个跑一个追，他们在办公室里团团转。

"突然间，基哈拉朝卡莱迪猛扑过去，一只手紧紧搂住她的腰，另一只手在她身上乱摸。卡莱迪拼命挣扎，乘其不备用拳猛击基哈拉的胸口，同时想从手提包里掏出那把刀。这时双方就像火车爬坡那样各自喘着粗气，卡莱迪自觉快要顶不住了，她顾不得他是不是老板，愤怒地大声喊道：'你要是不放开我，我就要喊了！'

"基哈拉把手慢慢放了下来，此时他脑海里思潮翻滚，他想起了自己的名声；想起自己的老婆和孩子；想起了一次又一次到马图伊古卢教堂做礼拜吟诵的《圣经》；还想起了是他在教堂里一次又一次祝福新婚夫妇互敬互爱，和睦相处，生活幸福！同时还想起如果他在办公室强奸自己的女下属受到法院的审讯，自己将名声扫地。骤然间，两腿发软，欲火慢慢消失了。他放开卡莱迪，从口袋里掏出手绢不断地擦着头上的汗。他面对着卡莱迪，想用微笑来消除对她的怨气，但他笑不起来。最后他对卡莱迪说：‘卡莱迪，你们老家的人就不开玩笑吗？不要紧张，我刚才是给你开玩笑，是大人和小孩开玩笑。好啦，你回家吧，这信件明天早晨再来处理。’

“卡莱迪夺路而逃，她沿着回家的路边跑边思索着：好一个大人和孩子开玩笑，我还不明白吗，这其实是一出猫捉老鼠的把戏。

“第二天，卡莱迪像往常那样去上班，不过她迟到了五分钟，老板也是刚到了一会。基哈拉将她叫到办公室，她踏进办公室时，想起昨晚在这里发生的一切，心里忐忑不安。基哈拉装作在看报纸，低着头对卡莱迪说：‘卡莱迪小姐，看来这几天你自己当起老板来了？’

“‘对不起，老板，公交车晚点了。’

“基哈拉抬起头来，背靠椅子，满脸不高兴地看了卡莱迪一眼。

“‘是因为那位年轻恋人吧？卡莱迪小姐！这些天来你已经无心工作了，我想最好你还是先回家去，想干什么就干什么吧，像其他姑娘那样，如果你还想工作，再来找我，我的门永远对你敞开着。拿着，这是这个月的工资，至于下个月的工资嘛，要看你的表现。’

“我的卡莱迪又没有工作了，她的名字又加入了长长的失业名单之中。她心情沉重地回到她那小小的出租房，万般无奈地等待着晚上恋人的到来。每每听到恋人的声音她就兴奋不已，心儿激烈地跳动。她多么希望今晚恋人的到来，能用甜蜜的话语抚平她心中的创伤。恋人终于来了，卡莱迪迫不及待地将昨晚在坏蛋基哈拉办公室发生的事情一枝一叶全部告诉了他。情到浓时，恋人们往往容易被爱情蒙住双眼。卡莱迪讲完昨晚的经历后正热切地期待着恋人能对她说些宽慰的话，更渴望着恋人能用火热的狂吻来擦干她的眼泪。

“啊，不，没有。

“患难中才能见真情。他既没有说宽慰的话，也没有亲吻她。他板着脸孔一言不发，不相信卡莱迪能顶得住老板大把钞票的诱惑而不落入情爱的圈套。这时，他就像羊要吃草那样慢慢低下了头，心里盘算着如何应对这种难堪的局面。他开始发狠话说：既然卡莱迪已经那么了解老板基哈拉，就连在什么地方睡觉更舒服都说了，那他就不止一次玩弄过她的大腿，像她这样的妙龄少女在金钱和享乐面前能毫不动心，那是有病呀！龙生龙，凤生凤，耗子生来会打洞。能和自己年龄相差很大的父辈谈情说爱，甚至怀上了他的孩子，能说不干这种勾当吗？‘卡莱迪，你这个喜欢寻欢作乐的女人，口口声声说没有这回事，是你同意和那个坏蛋干了那种事的，你会告诉我吗？你肯定会说，不是的。我能不明白吗，你之所以告诉我，是因为那个坏蛋在旅馆里和你玩腻了，不想再和你玩了。’

“卡莱迪一声不吭。

“卡莱迪悲痛万分，泪水像断了线的珠子夺眶而出。愤慨、仇恨、悲伤一齐涌上心头。她昏昏然，一连串找不出答案的问题在脑海中不断翻滚。现在我这头高级奶牛的奶已被挤完，要送进屠宰场了？

“卡莱迪心如刀绞，万念俱灰，漫漫爱情路转了一圈又回到了原地。

“你这位曾经在我快跌倒时扶起我的人，请你告诉我：我们这些现代肯尼亚的卡莱迪们，难道就一定要随波逐流吗？难道还要摔倒一次吗？如果卡莱迪就像传说中的凯恩姐妹，那她能不在街道上徘徊吗？

“从今以后，卡莱迪决意不想再去分清：

伸直还是弯曲
咽下还是吐出
爬上还是爬下
离去还是归来

是的！从今以后，她再也不能辨别：

狡诈与耿直

愚蠢与聪明

黑暗与光明

欢笑与悲痛

地狱与天堂

魔鬼与上帝

是谁曾经说过，人生在世，只有两天最重要：

甜蜜和痛苦

欢笑和眼泪

出生和死亡

对于现代肯尼亚的卡莱迪们，难道只有一天吗？每天都那样一成不变吗？难道她们在出生时身体的各部分已经都是废物，只留下一个器官有用吗？那么现代肯尼亚的卡莱迪们何时能擦干眼泪？何时脸上能露出笑容？”

3

瓦丽恩尕讲完故事，慢慢抬起头来，端详了一会儿眼前这个人，然后放眼朝赛场路望去，只见马路上依然像她当时从奥华华·杰利乔的小出租房被赶出来时一样，一切依旧，处处人来人往，车水马龙，南来北往的汽车不停地响着刺耳的喇叭声。

就在这时，像往常那样，圣彼得·克拉沃斯教堂的钟声响了，它在召唤信徒们参加晚祷告。瓦丽恩尕他们朝钟声的方向望去，听到的好像不是钟声，更像是隐约有人在召唤：

来吧，来吧，
拿起耕耘的锄头，
一直往前，不要回头。
来吧，来吧……

她暗暗问自己，这似曾相识的声音，是从哪里传来的呢？他们想干什么呢？虽然她好久没有进教堂了，但她在心里已经悄悄开始低声祷告：

啊，圣洁无瑕的圣母玛利亚，
上帝之母，我们的圣母，
有您，神圣的约瑟夫。
有您，神圣的天使，我的主宰，
还有神圣的诸神，
为我祈祷吧，
我要为寿命未尽就想自尽的罪过赎罪，
保佑我吧，今天，明天和将来，
直至我生命的最后一刻！
阿门！

圣彼得教堂的钟声刚落，瓦丽恩尕回头看了这个人一眼，对他说：“非常感谢你耐心听完我的故事，就像刚才我在心中向神父悔罪后感觉一样，现在我的心情轻松多了。”

“我感觉到了，也许我是一位不合格的神父。但我就是神父，是当今肯尼亚曾经受过无数磨难的一位神父……你给我讲的卡莱迪、老板坏蛋和年轻恋人的故事，深深地刺痛了我的心，像卡莱迪那样悲惨遭遇的人在当今的肯尼亚又何止万千。与你看法不同的是，我认为孩子们哭泣的日子不会太长了，不要灰心丧气，要有信心和勇气，灰心丧气是不可饶恕的罪过，是全民族都不能饶恕的罪过……现在你要去哪里？往哪儿走？”

“伊乌莫罗格！”

“你家乡在伊乌莫罗格？”

“是的，你什么意思？”

“嗯……啊……其实没有什么意思，只是问问。但这个卡卡车站的车在伊乌莫罗格没有站，这里的车只去基阿姆布、恩杜姆布利、廷加安加、恩格姆瓦、伊库努、卡利艾尼和吉苏恩古卢。三轮车车站有车去伊乌莫罗格和纳库卢，就在那边尼阿马基马附近。”

“三轮车车站在哪里我知道，因为我去过，但就是不知道什么风把我吹到这里来了。”瓦丽恩尕背着小包站在一旁对他说。

“那么，好吧，再见！”她与这个人话别时脸上挂着笑意和淡淡的羞怯。

“再见，一路顺风，我希望你不会再晕倒了。”

瓦丽恩尕正想朝尼阿马基马走去时，这个人忽然回过头来对她喊了一声：“请等等。”

瓦丽恩尕闻声停住了脚步，心里想道：难道他又是另一个怀疑卡莱迪寻欢作乐的“恋人”吗？

这个人朝她走了过来，打开手中的提包伸手掏出一张卡片递给瓦丽恩尕，说：“我告诉过你，你刚才给我讲的卡莱迪、坏蛋和恋人的故事使我心里很难过。如果你想知道为什么在今日肯尼亚像卡莱迪这样悲惨境遇的人和混迹江湖的坏蛋成千上万，而且以触目惊心的速度迅速增加，回到伊乌莫罗格以后，你凭这张请柬去参加一次盛宴就完全明白了。”

这个人说完头也不回，大步流星地离开了瓦丽恩尕。

瓦丽恩尕迈步沿赛场路朝尼阿马基马车站走去，穿过埃索加油站，再沿着滨河路往前走，来到了尼阿马基马三轮车车站，一路上她不断回头，看看那个人有没有尾随她，她突然想起："啊，我忘记问他的名字了。"她心里默默告诉自己："没有关系，也许给我的那张请柬里会有他的名字。但是，说什么有人请他去赴宴，吹吧！男人都是那德行，喜欢吹牛，我才不去呢，我不想再和这些男人打交道，不管是坏蛋老板还是年轻恋人，免得自找麻烦。"

瓦丽恩尕来到尼阿马基马车站，但没有找到去纳库卢和伊乌莫罗格的三轮车，她失望地靠着尼阿马基马酒吧附近的一家卖土豆和洋葱小店的墙站着。这时她突然想起那张请柬还没有看，因此就从手提包里拿了出来，细细一看，只见请柬里写着：

魔鬼盛宴！

来吧，亲眼看看——

魔鬼主办的选拔赛

选出七名最佳盗贼与劫匪。

奖品丰厚！

试试你的运气。

选拔赛将评选出七名最精明的盗贼与劫匪。

奖品丰厚！

地狱天使乐队将应邀参加！

签字：撒旦

阎王

伊乌莫罗格黄金山盗贼劫匪总部

看完请柬，瓦丽恩尔顿觉好像有一把锋利的刮胡刀在捅她的肚皮，一阵阵生疼。她目光呆滞地环视着四周，怀疑自己是不是在尼阿马基马，是不是又在做梦。一连串的问题在不断撞击着她的心。她昏昏沉沉，耳边嗡嗡作响，犹如无数蜜蜂搬家的蜂鸣。她满腹狐疑：这个拉着我的右手让我沾上这种厄运的坏家伙到底是谁？难道送还我丢失手提包的人本身就是盗贼？她全身开始发抖，一阵阵眩晕。她紧紧扶着土豆和洋葱店的墙，以免摔倒。

伊乌莫罗格魔鬼的盛宴！盗贼劫匪的比赛！太可怕了！明天，周日？想着想着，她的心开始激烈地跳动，有谁能相信真有这种怪事呢？

第三章

1

像往常一样，内罗毕城里的各个车站人头涌动，挤满了人。远远望去，尼阿马基马三轮车站也排着长长的队伍。有些人是从格罗岗山谷那边过来的，据说那里连一辆车的影子都没有。有些人是从河滨路那边过来的，他们多数是在周六和周日过来买工具和农具的工人和农民。有些人则是来尼阿马基马买土豆和洋葱的。有些是在回卡里阿科、伊希利伊、普姆瓦尼、西奥利莫约、巴哈提、马卡达拉、奥华华·杰利乔、卡利奥邦吉和丹多拉的家以前到这里的小酒吧小饭馆消遣消遣，喝上一两瓶啤酒或吃点什么东西，填填肚子。但大多数人是在车站等候去耐瓦沙、吉乌吉乌、奥乌-卡拉乌、尼亚胡卢卢、纳库卢、鲁瓦伊尼和伊乌莫罗格的三轮车。尼阿马基马人声鼎沸，市场的嘈杂声，商贩的叫喊声，汽车的喇叭声，震耳欲聋，犹如万壑争流。

今天是周六，通往鲁瓦伊尼和伊乌莫罗格的三轮车不多，只好等着，突然她听到了三轮车的轰隆声，她满怀希望地走过去一问，原来三轮车只去纳库卢和尼亚胡卢卢，不去伊乌莫罗格，瓦丽恩尕失望了。

日近黄昏，已经是下午六点，瓦丽恩尕心里有些着急了，

她心里开始默默祷告："噢嘞，我的圣母，圣母玛利亚，耶稣之母，怜悯我吧，我不在内罗毕过夜，帮我要一辆小车吧，哪怕是驴拉车，拉我离开内罗毕回我家乡伊乌莫罗格。怜悯我吧，万能的圣父、圣子和圣洁的灵魂，时刻护佑我，如此以往，直至永远。阿门！"

祷告刚完，一辆开往伊乌莫罗格的三轮车骤然而至。瓦丽恩尕一眼看去，惊讶地发现这辆车破旧不堪，心想不会是从格罗岗山谷那边的废车堆里捡来的吧！三轮车四周贴满了大大小小的广告以吸引乘客的眼球，其中有一张写着：

想闲聊或听传闻，就请坐我这辆既麻烦又舒服的姆瓦乌拉三轮车。你想去哪我就送你到哪。不要急，欲速则不达，一步步，慢慢走，肯定会把你平安送到家。

瓦丽恩尔还来不及看其他广告，三轮车司机已经从车里走了出来，为消除乘客对这辆破旧三轮车的坏印象，他口中念念有词，还有意哼着歌谣：“来吧，坐我的这辆既麻烦又舒服的福特T牌三轮车吧，快着呢，转眼间就可以到利穆鲁、塞特莱特、奈瓦沙、鲁瓦伊尼、伊乌莫罗格……我曾经听到有些年轻人在唱：

如果上帝近在咫尺，
我们就可以将你这婊子送进法庭，
上帝无偿赐予你们身体，
你现在却以二十先令出卖自己。

来吧，年轻人，让我告诉你们一个秘密，因为有我的这辆三轮车，我们离上帝就越来越近了，上车吧，坐上我这辆既麻烦又舒适的福特T牌三轮车，眨眼间就到伊乌莫罗格，就是要去魔鬼麇集的地方也不在话下。”

瓦丽恩尔听到“魔鬼”两个字，脑袋嗡的一声，油然产生一种怪异的感觉，想起了手中那张魔鬼盛宴的请柬，想起盗贼劫匪选拔赛。她暗暗问自己，它到底是一次什么样的宴会？像他那样对我好的人怎么会与盗贼们为伍呢？他为什么不盗走我这个手提包呢？听了穆瓦乌拉神叨叨的话后，她心中的不安好像在慢慢消失。

此时，成群结队的人们消遣后陆陆续续从酒吧和饭馆里走了出来，站在路边等车，听着这司机哼哼的歌谣，许多人大声附和说，是的！是的！穆瓦乌拉，快说吧，把全部秘密都说出来，快点！

2

穆瓦乌拉牌号MMM333的福特T牌三轮车好像是地球上造的第一辆车，已经遍体鳞伤，破烂不堪。跑起来犹如火鸡，摇摇晃晃。清晨，在出发前，这辆老爷车必须先由人推动才能将车发动，发动机启动时就像里面有铁片刮擦那样发出一阵阵可怕的嘎嘎声；熄火时发动机又会像肺痨病人那样发出一声声含糊不清的咳嗽声。每次都一样，当车被推出一段距离点着火后，司机就会赶紧从车里下来，掀开发动机的布盖子，碰碰这摸摸那，顺顺线路，叠好布盖，然后回到驾驶室，坐稳，脚踩油门，车开始启动，发动机的转动声就像一阵阵呻吟声，在埋怨着司机大清早的为什么要这样折腾它。

当有人埋怨这辆车太破旧时，司机罗宾·穆瓦乌拉就会极力替它辩护，有人问他，你这辆车是什么时候出厂的，是诺亚时代[①]？

穆瓦乌拉笑了笑，摇摇头，身体紧靠三轮车，又开始唠叨起来：

“我告诉你们吧，说实在的，现在车的结构没有一种能比得上我这辆福特T的，有些车如标致、丰田、沃尔沃、奔驰，你别看它外表很漂亮，漂亮的外壳薄得就像纸，只是样子货，不实用。但是福特T就不一样，它的材料实打实，据说它那坚实的金属材料甚至可以将其他的车凿穿。你从日本、德国、法国、美国买来新车，开始是好好的，用了两三个月之后，就完蛋了，而我这辆小玩意，依然在路上跑得欢。”

不管怎么说，穆瓦乌拉的目的就是要让更多的人搭他的破车，多赚钱快赚钱，然后买一辆更大的车，拉更多的人，赚更多的钱。穆瓦乌拉和其他许多人一样是一个拜金主义者。他曾经跟人说过，为了钱，世

① 《圣经》里的一个传奇式人物，活了950岁。这里讽刺车辆年代久远的意思。

界上哪个角落都可以去，没有他过不去的河，爬不过的山；为了钱，他可以不择手段，钱就是他的上帝。

然而，他的上帝并没有眷顾他，多少年来，他只是靠白人尼亚奎苏遗弃的这辆破三轮车拉客挣点苦力钱。有时候，他心里会感到失落，常常问自己，这个苦差我还要做到什么时候，望着生活之树果实累累，我什么时候能信手，哪怕是踮着脚可得，而不望果兴叹？

穆瓦乌拉对人们说，白人带来的钱是肮脏的，都是邪恶。就是因为它，让玛利亚的孩子被钉在十字架上受苦受难，尽管他是犹太人心目中的上帝的立储之子。你还能再说什么呢？对于我，为了钱，连我自己的妈也可以出卖，如果有人出好价钱，我会毫不犹豫地将我妈卖出去。

多数人都认为，这一切是他在胡说八道。只有一个人知道穆瓦乌拉不是在开玩笑。争吵是由五个先令引起的。那个人少付了五个先令，穆瓦乌拉向他要，他不仅不给，还破口大骂："你就像牛粪里的一只可怜的甲壳虫，小气鬼，永远是劳碌命，永远受穷！"穆瓦乌拉反问他："你为什么只付我七十先令？我们原来说好的，你花七十五先令租我的车，后来又说我的车多拉了两个人，你到底是租座位还是租发动机？你要是不付，我可要告诉你，我不是好惹的，我这把刀可不是吃素的。"最后这个人还是没有付就扬长而去了。

有一天早晨，人们发现这个昔日的吝啬鬼上吊自杀了，在绳子旁边塞着一张小纸条，写着：不要把别人的财产当玩笑，我们是魔鬼天使——私营商贩。

尽管如此，人们还是认为穆瓦乌拉的工作就是用牌号 MMM333 福特 T 的那辆既麻烦又舒适的三轮车拉客赚钱。

3

俗话说，鸟飞累了，落在哪棵树都行。瓦丽恩尕觉得去伊乌莫罗格的其他车已经无望，只好坐穆瓦乌拉的三轮车回去。瓦丽恩尕进车刚坐稳，穆瓦乌拉又开始哼哼起来：

小姑娘，我是有求必应，
但你不要说你想怀孕，
我懂得怎么刹车，
但对你这样的美人儿，很难刹得住！

突然他停止了哼哼，他看到许多人都围了过来，他有些紧张，但他装作若无其事从车上走出来，双手叉腰站着，摇着头微笑着对他们说："无赖们能刹车那是骗人的，没有比我这辆既麻烦又舒适的福特T更可靠的了……"

人们放声大笑，有的人甚至吹起了口哨。穆瓦乌拉毫不在意，不停地向乘客们继续报着站名。

"……利穆鲁、耐瓦沙、卢瓦伊尼、伊乌莫罗格，走啰，你去哪我送你到哪……"

这个周六，乘客很少，他从内罗毕去了一趟利穆鲁，然后就回来了，因为乘客少，他不得不在城里到处转，路没有少跑，但挣的钱还不够送她回来的油钱呢，天快黑了，他决定跑一趟尼阿马基马，看看能不能多拉几个客人，以便挣够去伊乌莫罗格的油钱。为吸引旅客，因此就不断唠叨着带色的段子。

"记住啰，这个国家是你的，这辆三轮车也是你的！忘掉那些跑起来摇摇晃晃、上下颠簸、差点将孕妇颠流产的标致车吧，我们慢慢走，不要急，欲速则不达……"

又有一个人上车了，只见他身着膝盖和手腕都脱了线的蓝衣服，脚上的鞋满是灰尘，又黑又脏。他面对着瓦丽恩尕坐了下来。穆瓦乌拉回到驾驶室，回头看到车里只有两个人，不情愿地踩了一下油门，三轮车呼啦啦开了出去。

他生气地问自己："我像牛犊那样天天待哺，无所作为，难道我的日子就快走到头了吗？我再也不可能像其他男人那样总有一天能给自己买一辆新车吗？如今那些搬运工，马路边上擦鞋的，烤玉米的，还有那些向旅游者兜售水果或皮毛的都比我赚的钱多，我也是男人，我该做什么能赚钱呢？现在天这样晚了，或者我先不去伊乌莫罗格，今晚就在内罗毕找一家小旅馆先住下来，明早再去？他像其他许多人一样是一个守财奴，连一个五分的先令都会斤斤计较，当他想到钱没有挣几个，跑一趟油没了，他的心比刀捅还要疼。不过，如果要尽快挣到他们的钱，我就不能留在内罗毕，到了利穆鲁，我还可以再接两三个客人，也许还可以在穆塔拉瓜换乘站遇上几个等城际公交的客人，尽量说服他们坐我的车，这样我今晚就可以住伊乌莫罗格，明天一早，我可以第一个赶去参加魔鬼盛宴，一举两得，就这个主意好，看来人不能没有主意！”穆瓦乌拉给自己打气说。

他突然情绪高涨，神情有些激动地大声对旅客们喊道：

“走吧，走吧！快上来，不要落下，我是你们忠实的仆人，你们说到哪儿，我就把你们送到哪儿，无论是上帝的地方还是魔鬼的地方。保证让你们平平安安回到你们的家……或者到了伊乌莫罗格，你们再也不用道听途说了……到了那里，你们可以目睹耳闻……还可碰碰你们的运气……上车吧，快上车，此行一定会给你们带来好运气……来吧，就现在，明天的事明天再说。快上来吧，早走早到，好运气属于捷足先登的人……”

“哎呀，这个人还要唠叨到什么时候？”穿蓝衣服的人说。

“现在你体会到吧？这三轮车就是闲聊、传谣和唠叨的地方吧。”瓦丽恩尕回应说。

穆瓦乌拉钻进驾驶室，打着火，按了一声喇叭，车慢慢离开，突然听到后头有人在吹口哨大声喊他停车。

穆瓦乌拉立即刹车将车停了下来，有一个年轻人手提小提箱紧步赶上来，上了车，在蓝色服装旁边坐了下来。

“这，这车是去伊乌莫罗格的吗？”他喘着粗气问。

“是的，是的，直接去伊乌莫罗格！”穆瓦乌拉热情地回答说。

“啊！我差点赶不上！”年轻人说，但没有人回答他。

“你后面还有其他人吗？”穆瓦乌拉问他。

“没有啦。”年轻人回答说。

年轻人将小提箱放在膝盖上。坐在旁边的瓦丽恩尕斜瞥了他一眼，只见箱子上面写着名字和地址：戛图利亚先生，内罗毕大学非洲研究院。

大学！瓦丽恩尕感到惊讶，心里有一种很不自在的感觉。

穆瓦乌拉的车拉着瓦丽恩尕、戛图利亚和蓝衣服三位乘客开始出发。穆瓦乌拉的车来到马萨库站，没有人上车，就这样，他又来到火车站，还是没有人上车。他穿过海尔·塞拉希路来到恩贡格路，他觉得再也不会有人上车了，心里有些失望。那位叫作戛图利亚的年轻人打开小提箱，从里面拿出三本书：《伟大作曲家生平录》，作者哈罗德·C. 舒姆伯格；《康巴乐曲介绍》，作者 P. 卡乌尤；《东非乐器》，作者格拉哈姆·希斯洛普。他将三本书都浏览了一下，然后开始读《伟大作曲家生平录》。

俗话说，命里注定是你的就是你的。穆瓦乌拉来到瓦恩耶伊附近的达贡雷提拐角处，他被一位头戴帕卡查①、身披康加②、赤着脚的妇女叫住了。

“去伊乌莫罗格吗？”她问。

“上车吧！”穆瓦乌拉热情地招呼她，“进来吧，还有其他人吗？”

“没有啦！”说着她上了车，神情严肃地坐了下来，一路上用左手托着腮帮坐着。

穆瓦乌拉高兴地吹着口哨，继续往前走。在靠近高尔夫球场的塞贡纳站，又有一位乘客上车，这样车里一共就有了五个人。刚上车这个人戴着黑色太阳镜，身着灰色衬衣和红条纹领带，手提黑色金

① 用椰树叶编的三角帽。

② 非洲妇女喜欢穿的用整块花布做的从头裹到脚、类似长裙的民族服装。

属镶边小皮箱。

穆瓦乌拉有些扬扬得意，他想：“再往前走，也许还可以再拉上四五个人，一共十来个人，这样油钱就不愁了。”

但当他到利穆鲁的穆塔拉瓜站时，他失望地发现没有一个想去裂谷的。此时，是继续往前走呢还是回头，他犹豫不决，暗暗想：“我是只把这五个人送到伊乌莫罗格呢，还是骗他们说车坏了，今晚只好在卡米利苏过夜，明天再走呢？”同时又有另一个声音在告诉他：“穆瓦乌拉呀，你不要不把今天的运气当回事，你哪能知道明天会怎么样？你更不要嫌他们给你的钱不多，俗话说‘积少成多’，先挣这五个人的钱要比来回奔波找足十个人来得更实际。”

就这样，三轮车只载着五个人——瓦丽恩尕、戛图利亚、蓝衣服、穿康加的妇女和戴太阳镜的青年继续往前，穆瓦乌拉加大油门，车摇摇晃晃朝伊乌莫罗格开去。

4

三轮车在到达基宁尼以前经过恩奎卢比时，戴帕卡查三角帽的妇女咳嗽了两声，对穆瓦乌拉说：“司机！”

“请叫我罗宾·穆瓦乌拉。”穆瓦乌拉友好地对她说。

“趁我们还没有走多远，我有点事想告诉你，请你帮帮忙。”

“你说吧，我听着呢，”穆瓦乌拉告诉她，心想，“这个女人在车里闲不住，不知道又有什么事了。”

“心里有话就说吧，说出来就轻松了。”穆瓦乌拉又说。

“那好吧，朋友，你知道吗，世界上没有比朋友间在困难时互相帮助更重要的了。我现在虽然已经上了你的车，但我身上一分钱也没有，还不起你的车钱。”女人可怜兮兮地说。

“什么？你没有钱？”穆瓦乌拉生气地问她。

“我真的没有钱！”

穆瓦乌拉听说她没有钱，嘎的一声，猛然刹车。太阳镜青年那一边的车门突然洞开，说时迟那时快，蓝衣服猛地拉住了将要被甩出车外、滚下基内尼耶斜坡的太阳镜青年的手。

穆瓦乌拉将车停到了路边。

“你为什么还要专门跑恩贡加一趟呢？”蓝衣服责问穆瓦乌拉。

“是不是在那里还有什么名堂？”蓝衣服没有给穆瓦乌拉回答的机会，紧接着不卑不亢地问他。

“不就是为了这位妇女吗？”穆瓦乌拉说着瞥了妇女一眼，对她说，“我不喜欢有人在车上吵吵闹闹，妈妈[1]，你以为车是用尿开的！”

“到了伊乌莫罗格，我一定找个人借点钱把车钱还给你。”

“在肯尼亚没有任何东西是白给的，这里是肯尼亚，不是坦桑尼亚，也不是中国。”

“啊，我的长辈，我想告诉你，我从来没有白拿过别人什么东西，也不想这样做，你要是知道我最近在内罗毕发生的……”

“我不喜欢撒谎，”穆瓦乌拉打断她的话说，“别啰唆，马上付钱，要么你马上给我下车！”

“难道你忍心把我撂在荒野中？”

“啧啧！你看，这就是女人……你下车，走路去伊乌莫罗格，我再次告诉你，这是车，车是要用油开的，不是用鼻涕开的。”

“我曾用这双手为祖国的自由而战，今晚你就忍心让我在荒野过夜与野兽为伍吗？”女人用低沉的声音问，这类问题经常困扰着她，找不到答案。

“现在呀，在我们这块土地上，本地人得不到好处，

① 东非黑色人种对女人的习惯尊称。

得到好处的是外国人，”穆瓦乌拉世故地说，“现在，自由已经是明日黄花，叮当响的钱才是人们最想要的！不是开玩笑了，妈妈，不交钱吗，你就下去，我们还要继续往前走呢！”

“司机，走吧，刚才她说了，她确实没有钱，她的车钱我替她付。”蓝衣服突然开口对穆瓦乌拉说。

“走吧，司机，我可以给她赞助点。”戛图利亚补充说。

“我也和他们一样，给她赞助点。”瓦丽恩尕紧接着说。她想如果在滨河路丢失的手提包回不来的话，也会同病相怜，和她一样没钱付车费。

“那好，我们大家一起分担她的车费，每人出三分之一，这样每人的负担就轻一些！”蓝衣服说。

那个太阳镜坐在一旁一声不吭。

穆瓦乌拉听了他们的议论，没有再说什么，打着火，车离开基内尼耶继续往前走。

穆瓦乌拉的三轮车继续咣咣当当地走着，经过一小时间的沉默后，穿康加的妇女打破了沉默，开始说话，她首先向慷慨解囊相助的各位表示感谢，“我心里非常高兴，但我不知道应该怎么做才能表达我对你们的谢意。我叫瓦恩嘎丽，我的家在伊乌莫罗格耶路撒区。到了家，我会找钱还给你们的，祈求上帝保佑你们这些好心人！”

“这没有什么，你不要太在意，”蓝衣服说，“人处患难之中不能相助，就与野兽没有什么区别了，这就像茅茅运动誓言中所说的：有福同享……”

“我也是这样认为的，请不要太在意。”瓦丽恩尕告诉她说。

“我也一样，忘掉它吧。对不起，我的意思也是不要太在意。”戛图利亚用吉库尤语和英语夹杂着表示歉意，尽管他不想这样做。

“我完全同意这个人的说法。”戛图利亚继续说，“对不起，因为我还不知道你叫什么名字，因此只好叫你这个人。我呢，我的名字叫戛图利亚。”

“我的名字叫穆图里。”蓝衣服回答说，“我的工作么，身兼数职，是木工、泥瓦工和管工，还有其他一些手艺。工作就是一个人的生命。”

“姑娘你呢？”那位叫瓦恩嘎丽的妇女问瓦丽恩尕。

“我叫瓦丽恩尕，贾西恩塔·瓦丽恩尕，我家也在伊乌莫罗格。”

“在伊乌莫罗格什么地方？”瓦恩嘎丽问。

“在新耶路撒冷的耶路撒附近的恩嘎恩德伊西阿村。”瓦丽恩尕回答说。

“你知道，你在说什么吗……”戛图利亚对着穆图里说，他咳嗽两下，清了清嗓音，接着问他，“我的意思是，请你告诉我……他停了一会，欲言又止，好像自己也说不清到底要问什么。

“我的意思是，我们可以说‘哈拉贝’[①]是茅茅运动的宗旨吗？”蓝衣服尝试着看能否说得更清楚些。

“哈拉贝？”穆图里微笑着重复着，“哈拉贝？难道你没有听过尼亚津尤阿族[②]的人们是怎么唱的吗？

哈拉贝，我们的哈拉贝，你见到的哈拉贝，
哈拉贝，我们的哈拉贝，你见到的哈拉贝，
它不是无事生非、造谣惑众商贩们的哈拉贝。

“因此就连我……就连我自己也不敢对我们现代的哈拉贝说三道四……哎，嗯！现代哈拉贝？……没有弄明白以前最好还是不要乱说。如果尼亚津尤阿人想知道我的看法的话，我建议他们如今应该这样唱：

哈拉贝，我们的钱袋，
哈拉贝，我们的钱袋，

① 肯尼亚已故总统肯雅塔在执政期间提出的号召全国人民团结一致、为建设国家加油干的一场群众运动。

② 肯尼亚部族之一。

它是富人和同伙们的哈拉贝。

“我们的人民为独立和自由而战的时候，也有哈拉贝，或者说，当时有两个阵营：叛徒和帝国主义者阵营和工农大众和爱国主义者阵营，茅茅运动的爱国主义者们是这样唱的：

大爱，我们见到的爱，
给予我们的儿童和妇女，
哪怕只掉下一粒豆，
众人可以一起分享。

“而叛徒和帝国主义者是这样唱的：

自私钻营，唯利是图出卖他人，
在这块未开垦的处女地上，
我们要窃掠他们的每一粒豆，
争先恐后，看谁走在前头。

“叛徒和帝国主义者阵营的人们是一群毫无人性的野兽。他们将儿童、妇女和残疾者置于水深火热之中，而他们自己则争先恐后跑去舔帝国主义者盘中的残羹剩菜。

“茅茅阵营的哈拉贝尊重人性，这就是为什么茅茅的英雄们能为反对帝国主义者对儿童、妇女和残疾者的奴役和压迫而英勇献身的原因。无数英雄为此浴血奋战，血洒沙场，为了保卫祖国的自由和独立而战。而叛徒们就是耍阴谋，出卖祖国。年轻人呀，现在我不想再提今天的哈拉贝了，今天的哈拉贝已经易主。”

穆图里突然不吭声了，他正在拍打落在他身上的苍蝇。车里所有的人都沉默不语。穆瓦乌拉握紧方向盘在基内尼耶大斜坡边上坑坑洼洼的路面上艰难地行驶着，朝大峡谷河床开去。夜幕已经降临，沉沉暮霭笼罩着周围的一切，穆瓦乌拉打开车前灯，周围的一切变得影影绰绰，光怪陆离。

过了一会，瓦恩嘎丽突然打了一声嗝，清了清嗓子，用伤感的声音说：

“你说‘哪怕只掉下一粒豆，众人都可以分享’？你说茅茅浴血奋战，血洒沙场是为了保卫祖国的独立和自由，茅茅是我们肯尼亚人民自己的运动……因此我们的孩子们就有饭吃有衣穿了，睡在床上再也不用受臭虫的困扰了？请告诉我，除非是傻子或者是叛徒，为了国家的进步，有谁不愿意为此付出血的代价呢？你们看到我，眼前的瓦恩嘎丽，不要看我小，告诉你们吧，我这样壮实，是因为当年经常肩扛手提为丛林里的游击战士运送枪支弹药的结果……当时穿过敌占区时，在白人珍妮——他们的叛徒——啊，不！是我们的人的掩护下，我毫不畏惧，勇敢无比！现在回首往事，我就伤心落泪，有时候心情会突然变得很坏！穆图里，你刚才不是说今天的哈拉贝是富人和同伙们的哈拉贝吗？

你说得对，
你说得全对，
如果我有奶，
我会让你喝个够。

“请不要在意……不要在意……我常常问他们，每天成千上万先令的捐款从哪里来的呢，是从深海里来的吗？那些能捐出上万先令的人给自己和子孙留下多少呢？不劳而获、旱涝保收的土地在哪儿？永不干枯的水井又在哪里？我们说的富人和同伙，他们是哪些人？他们有胆量站出来让我们看看吗？那些总喜欢策划于密室的家伙到底是什么人？你们等着瞧，那些在黑暗里搞阴谋诡计的坏蛋和他们不光彩的事终究会被揭露出来，暴露在光天化日之下的！我经常这样说：当年我们为自由和独立而战并不是为了钱，是对我们的祖国肯尼亚深深的爱。正是这种爱，激励着我们这些热血青年面对帝国主义者永不屈服，视死如归。我们在为祖国的自由和独立而战时，不分彼此，也不互相歧视，不会因为他是穿麻袋片的穷人，而把他赶出去。后来，正是这些穿麻袋片的穷人在战争中冲锋陷阵，奋战在前。而那些西装革履们在帝国主义者被我们的英雄们打得狼狈逃窜时却跑过去给他们捡帽子。你们刚才听到我讲的，不要以为我是喝醉了酒或是抽了大麻，不！我的同胞们！这一切是我在内罗毕的亲身经历，我不明白今天的哈拉贝是要把我们这些肯尼亚公民引向何处？……”

瓦恩嘎丽轻轻地叹息了一声不再说什么，她那悲怆而倔强的话语使穆图里、瓦丽恩尕和戛图利亚深受感动。太阳镜默不作声，悄悄地将位子往边上挪了挪。

穆瓦乌拉神色狡黠，他加大油门，想将刚才他们那些可怕的对话尽快从摇晃着快跑的车中摔出去。

“告诉我们，内罗毕是怎么啦，让你心绪如此烦乱？”穆图里问瓦恩嘎丽。

“啊，我怎么对你说呢？是灾难给我带来揪心的伤痛！是一场我从未遭遇过的灾难！”瓦恩嘎丽回答说。

接下来瓦恩嘎丽无限忧伤地给他们讲述了在内罗毕——肯尼亚首都所遭遇的一切。

“咳！真是一言难尽。到现在我也不明白是什么鬼让我离开伊乌莫罗格去了内罗毕。同胞们，你们能告诉我吗，在我们肯尼亚，有哪个地方穷人能安居乐业，过上好日子？伊乌莫罗格、蒙巴萨、内罗毕、纳库卢，还是基苏姆？在这些城市里，对工人农民来说，水都是苦涩的……

“我那一小块不到两英亩的土地就因为我还不起五千先令买种牛的贷款被肯尼亚经济发展银行拍卖了。我用这笔贷款买了一些木桩和铁丝网，然后又买了一头肚子里有六个月大小牛的种牛，剩下的一些给我孩子交了学费。后来种牛下了小牛。再后来我靠出卖种牛的奶，凑凑合合能还上每月贷款的利息。过了不久，我的种牛突然染上牛瘟，我赶紧叫兽医，可是兽医姗姗来迟，等到兽医来时牛已经死了，我只好将它埋了。到那时候连四分之一的贷款我都没有还完。

“土地被拍卖，在家乡伊乌莫罗格又找不到工作，生活已经没了出路，走投无路，就想起了内罗毕，内罗毕是大城市，工作机会多，看看能不能找一份临时工做做。同时也想到，我们国家向国外借了大量的贷款来发展内罗毕等大城市，与此同时我们的农民们一直将辛辛苦苦生产出来的粮食和农产品拿到内罗毕和其他大城市去卖，用他们辛勤的汗水养肥了内罗毕和其他大城市。所以我鼓励自己说，我一定要去内罗毕看看，只要能找到工作，哪怕是扫大街洗厕所都可以。我无意对工作挑挑拣拣，因为穷人是没有权利选择的，让你做什么你就得做什么。我曾天真地想在内罗毕肯定不会像伊乌莫罗格那样，无论白天黑夜偷盗和抢劫把我们搅得日夜不得安宁。

“后来，我在口袋里揣了点钱就上路了。

“啊，我还说什么呢，这是我有生以来第一次来到内罗毕这样的大城市，一切都是那样陌生和新奇，只见柏油马路上来来往往的车辆就像蚂蚁一样，又高又大的建筑高耸入云，整个内罗毕就是一个由无数商店、咖啡馆、车辆和在太阳底下闪闪发亮的柏油马路组成的大公园。看来，肯尼亚已经高度发达了，在这里肯定能找到工作。

“我溜进了一家服装店，里面的衣服花花绿绿，五光十色，彩虹般的服装令人眼花缭乱。我见了这家店的一位印度老板，问他是否可以雇用我在店里当清洁工，他说不需要。我说如果不行替他洗洗孩子的衣服也可以，他说也不需要。我离开服装店，在街上高大建筑物之间来回徘徊，最后来到了一家饭店，啊，这么大一家饭店，像肯尼亚山那么大。饭店里面清一色的欧式家具和陈设，我来到经理办公室见了一位白人经理，我问他是否可以雇用我，他说没有工作可做。我看到这里的白人多如蝗虫，因此我就说哪怕在饭店里给白人们擦擦鞋也可以。他笑着对我说，不可能，不需要。那么打扫厕所怎么样呢？他还是说不需要。看来找工作不是那么容易。

“我暗下决心，一定要找到工作。我继续在街上寻寻觅觅，看看能不能遇见黑人兄弟，毕竟血浓于水，我们非洲人是同根同祖的同胞。我来到一家很大的卖家庭用品和农用商品仓储式商店，只见镰刀、锄头、大刀、水壶、饭锅和一些不知名的商品，林林总总摆满了货架。一看这是非洲人开的商店，顿时我心里充满了希望和喜悦。我见到了他们的老板，我将我的处境和想法给他说完后，他突然发出一阵奸笑，恬不知耻地对我说，他所能给我的工作就是让我劈开大腿，还说什么这种事情像我这样成熟的女人是再清楚不过了。此言一出，如万箭穿心，痛不堪言，禁不住泪水夺眶而出。我昏昏然跨出店门，不知何去何从。

“痛定思痛，后来我又来到了一家夜总会，进去后见到一位黑人同胞，说明缘由，他皱着眉头对我说：夫人，你刚才不是来过了吗？不是见过这家饭店的白人老板了吗？这家夜总会和饭店都是他的，他不是说我们这里没有工作吗？

“我很惊讶，原来我转了半天又转回来了。当我正要转身离开时，他把我叫住了，他让我坐下等一等，他要给一个熟悉的地方打电话，看看那边有没有适合我的工作。我忐忑不安地坐了下来，心里燃起了一线希望，还不断思索着我们国家确实是自由了。

“啧，啧！你真的想不到，当我正期待着好运降临时，突然间来了几名非洲黑人警察，那个黑人同胞把我交给了警察，并告诉他们说，我是来夜总会踩点的，已经在周围转了一天了。白人老板被传唤时也是这样告诉警察的：说我在饭店周围转了一天后，连声说，穆夸特先生，这是个好地方，好地方！警长也不分青红皂白，附和着说：‘是的，是的，像她这样的女人往往都是盗贼和劫匪派来饭店、夜总会、商店和银行踩点的。’

“就这样，我被这伙警察连推带拉推上了警车，被直接送到警察站，关进了一个到处是跳蚤、臭虫、蚊子的小黑洞里，连打个盹和睡觉的地方都没有，我在暗无天日的黑洞里蹲了整整三天三夜。我何罪之有？我，瓦恩嘎丽，不偷不抢，连一个小地瓜都没有偷过；我，瓦恩嘎丽，曾经出生入死，为我们国家的独立自由而战的自由战士们背送枪支弹药；我，瓦恩嘎丽，曾冒着生命的危险，为祖国的解放而战。你们想得到吗？我，你们现在看到的头戴帕卡查、身着康加的瓦恩嘎丽，曾经在弥漫着屎尿臭味的警察站的小黑洞里整整蹲了三天三夜！

“被关了三天三夜之后，第四天的早晨，我被押送到法庭，指控我两条罪状：偷盗和流窜，说我不是内罗毕市民而在内罗毕到处流窜。嗨，你们说说，我又不是外国人，我是本地公民，是在自己国家的土地上，怎么能说到处流窜呢？这种指控怎么能成立呢？我绝不接受这些指控，我到内罗毕找工作犯什么罪？

“法官是一位皮肤红得像猪皮一样的白人，又高又长的酒糟鼻活像一只趴在脸上的蜥蜴，鼻梁上架着一副宽边眼镜。在那位咖啡店雇员穆夸特向法官陈述了所谓的案情经过以后，饭店白人经理向法官提出指证。

“最后，法官问我，在判决以前你还有什么要说的？

“到现在我也说不清，我当时怎么有那么大的勇气替自己辩护，也说不清到底是勇气还是因为实在冤枉。我慷慨激昂地对法官说：‘请你看清楚啰，在这土地上我不是外国人，而你是，我不是流窜犯，我在上帝恩赐的土地上土生土长，肯尼亚是我的祖国，在自己国家的土地上找工作怎么说是流窜？当初，国土沦亡，我们浴血奋战，将祖国从敌人手里解放了出来。现在你们所看到穿麻袋片的工人农民就是当年在基马提将军领导下冲锋陷阵的自由战士。现在你说说我到底是盗贼还是劫匪？如果你们真想看盗贼和劫匪，我带你们到伊乌莫罗格的匪巢里看看。希望你们能马上派一些人和我一起去，把那些无赖都用手铐脚镣扣起来。我不知道在内罗毕的盗贼劫匪们是不是也是这样。在伊乌莫罗格，他们在光天化日之下，就敢胡作非为，无恶不作，将整个伊乌莫罗格搞得昏天暗地，鸡犬不宁，人们对他们深恶痛绝。’我说完如释重负地坐了下来。

“法官摘下眼镜，用红手绢不断擦着镜片，然后又重新架到他那又高又长的鼻梁上，低下头用一种异样的眼光看着我。我心想，你再看看我这个素未谋面的农民瓦恩嘎丽吧……要是在过去，我要你尝尝我们枪炮的厉害，你这个魔鬼！最后他让我再说说伊乌莫罗格盗贼的情况。我告诉他：‘啊，我可没有骗你！如果这些强盗被抓起来关进监狱，他们在里面气得咬牙切齿，你和我到底是谁高兴？’

“法官对我说，如果我同意和他们合作去抓捕那些盗贼抢匪，可免去我的刑罚和坐牢。但是因为我没有许可就来内罗毕流窜，违反了法律条例，罚款是必须的。

“你们听听，同胞们！作为公民要有许可才能去内罗毕，这是什么法律？只有在当年帝国主义者统治下，宣布戒严的非常时期才强迫我们做过！

“法官再也没有作任何解释，他转而告诉警长，让他准备好去抓捕伊乌莫罗格的盗贼抢匪。还说由于我主动配合，可免去我六个月的监禁。

“我从法院出来先被带回警察站，一路上的谈话变得友好了起来，还滑稽地赞扬我说，如果公民们都能像我一样勇敢站出来，真心实意地与警察密切配合，那么国内的盗贼劫匪、流氓无赖和其他犯罪活动就会越来越少。公民们就可以在和平安宁的环境中享受自己的劳动果实和过上夜不闭户的生活。

“我离开警察站，回到了伊乌莫罗格，开始打听这次魔鬼们的聚会具体在什么地方和什么时候。我将这一切打听清楚以后，立刻到伊乌莫罗格城里的警察站做了报告，他们又将这一消息和我的名字报告给了嘎孔龙警长，并告诉我如有其他消息可以随时直接向他汇报。

“报告完我就走了，可这样我来回的车费他们一分钱也没有给我报！

“我告诉你们，内罗毕那场横祸已让我原来身上仅有的二百先令都交了罚款，我身无分文，那次我不得不长途跋涉从内罗毕走路回伊乌莫罗格，要不是神助我，一路顺利回到伊乌莫罗格，那天晚上我真不知道睡在哪？吃什么？

“今天真是一个不同寻常的日子，我们有幸坐在一起谈天论地。如果有人再给现在的哈拉贝唱赞歌，我会奉劝他几句，让他心里明白，永远难忘……”

瓦恩嘎丽再没有吭声，她神思飞越，一时间好像又回到法院面对法官和被关进暗无天日的黑洞里的情景……

瓦丽恩尕打开手提包掏出在卡卡汽车站那个人给的魔鬼盛宴的请柬。瓦丽恩尕觉得瓦恩嘎丽好像早就知道在伊乌莫罗格有这一场魔鬼的大聚会，有些遗憾地瞥了瓦恩嘎丽一眼，用微微颤抖的声音对她说：“告诉我……请诚实地说在伊乌莫罗格真的有一个魔鬼聚会的地方吗？”

“什么？你不是说你的家在伊乌莫罗格的耶路撒吗？具体在什么地方？”瓦恩嘎丽问她。

“在……其实我也不知道……”瓦丽恩尕吞吞吐吐地说。

“现在你该明白了吧，魔鬼们确实在伊乌莫罗格有这么一次聚会。”瓦恩嘎丽告诉瓦丽恩尕，说完各自若有所思地沉默着。

5

车里的其他几个人也都没有说话，他们觉得对瓦恩嘎丽和瓦丽恩尕的对话没有什么可说的。尽管如此，大家安静一会后，还是穆图里开了个头，他说：

“我们这个国家如果怀孕了，它会生出什么东西只有天知道……想象一下，我们工人农民的孩子，饥渴难忍，饥寒交迫蜷缩在太阳底下，望着满树成熟的累累果实而不能采摘果腹；看着淙淙流水也不能喝上一口解渴；看着一桌可口的饭菜也不能尝一口。我们的孩子们只能日复一日望梅止渴，满脸泪水地互相瞅着，每天怀着同一个企盼，互相猜着同一个谜语。你们想想，这是为什么？我的同胞们！”

“嗯，水果已经熟了！”瓦恩嘎丽应声说，好像她已经猜到了谜底。

“继续猜，同胞们！”穆图里说。

“清甜的水是在别人的井里！”瓦恩嘎丽又猜了第二个谜语。

“瓦恩嘎丽，你所说的这一切说明我们国家已经临产。”穆图里又重复了一遍刚才说的。

“但接生的还没有找到。”穆图里补充说，“问题是谁让她怀孕的？”说完他就再不吭声了。

“是魔鬼。”穆瓦乌拉突然插嘴说。

穆瓦乌拉想起自己在基内尼耶和他们关于车费的争吵心里微微有些不安。尤其是穆图里、瓦丽恩尕和戛图利亚主动表示愿意替瓦恩嘎丽交车费以后，穆瓦乌拉总想找机会抹去大家不愉快的记忆。因此他又开始哼哼起来：

我要敲打敲打魔鬼，
我要敲打敲打魔鬼，
我要告诉他：不要打扰我
我不是恶魔！

瓦丽恩尕回想起今天的遭遇，她全身热血沸腾，心里问自己，为什么今天所发生的事情是如此似曾相识，或者仅仅是闲聊？

戛图利亚看着穆瓦乌拉，好像希望他能继续唱下去。瓦恩嘎丽的故事令戛图利亚感到不安。他心想，当今的肯尼亚真的有这种事发生？但当他想起肯尼亚确实有一道关于惩治流氓和流窜活动的法律条例时，他就不再怀疑瓦恩嘎丽的故事了。他希望穆瓦乌拉继续唱下去，是想用歌声减轻手里的箱子给他心里带来的沉重压力。

太阳镜继续蜷缩在座位的一角没有吭声，他觉得这些人说的与他没有关系。他不想参与，这些人是一伙的。

穆瓦乌拉突然不唱了。穆图里问他："为什么不唱了？"

"不，我希望你接着唱。"穆瓦乌拉说。

"我们可以唱，可以用同样的曲调配不同的歌词：

> 我要敲打敲打白人，
> 我要敲打敲打白人，
> 我要告诉他们，滚回家去！
> 肯尼亚不是帝国主义者的！

穆图里正想继续唱第二段时，瓦恩嘎丽突然插了进来和他一起唱：

> 帝国主义者，肯尼亚不是你们的家！
> 帝国主义者，肯尼亚不是你们的家！
> 卷起你们的铺盖，滚回老家去！
> 主人已经回来了。

穆图里和瓦恩嘎丽就像两名天才的歌唱家和着原来的曲调珠联璧合地唱完这首歌。

穆瓦乌拉说："哪一首歌我都能唱，今天也是如此，但我是在哪个山头唱哪首歌。地球是圆的，人要能伸能缩，有时候要你站这边，有时候要你站那边；有时候要你低头，有时候要你昂头；有时候瑟瑟发抖，有时候从容自若；人世间任何风云变化我都能从容应对。鬣狗老先生的智慧是：不要挑挑拣拣，能吃就吃；不管谁好谁坏，都能相处。我就是和什么人都能相处，不管是什么教派——天主教、基督教，还是伊斯兰教，我都可以想法跟他们和睦相处。”

“赫加人[①]说：一堆柴火一次只能烧熟一锅饭，”穆图里说，“但是你，穆瓦乌拉，同时可以烧两锅饭！你忙得过来吗？”

“这只不过是嘴皮上下一动的事。”穆瓦乌拉大笑着说。他觉得人们对瓦恩嘎丽的不幸已经在慢慢淡忘，心情轻松了许多。“我们这些三轮车司机到处摇唇鼓舌，大声吆喝就是为了吸引乘客，因为我们要捞钱。就像渔民在河里捕鱼，他们也不知道哪里有鱼，因此就到处撒网。我们的吆喝就像他们的网。”

“为了捞钱？”穆图里插话说。

“是的，为了捞钱。”穆瓦乌拉毫不犹豫地回答说，“对人也是一样，就像鱼钩和鱼饵，既要钓钱也要钓人。人为财死，鸟为食亡，人活着就是为了钱。所以你要是和我们在一起，你就要学坏了。就拿这个女人来说，你看我对她那么厉害，你真的以为我会把她留在荒山野岭让野兽吃吗？啊！不，我绝不会这样做的！我只是吓唬她一下而已。有时候我变得有些歇斯底里，是因为乘客经常欺骗我，因此我经常背着两个包，一个甜言蜜语，一个冷酷尖刻。”

“也就是说不是死就是活？”穆图里用讽刺的口吻加重语气说。

“是的，是的，你说得对！”穆瓦乌拉高兴地说，他没有听出穆图里是在讽刺他。

“你觉得我们这些人开车就有好处吗？”

“你说的也许是真的。”穆图里继续讽刺他说，“在内罗毕尼亚马基马车站时，你不是说过吗，任何人只要有钱，去上帝的天堂还是魔鬼的地狱，你都会

① 肯尼亚部族之一。

拉他去。那么，请你告诉我，你到底站在哪一边？”

“是站在上帝一边还是站在魔鬼一边？”穆图里追问他。

“是的……我哪一边都站，刚才你不是说我同时能烧两锅饭吗？现在我不想再谈烧一锅还是两锅饭的事，我们就先回过头来再谈谈上帝和魔鬼的事。说实在的，我没有见过上帝，也没有见过魔鬼，但我相信他们的存在。他们各司其职，他们俩都在世人的心灵中拉选票，你没有看到他们各自都有呼天唤地主宰你命运的能力吗？就像你见过的那样，选举期间候选人争先为自己拉选票，彼此互相攻击，而我们这些生意人就站在一旁看热闹。我们谁也不想得罪，我们都为他们祷告。”

“你的话让人糊涂了，俗话说一仆不能二主，选民们只能投给其中一个候选人。”

“但是，生意人不一样，生意人同时有许多主人，还要让所有的主人都满意，今天这个主人叫我，我要好好听他使唤，明天那个主人叫我，我也同样要热情为他跑腿。”

穆瓦乌拉说完后，两个人就再也没有吭声。这段路弯多路窄，路上经常遇上拉燃油、煤炭、木薯和瓜果蔬菜的大卡车，所以要格外小心，穆瓦乌拉握紧方向盘全神贯注往前开着。此时，他们沿着基贾贝大道，来到第二次世界大战期间由几名意大利战俘建造的一座教堂，绕过教堂，来到大峡谷谷底。

这时穆图里又向穆瓦乌拉抛出了一个问题：“在你眼里没有好歹之分，你什么都不信，是吗？”

穆瓦乌拉装作没有听清楚，停顿了一下，心想：“这位乘客是一位虔诚的教徒？”

车里的人想法一致，都在热切地等待着穆瓦乌拉的回答。

“你信什么呢？”

穆瓦乌拉觉得人们在等待着他回答，因此他清了清嗓子说：

“你们是想知道我信仰什么吗？信仰是心灵的东西，它是很难用语言描述的，也很难说得清，一个人的心灵就像茂密的森林，别人很难深入。我们先问自己，心灵是什么东西？心灵在哪里？心灵是器官还是生命？当年，我还是孩子的时候，奶奶给我讲了一个病狮的故事，说有一天，狮子病了，但吃了驴的心以后病就好了。我听完故事心里很难过，我就问奶奶，驴子没有心了，耶稣回来要唤醒它时，那它怎么办呢？能复活吗？奶奶对我说，真是傻孩子，驴死了就再也不复生了。

“说人是可以复活的，这个问题一直在困扰着我，挥之不去。最近我在阅读《今日民族报》时，有一则报道说，心脏可以移植，一个人的心脏可以移植给另一个人。我就在想，那么接受了心脏移植的人是原来那个人还是变成了另一个人？如果说人可以复活，那么这两个共用一个心脏的人该怎么办呢？在天之上，为寻找同一个心脏的两个肉体不是要发生争吵吗？你想想，这颗被移植的心如果一颗是正直的纯洁的善良的心，那么，怎么才能防止不发生变异，变成一颗邪恶的心呢？

“我反复思索着：把一个人心脏移植到另一个人的身体里，是正直和邪恶一起移植过去呢,还是只移植其中一种,是将这个人变成好人还是变成坏人呢？

“现在，让我进入富人和穷人的话题。富人的心一直很贪婪和残忍，他临死前被送去医院，在医院里买了一颗正直的心，最后富人因为有了穷人那颗正直的心升到了天堂，而穷人则因为富人的贪婪和残忍的心，或者因为没了灵魂进了地狱！哈！哈！哈！”

穆瓦乌拉大笑着，像是要给大家讲点有趣的事，让大家都轻松轻松，一起幽默一下。他微笑着继续说下去：“我想开始做贩卖人心的生意，我要经营一个市场、一家商店和一个超市，常年专售人心……但我不知道像我这样的心，一个能卖多少钱？”

穆瓦乌拉说完放声大笑，但车里的人并没有那样开心。

这个时候，车已经来到通往纳伊拉吉艾和纳洛克大道交叉口，塞塔拉伊提车站就在路的左边；路的右边是基贾贝山丘，与左边的龙戈奴提山相对而立。落日西沉，夜幕降临，周围的一切在浓浓夜色笼罩下，若隐若现，扑朔迷离。穆瓦乌拉的福特T三轮车车前灯灯光与迎面开来车灯交汇相映，明晃晃一片，将穆瓦乌拉照得一阵眩晕，司机们图省事，不变灯，气得穆瓦乌拉对他们破口大骂："这帮家伙们太缺德了！正是这些用钱买来的驾照破坏了道路的规矩。他们的驾照是在吃奶时用五百先令买的！他们甚至连方向盘是什么样子都没有见过，就敢开车！"

"水变苦了。"穆图里对他说。

"灵魂空虚了。"瓦恩嘎丽补充说。

就这样一时兴起，瓦恩嘎丽和穆图里又开始唱了起来：

饥饿日益普遍，
贴上别的标签，
不让别人发现，
粮食藏在何方。

资本家的两个妻子，
吃了穷人家的孩子，
无视孩子们的人性，
只为了空虚的心灵。

土地广袤房舍无数，
钱财如山盗窃无度。
灵魂空虚寝食难安，
只因掠夺穷人财富。

看看天下富人,
再看穷人孩子,
富人心神不安,
灵魂空虚使然。

“富人心神不安是因为贪得无厌!”穆图里补充说。

“穷人心神不安是因为缺衣少食,忍饥挨饿!”瓦恩嘎丽接着说。

“……因此都是灵魂空虚闹的!”瓦恩嘎丽和穆图里异口同声说。

这几个虔诚的教徒属于哪个教派?他们是不是属于所谓的马及马及派[①]呢?穆瓦乌拉心里问道。

“你们能回到关于人心的讨论吗?”穆瓦乌拉表示他对他们两人的谈话已经有些不耐烦,他说:“心,心,心,心到底是什么?喘气,风,声音?不,绝对不是!心是穷人在穷困潦倒时载梦的行云,是攀登天堂见上帝的金梯;或者是将敌人投进地狱见魔鬼的熊熊烈火。我可以将我的心不在乎价钱地卖给一位傻瓜,然而,市场在哪里?”

穆图里快语回答说:“你说心是什么,是喘气,风,行云?是穷人受苦时睡梦里的天梯?不,绝对不是!心是肉体,但也不是肉体;心是人,但也不是人,心附体,属于附体的人。人体里有一个器官叫心脏,心脏的功能是通过血管将养分送往人体的各个部分,同时通过血液的流动将体内的废物排出体外。只有心脏和人体其他器官紧密配合才能使人体有感觉,视觉,嗅觉,味觉,听觉,人才能说话,手脚才能运动,人才能健康地活着。

“生命与心形影相随。生命就是人性;是用我们

① “马及”在斯瓦希里语里是水的意思,“马及马及”是东非坦桑尼亚一次著名的以水为号的农民起义运动,史称“马及马及运动”。

的手脚，在眼睛、耳朵、鼻子和嘴的配合下来塑造人性。生命在我们的思维指导下通过我们的行为得以体现。人类的行为可以改变自然，人类可以通过建造、制作、耕作等各种方法来满足生活上的需求，如建造房屋以遮风雨，制作服装以抗严寒，耕种作物生产粮食以保生存，等等。

“在日常的生活和工作中，人性是思维和行为的见证。基库尤人曾说，‘独柴不能彻夜照，独指无以掐虱子；独木难以架成桥’，众人拾柴火焰高，团结就是力量，分裂意味着脆弱。只有大家联合起来，互相合作，紧密配合，才能为我们自身的利益去改变自然规律，如果我们心甘情愿地服从这些自然法规，我们就会永远像牲口那样被奴役被使唤。人性的合作与配合能改变自然规律，从而使我们有别于动物、树木和其他天地万物。

“请告诉我，难道世界上还有别的能像我们人类这样能呼风唤雨，掌控风、水、电、蒸汽，为我所用吗？没有！人的本能绝对是动物不能相比的。动物永远受自然的主宰，可是人类能为自己的利益在各个领域战天斗地，成为自然的主宰。

“现在，让我们来看看人性的合作与配合的丰硕成果吧：公路、铁路、汽车、火车和其他交通工具的出现使人类比森林里跑得最快的野兔还要快。飞机的出现使人类插上遨游太空的翅膀，速度赛过天上的飞鸟。冲天的火箭，速度超过声光电；巨轮在海上奇迹般乘风破浪而不会沉没；电话机、收音机、电视机、照相机的出现，能使人通过摄影看到和保存自己的影像，通过录音听到和保存自己的声音，就是人过世了，这些相片和声音依然能永存于世。

“世界上的奇迹万花筒般不一而足，不胜枚举。我们再看看由于人类的大合作，我们奇迹般地兴建了像蒙巴萨、内罗毕、纳库卢、伊乌多雷提、基塔、基苏木、卢瓦伊尼和伊乌莫罗格等许许多多的大都市。我们还可以看看人类栽培的咖啡、茶、小麦、甘蔗、棉花、水稻、大豆、玉米等农作物，我们播下的是少量的种子，得到的是成倍的收获；我们再看看电力吧，通过塔纳河、阿希河和卢伊鲁河的水发出的电借助于电线通往千家万户，将夜晚中的条条道路和万千广厦照得如同白昼。看到了吧，人们不用再盼星星盼月亮了。如果不是社会上这些寄生虫掠夺者剥削我们的血和汗，社会一定还会迅速发展。如果这样，你想想，难道我们这些农民工人还会像今天那样缺衣少食，忍饥挨饿吗？

“人性就是人的生命，有人性的生命与社会的发展和进步紧密相连。”

穆图里讲完这一大段话后，顿觉全身热血沸腾。过去他曾不止一次梳理过这些想法，但从未用语言系统地表述过，连他自己也感到惊讶为什么今天能像领袖人物似的口若悬河，将富有哲理的事情说得如此头头是道。

穆瓦乌拉回头看了穆图里一眼，不服气地问：“按照你的说法，就没有好心和坏心之分了？因为它们都属于人性。请记住，我们现在谈的是好与坏，人世间没有好与坏，也没有好心和坏心之分，心就是心。天堂和地狱是妖怪们编来吓唬小孩的。我们的看法已经基本一致。我始终认为最好的东西还是和平和金钱！”

“天堂和地狱？”穆图里打断了他的话说，“天堂和地狱都有，两者有天壤之别，它们的差别就像好与坏的差别，好心与坏心的差别。请你听着，我们的生活就像战场，是一场尊重人性和灭绝人性的持久战；是一场竭尽全力去筑造我们人性防护墙和千方百计推毁防护墙之间的斗争；是一场锻造人性和毁灭人性的斗争；是一场旨在教育我们增长知识，扩大视野，让我们和我们的孩子见到前途，见到光明，见到美好明天与愚弄和哄骗我们和我们的孩子们安于现状、鼠目寸光、只知道整天摸着肚子、不问国家明天之间的斗争；斗争永远未有穷期。

“战场没有旁观者，每个人都要做出抉择，要么你站在为建设、塑造和弘扬人性这一边，以保持人的本性，营造我们自己的天堂，这一边拥有由农民和工人组成的强大力量；要么就站在灭绝人性、镇压和迫害人性的建设者和塑造者们一边，让我们永远当牛做马，与魔鬼为伍，强迫我们生活在地狱里。这就是寄生虫剥削者们的立场。所以说，对立的双方营造了两颗不同的心，以推行各自的政治信仰。因此世间有两种心：由寄生虫剥削者们营造的心，那是一颗坏心；另一颗由农民和工人们营造的心，那是一颗好心。

“因此，从我们的行为中完全可以一目了然地看出我们是站在哪一边，营造的是什么心了。因为我们的双手、我们的身体、我们的器官和我们的力量就像一把锋利无比的大刀，这把大刀在农民手里，可用它来种植庄稼，生产粮食，同时也可以来保护自己免受剥削者和吸血鬼们的剥削。如果这把大刀在寄生虫们手里，就会用它来破坏农民们的生计，剥削掠夺他们用血汗换来的劳动果实。

“这把锋利的大刀，在农民手里就能干许许多多的好事善事。这把锋利大刀如果在剥削者手里，就会干出无数伤天害理的坏事。事实不难看出，大刀本身就是一把双刃剑，可以用来做好事也可以做坏事。而人的内在潜能也一样。

“吉库尤人有句俗话说，豹子不懂得用爪子挠痒痒。但实际上它有挠痒的能力，爪子是天生的。那么它会不会用爪子去杀死它的孩子呢？或者会不会用锐利的爪子去杀死敌人呢？

“什么事可为什么事不可为，这是明摆着的。我们的行为就像砖，可用来筑造好心或者坏心。

“心是对照我们自己社会行为的一面镜子，如果你不想要这面镜子，你就赶紧去市场把这颗心卖了。这样人世间也就没有你的地方了，因为你只剩下一个躯壳。现在你终于明白了吧，在为自由而战的时期，有一首歌我们是这样唱的：

即使你悲伤哭泣，
也是因为你的罪过，
没有报效祖国，
你将永不得安宁。
即使你在生活中迷失方向，

令你深受鼓舞的是，
有人给你指出路在何方，
那就是人民的大团结。

“司机，那里有两条路：一条是将人们引向死亡，另一条是将人们带往新生。请告诉我哪一条走向新生，我将告诉你哪一条通向死亡。如果你告诉我哪一条通向死亡，我就告诉你哪一条走向新生。这是每个想筑造他所期望的心的人都会遇到的问题。穆瓦乌拉，你不是告诉过我们，鬣狗的智慧是为自己留两条路吗？鬣狗能同时走两条路吗？如果它真的这样做了结果会怎样呢？答案再清楚不过了。穆瓦乌拉，你还是选择一条路走吧。”穆图里结束了发言。

“很早以前开始，我一直是我行我素，走我自己的路。”穆瓦乌拉解释说。

“你走的是什么路？”穆图里紧追不舍。

“死亡之路。”穆瓦乌拉似笑非笑地回答说，“或者你认为你在走哪条路呢？”他用讥讽的口气反问穆图里。

穆图里没有再说什么，两个人各自沉默着。

6

瓦丽恩尔耳边传来一阵阵低沉刺耳的嗡嗡声，好像有一只蚊子在脑袋乱碰乱撞。她的心在激烈地跳动，好像是被关在内罗毕城市公园里一只落入捕鼠笼的老鼠在笼里急得团团转到处寻找出口一样。她一直默默地听着穆瓦乌拉和穆图里的对话，她根本就不明白他们争论的来龙去脉。听着听着，突然，过去的一幕幕痛苦的往事又浮现在眼前：被老板约翰·基姆瓦纳和基哈拉解雇；被房东赶出出租房；想自杀被年轻人救起，魔鬼盛宴的请柬：死亡，生命，心的对话……啊，太累了，真是身心疲惫，一连串的问题总是解不开，一直困扰着她：什么时候能到家让疲惫的心和身体得到休息呢？苦难和折磨何时是尽头？苦难是谁给她带来的？又是什么时候在什么地方开始的？

瓦丽恩尕又想起了纳库卢的恩戈利卡的那位富翁，骤然心潮翻滚，愤怒和悲伤一齐涌上心头……就在这时，戛图利亚的一声喊叫打断了她的思路。

“请等等，听我说几句！”戛图利亚大声说。

穆图里、瓦恩嘎丽、瓦丽恩尕和太阳镜一齐把目光投向戛图利亚。穆瓦乌拉闻声回头看了一眼，然后又留心开车看着前方。

戛图利亚放低了声调说：“请允许我提个问题……”他欲言又止，好像心里有什么秘密要告诉大家，但又不知道从何谈起。

“那当然！”穆瓦乌拉回应说，“没有人不让你说。”

“是今日肯尼亚的事吧？”穆图里问他。

“说吧，不要有顾虑。”穆瓦乌拉鼓励他说，“在我这福特 T 舒服的三轮车里完全可以畅所欲言，你的民主权利受到绝对的保证！”

“说得对。”瓦恩嘎丽赞成说，“我们在三轮车里尽可自由自在地讨论，可以毫无顾虑地大胆提出自己的见解，而不用看看这瞧瞧那，怕被别人听见。”

“你在这三轮车里就像在监狱或坟墓里一样，没有什么不可说的。”

“你们的争辩……啊！对不起……你们的讨论……请原谅……”戛图利亚用部族语回答时，就像小孩学话一样结结巴巴，词不达意，但用外语回答时却流利通畅。但无论如何，戛图利亚心里明白，语言上的奴化就是思想意识的奴化，这种令人恶心的事情是他所不愿意看到的。尽管他已经染上了这种语言病毒，但到争辩或对话的关键时刻，他还是能顺畅地用比较流利的本地语言对话的，无须夹杂着英文。

“争辩虽会引起猜忌，但真理越辩越明。”瓦恩嘎丽给戛图利亚打气说。

戛图利亚轻轻地咳了一声，继续说：“我不明白，差异……抱歉……我的意思是……你们两个人的信念有什么不同……我想问……抱歉……我的意思是想问：你们都相信上帝和魔鬼的存在，我的意思是他们都像你和我那样有生命？”他用基库尤语夹杂着英语问。

“如果上帝存在，”穆瓦乌拉自问自答，“魔鬼也存在。是不是这样，我不知道。”

“但你相信吗？你信仰什么？”戛图利亚追问他。

“我？年轻人，我不去你们所说的教堂，生意就是我的天堂，金钱就是我的上帝。按你们说的如果上帝真的存在，那就太好了，今后如果再碰到什么问题，我就可以祈求他助我一臂之力了；如果魔鬼也存在，我就给他献上祭品，在我脚下的土地上洒酒，祈求平安，不要让他像对阿尤布[1]那样诱惑我。我不偏不倚，你能说我什么呢？地球是圆的，他们让我走哪，我就走哪，没有人知道明天会发生什么，明哲保身不是懦弱的表现。基库尤人说：‘太阳总不会从落下的地方升起。’我没有那么多问题要问，我只想让你告诉我，哪里有钱可赚，我就跟你走！”

“你呢？”穆瓦乌拉讲完后，戛图利亚问穆图里。

“我？ 我信。”

“你信什么？”

“上帝有。”

“活着？”

“魔鬼呢？”

“魔鬼也有。”

“活着？”

“是的，活着。”

“真的相信？”

“真的。”穆图里一字一句地回答说。

① 《巴巴·阿尤布的石头》故事中的主人公，说的是由于懦弱不敢反抗，魔王抢走了他最喜欢的小儿子，因思念儿子，一辈子浑浑噩噩，心中苦涩挥之不去的故事。

“但我想问你，你曾经亲眼见过上帝和魔鬼吗？哪怕是其中的一个。”穆瓦乌拉问穆图里。

“年轻人已经问过我这个问题了。”穆图里回答说，“我相信上帝和魔鬼只是在我们脑海里的影子和印象，也是我们日常生活中应对自然的影子和印象，以便我们能得到粮食、衣服和房舍，挡风遮雨抗严寒，维持生命保健康。上帝的伟大在于是我们在人世间做好事善事的影子，而魔鬼的伟大就是我们在这个世界上干坏事恶事的影子。问题是：什么是坏事？又什么是好事？哎哟！年轻人，你又让我重复说过的话了。我已经说过，世界上有两种人，一种人靠自己的血汗生存，另一种人靠剥削别人的血汗活着。为什么会这样呢？这就像一个谜，让我们去猜，看来你读了不少书，肚子里有些墨水，请你来揭开这个谜底。”

“你的粮食……”瓦恩嘎丽若有所思地说，仿佛刚从阅读《圣经》中回过神来。

“你的粮食要等你回到现实时靠你自己的劳动获得。”

瓦恩嘎丽合上心中神思的《圣经》转向戛图利亚说：“这又是一个谜语，你也猜猜，我们想听听谜底。”

“论猜谜语，我真的不敢在你面前逞能，因为你精通基库尤语。”

“啊，原来你的基库尤语也讲得这么好，我原以为你只会讲‘早上好’呢！”瓦恩嘎丽赞扬他说。

瓦恩嘎丽的赞扬让戛图利亚心里感到舒畅。

“我过去曾参加过猜谜语比赛。但现在连简单的谜语也猜不出来了。现在要是比赛，我肯定比不过你们，非输给你们不可。我们还是回到原来的话题吧，你们刚才的谈话触动了长期以来困扰着我的一桩心事。我的意思是，我心里很纠结，如果你们能帮我解开这个心结，哪怕帮我松开一些，我将非常高兴。”戛图利亚对瓦恩嘎丽说。

瓦丽恩尕感到戛图利亚的声音有些异样，她觉得过去似乎曾听到过这声音，但在哪里听到的，她想不起来了，对此她心里微微有些不安。这种不安来自戛图利亚刚才说的心结。

车上的其他人都竖起耳朵听着他们的对话。几乎每个人心里都在想他到底会有什么心结。

戛图利亚清了清嗓子对穆图里说：

“你好像知道我来自大学，是的，我在大学里研究非洲文化，是一名高级研究员，很抱歉，我是想说，我们非洲的传统文化已经被西方的帝国主义文化所取代。那就是我们常用英文来描述的帝国主义文化。帝国主义文化是奴化我们思想和肉体的万恶之源。正是这种帝国主义文化麻痹了人们的思维和心灵，让我们盲从，允许他们对我们颐指气使，甚至堂而皇之地指使我们国家哪些可为哪些不可为。其实该做什么不该做什么，老百姓有什么愿望，本国的人民比他们这些外国人心中更有数。请听听下面这首歌吧，它是我们这一代人的心里话：

聋哑人，聋哑人，
聋哑人听不见民族的吼声！
盲人，盲人，
盲人看不见民族的未来！

“那么，让我们回头看看我们自己：我们自己民族的语言到哪里去了？用我们民族语言编写的书在哪儿？我们的传统文化教育在哪儿？我们祖先传承的智慧和聪明才智到哪里去了？我们祖先的尊严又在哪儿？我们的民族风情，我们的家园被摧毁得荡然无存，人们四散流落，尊严彻底被毁了，以致国民们低三下四，无地自容。啊！我的天哪！你们看，就连向我们的孩子传授民族历史和文化知识的手段也被剥夺了。孩子们再也得不到父辈们的可为和不可为，从善避恶的惇惇教诲了。没有学好的孩子就像盲人，他们会把外国人干的丑事坏事当成文明，甚至把外国人的粪便当成是美餐。

“我们的民族遗产——故事、谜语、歌曲、风情习俗、传统文化等，一切的一切已经丧失殆尽。

“今天，还有谁能演唱民族歌谣呢？有谁能给我们朗读和诠释民族诗歌呢？有谁能用马林巴琴[①]为农村小伙子向从地里采豆、从山坡上砍完甘蔗，或从河里打水归来的姑娘求婚时演奏传统乐曲呢？幽静的夜晚，迷人的月色洒满大地，年轻的恋人沐浴着银色的月光来到随风摇曳的小米地，惊动了那不知情的夜鸟，有谁能为恋人们如同火山般爆发的情爱吹响芦笛呢？

“这就是我们大学的有些人，包括学生和老师们之所以努力挖掘我们传统文化之源的原因。毫无疑问，挖掘和传承肯尼亚一切传统文化资源是历史的必然。

“我，比如说，我个人在大学音乐系工作，对音乐和乐器非常感兴趣，专门从事各种传统乐曲和乐器的研究工作。尤其是对各种大小鼓——塔利手鼓、姆萨帕塔鼓、丹达罗鼓、库卢姆毕吉鼓、姆松多鼓、乌米鼓、查普乌鼓、基姆布瓦亚鼓、基坦达鼓、基西纳鼓、姆索马鼓、马岗达鼓等和乐器——竖琴、再再琴、祖马里笛、沙、锤、铜锣、木琴、号角、脚串铃、芦笛、小提琴等的研究。

“同时我还创作歌曲，我的愿望是创作一首由各种民族乐器组成的管弦乐队伴奏的多重唱——史诗。管弦乐队由敲击乐器再再琴、竖琴、乌迪琴、铜锣、鼓、手鼓、姆索马鼓和吹奏乐器芦笛、号角、祖马里笛以及串铃、小提琴、木琴等组成。尽管我创作过许多歌曲，但至今我还没有为心目中的史诗找到理想曲调和主旋律，对此我真是日思夜想，费尽心思。

① 东非地区一种传统乐器。

“你们呀，真不知道这事是怎么折磨着我的心的。

“在那风雨交加的夜晚，当我独自等在那间残破不堪的茅草屋的时候，或者在那月光惨白、万籁俱寂的夜晚，常常隐约可以听到那些早已死去的人和活着的人们在我耳边低沉地吟唱。

“还有，当我懒洋洋躺在树荫底下，或者独自在小河边徘徊的时候，常常可以隐约听到牧羊人传来的喇叭声；紧接着又听到四面八方传来的召唤青年奔向战场的雄浑战鼓声；接着又听到年轻战士们迈着整齐的步伐奔赴疆场的雄壮的歌声和清脆悦耳的脚铃声；和妇女们送别年轻战士欢呼雀跃的‘啰！啰！啰！’的欢呼声；最后又听到祖国向我们英雄的战士对敌人发起冲锋的高亢激昂号角声……骤然间，各种鼓声、号角声、奏乐器、战歌声四起，震耳欲聋，汇成一曲人间仙女们齐声歌颂伟大祖国的优美赞歌。

“我欣喜若狂，我想这不就抓住了史诗的曲调、韵律和主旋律了吗？我立即提笔想将这转瞬即逝的灵感在随风飘去以前写了下来。

“同胞们，我现在能对你们说什么呢？

“你不是已经梦见了在骄阳似火饥渴难忍的时候，见到了头顶的果树果实累累，可当你伸手准备采摘一个清甜的果子以解难忍的饥渴的时候，满树果实渐渐远离而去，慢慢消失在云海中吗？‘我在这呢……你摘吧，如果你不摘，我就走了……’当你不想再费劲时，水果对你说。其实水果只是想戏弄你，让你望果兴叹，刺激一下你的欲望而已。同样，当我听到如此真切的歌声和奏乐声非常兴奋，立刻提笔想写下这灵感的时候，一切已消失得无影无踪！

“我安慰自己说，没有关系，哀叹有什么用呢？

“灵感虽然消失了，它却再次激起我创作的热情，我一次又一次问自己，我怎么才能创造出一首能熔各种传统乐器和部族民歌元素为一炉的史诗，成为脍炙人口的肯尼亚民族的最强音呢？

“我度过了无数不眠之夜。曲调、韵律和主旋律是歌曲创作的基础，一个作曲家如果不能捕捉到它，就不可能创作出有时代意义的歌曲，这个作曲家将永远只能是半桶水。

“从欧洲归来整整一年里，我一直就像农夫日夜不停地用一把迟钝的铁锨在一棵硕大的大树底下不断地刨，想刨出这棵大树的主根……但我一直徒劳无功。”

戛图利亚突然中断了只有开始没有结尾的探索性故事，他心事重重，再也没有吭声。

瓦丽恩尕忐忑不安，她心里不清楚是什么原因，是因为戛图利亚说话的神态呢，还是因为他讲的故事，抑或是他说话的声音？这个声音就像那个在路上遇见的男人的声音，这些声音带着许多不解的疑问一直在困扰着她，让她夜不能寝。为什么他要突然中断故事呢？他有什么心结需要我们帮助他解开呢？瓦丽恩尕默默问自己。

戛图利亚看了一眼瓦丽恩尕，眼神中似乎可以看出他已经读懂了瓦丽恩尕的心事。还没有等到他继续讲故事，就听到太阳镜用英语问：“所以你是在大学里供职啰？”

车里所有的人都感到惊讶，因为这是他在希贡纳车站上穆瓦乌拉的三轮车以来第一次开口说话。他一直神色紧张地蜷缩在座位的角落里不吭声，好像生怕车里的人会将他杀了似的。

“是的，是的，大学里的研究员。”戛图利亚也用英语回答说。

“这样说来，你一定认识恩加利库马教授和戛特维·戛伊图姆比教授啰？”

“是的，都认识，恩加利库马是科学政治系教授，戛伊图姆比是贸易经济系教授。”

“认识基瓦乌格尼教授吗？”

“他是历史系教授，但他只教欧洲史。”

“还认识恩杜卡库维利吗？”

“他是英语系教授——英国文学系。有时也去哲学和宗教系讲课。”

“啊，啊！”太阳镜满意地用英文回答说。

车上的其他人正等待着他问其他问题或谈点其他什么时，出人意料地，他再也没有说什么，而是靠在椅子上默默地坐着，但可以看出他那紧张的情绪已经慢慢放松下来。

这时，戛图利亚又继续讲故事：“有一天，我巧遇了一位来自纳库卢的巴哈提村的老人……”

“巴哈提？”穆瓦乌拉脑袋轰地响了一声，惊讶地问，“巴哈提，纳库卢的巴哈提？”

“是的，”戛图利亚回答说，“怎么啦？”

“啊！没……没什么。继续讲你的故事吧。”穆瓦乌拉不安地说。

“说实在的，这位纳库卢的巴哈提老人是我的引路人，有一天我上他家恳求他说：‘爸爸[①]，给我讲一个古代的故事吧——妖怪的故事或者动物故事。’他看着我，没有吭声。过了一会儿，他微微一笑，对我说，‘故事不分古代的和现代的，故事就是故事。所有的故事都是过去的，同时又是现代的，是今天的，也是明天的。故事没有妖怪、动物和人之分，全都是人的故事。年轻人，不知道你是在国内接受的教育，还是长年在外国接受国外的教育？有多少年了？十五年？他们曾经教育你说传统文化是一个民族的宝藏吗？曾经教育过你说文化是一个民族的灵魂吗？曾经教育过你说文化是民族精神中的蜜糖吗？她可以让我们的子孙后代一代又一代地慢慢品尝。基库尤人说：手中有粮，遇事不慌。难道基库尤人这样说是傻瓜吗？抛弃传统文化教育就等于抛弃民族的精神，那么这个民族就是一个半桶水晃荡的民族。你既然找上我来了，那好，我就给你讲我想起来的故事吧。’

“老人的家是一个只有一间房间的四方形小房子。我到他家时，夜已降临，周围笼罩在一片幽蓝

① 非洲年轻人对年长男人的尊称。

的夜幕之中。屋里被风吹得不断摇曳的昏暗煤油灯光，将我们的身影在斑驳墙壁上晃得扑朔迷离。

“老人开始给我讲故事，先讲农夫背妖怪的故事：从前有一个农夫不知咋的，突然背上了一个妖怪，妖怪为了让农夫永远背着它，就用又长又尖的爪子日夜牢牢地钳住他的脖子和肩膀，农夫不得不痛苦地背着它东奔西走，因为农夫每天要到地里种庄稼，到河里打水，到树林里砍柴，同时还要做饭。而妖怪在他背上，什么都不干，每天只是吃完睡，睡完吃。一天天过去，农夫越来越瘦，精神越来越沮丧。而妖怪却越来越胖，心安理得地享受着农夫的痛苦。为了让农夫继续背他，妖怪还哄骗农夫说，只有经过炼狱的人，最后才能升到天堂，享受安乐和幸福。农夫惶惶不可终日，只好求助一位占卜师，占卜师给他出主意说，要想驱除妖怪只有一个方法，那就是先烧开一锅滚烫的油，然后趁妖怪睡着时，将油泼在它的爪子上。农夫问他：‘那不也烫伤了我的脖子和肩膀吗？’占卜师回答说：‘两者不可兼得，你自己看着办，回家去吧！’尽管不情愿，回到家里，农夫还是按照占卜师说的做了，结果避免了一场厄运。

“老人接着讲第二个故事：从前有一个美若天仙的黑色姑娘叫黑靓女，她是那样的俊美，窈窕的身材和雪白的牙齿，即使嘴角上微微漾起一丝笑意也显得那么端庄和娴静，令多少年轻人为之倾倒，但黑靓女对一个个黑人青年的求婚置若罔闻。有一天，当她遇见一个外国青年时却一见钟情，觉得他就是苦苦寻觅的恋人，因此一下子就堕入情网。结果你猜怎么着？这个青年原来是一个吃人的妖怪，最后它将黑靓女撕成一块块吃掉了。

“第三个故事给我的心留下难以磨灭的创伤。我怎么说好呢？同胞们！如果我能模仿他当时的声调就好了！他声音时高时低，抑扬顿挫。不！他的声音确实难以模仿。白人授予我们的教育已经折断了我们有所作为的羽翼，我们就像断了翅膀在地上挣扎的鸟儿。那么，我可以提醒你们，从巴哈提老人给我讲的故事中，你们就会明白我的心结在哪里了。

“第三个故事他引用了几个谚语，我没有全部记住，但是含义完全清楚。他说，有人说富人的屁不臭，是因为富人不怕诅咒。大家必须明白，尽管发生过的事情还有可能再发生，但更多的是时过境迁，任何事情总不会是无止境地重复的。就像爬梯子，有上就有下。贪得无厌的人甚至连自己都可以出卖，想得到一切就会失掉一切；然而就是得到了，你也不要对上帝说三道四，也不要看不起广大群众，群众的声音就是上帝的声音。哎呀，我为什么要说这些而不讲故事呢？

“很久很久以前，村里住着一个叫恩迪古里的长老，他没有多少财富，但他精神上很富有。有一次敌人进攻他们村庄，他带着村民们冲锋陷阵，勇敢抗敌，赢得了村民们的爱戴，同时也因为他的热情大方和尊重人性，受到村民们的尊重和崇敬。尽管他年龄大了，但他精神不老，依然积极弘扬民族文化，大力提倡保护和传承传统礼仪、部族习俗和禁忌。他一次又一次给那些因为堕落或者罪恶缠身的人提供恭品，祈求神灵帮助他们远离邪恶，脱离苦海。他很勤劳，通过自身辛勤劳作，家庭衣食无忧。他从未对其他人的牲畜和牧场打过主意。他从不利用他在众人中的威望到处敛财，一夜暴富。他不像其他一些长者那样贪婪无度，囤积财富，奴隶和用人成群，和他们的妻子孩子们整天花天酒地，寻欢作乐。而恩迪古里长老的信仰和理念却是‘劳动就是生命’。

“有一次，村里的牲畜染上瘟疫，恩迪古里长老的牲畜都死光了，怎么办呢？他一直在问自己：过去在村民们遭灾时，我一直为他们提供祭品，为他们泼洒消灾。现在我的牲畜没有了，不能再为村民们提供祭品了，灾难降临到我头上了，村民们也会像我对待他们那样对待我吗？

“一天清晨，天将破晓，黎明的曙光还未将天上的星星摘净，恩迪古里长老来到一个妖魔群居的山洞，在洞口遇见了一个奇丑无比的妖怪，皮肤像鼹鼠，头发长到肩，就像女人的头发，有两个大嘴，一个在脸上，一个在脖子上，在脖子上的大嘴被垂肩的长发遮盖着，风吹头发，若隐若现。妖怪怪气十足地质问恩迪古里：‘你来我这山洞为何两手空空？你要知道，一个人如果要想到市场上交换商品，他能只提着一个空篮子去吗？你曾经为他们提供过供品的那些人们已经将你抛弃。你难道不知道我们不喜欢供品和泼到地上的酒吗？’恩迪古里告诉妖怪，他来这个山洞是因为他有为难的事。妖怪狡诈地一笑对他说：‘这个时候，如果你已经不行了，人们就会看不起你。但我听说过，你不是精神上很富有吗？两者不可兼得。你必须舍去一种，如果你想富有你必须将你的灵魂给我，从今以后不许再为帮助好人消灾提供供品，因为好与坏是冤家对头。’恩迪古里心里在想：‘灵魂是什么？不就是悄悄说一声就行吗，把我的灵魂拿去吧！’妖怪回答他说：‘我已经拿走了，你现在可以走了。回到家以后，你绝对不要告诉任何人说你已经没有灵魂。然后你就挑选一个你最溺爱的孩子，切开他脖子上的血管吸干他的血，然后将他的肉煮熟了吃。’恩迪古里听完，惊恐万状地说：‘哎呀，你说什么？要我把孩子吃了？’妖怪说：‘你别忘了，你现在已经没有灵魂了，你不是要财富吗，你用灵魂换了财富。从今以后，孩子、女人和其他所有的人对你都无所谓了，你所需要的只是物质和财富。你可以回去了，为了财富，你回去可以开始吸人的血和汗，这就是你在离开这个人世前唯一要做的事。’

“从这一天开始，恩迪古里开始囤积财富，他日思夜想，醒着想财富，梦里想财富，笑也财富哭也财富，处处敛财，逐财富而生。现在他已经暴富，再也不想劳作了。

“恩迪古里完全变了，他变得六亲不认，对人毫无同情心。为了敛财，他心毒手狠，贪婪无度，千方百计，不择手段地掠夺他人的财产和土地，为此他还卷进了许多诉讼案。原先的奉献和爱心在他身上已经荡然无存。饥荒年代，饿殍遍地，其惨状惊天地泣鬼神，而他却喜在心头，觉得这是敛财的极好机会。

“家乡的人常常在问：恩迪古里怎么变了，他的热情大方到哪里去了？他的爱心和奉献精神到哪里去了？他午夜时分一个人像幽灵似的待在家里吃什么？做什么？他对自己的东西无比吝惜，对别人的东西却分外眼红。这样一来，他越来越富有，而村民们就越来越贫穷。村民们问，难道就这样让他继续贪婪地吮吸我们的血和汗，我们就这样心安理得地走向死亡吗？

“村里同龄的老者们受村民委托给恩迪古里传话提醒他说，凡事须三思，不要自作自受。恩迪古里，卡哈哈米族[1]的后代！请听听村民们的声音，如果你耳朵有耳屎，你就拿根小木条捅一捅，好好听，村里的声音就是乡里的声音，县里的声音，全国的声音，全民族的声音，全体公民的声音！恩迪古里长老！全体人民的声音就是上帝的声音。我们给你带来忠告：停止你装神弄鬼、抢劫偷盗、巧取豪夺的行为吧。窃夺他人的财富就等于与魔鬼为伍。为全民族的利益和尊重人性就是与上帝同在。那些献身于捍卫民族尊严和人格的人将名垂史册。而那些危害民族利益，吸吮他人血汗的人将遭永远的诅咒，死后将变为魔鬼。

“恩迪古里听完放声大笑，问道：‘什么是村里的声音？什么是国家的声音？什么是人民的声音？你们给我滚开，离我远远的，这些话对别人说去，别对我说。为什么你们连温饱都没有保障呢？为什么懒到就连正在吸吮你们脚上血的小虮也不愿伸手抓呢？整天只是夸夸其谈，耍嘴皮，没有任何实际行动，只是等呀等，等天下雨，等天掉馅饼。最后等到连篇的空话随风飘去。你们看看，我一切都是心想事成，人们都在跟我学，连我的屁他们也不嫌弃！为什么呢？让我告诉你们吧，是因为有钱能使鬼推磨，财富才是真的，财富是判官。财富能将叛逆变成仆从，能将罪过变成好事，能将丑陋变成美丽，能将仇恨变成友爱，能将胆怯变成勇敢，能将瑕疵变成美德；财富能将罗圈腿的丑男变成举国上下无数美女追求的帅哥，能将腐臭变成香甜，能使富人的伤口不会化脓，能使富人的屁不臭。好了，现在你们回家去吧，回到你们那些又破又脏叫作家的茅草屋去吧，回到你们大言不惭地称为农场的那一小片土地上去吧，如果你们不行，就回到我这里来，在我的庄园里打短工，你们对我无可奈何，因为卡

① 肯尼亚部族之一。

哈哈米族的后代——恩迪古里已经没有灵魂！’

“村里的长者们听了这番话，瞠目结舌，相视无言。不约而同地想：‘啊！原来我们一直在村里庇护着这么一个幽灵？真没想到我们体外还寄生着一只虱子？看来他是非把我们大家的血汗吸吮干绝不罢休。’说时迟那时快，就在这时众长者朝他冲过去抓住了他，并用干香蕉叶将他牢牢捆住，放一把火把他和房子化为灰烬。

“从此，乡村恢复了往日的平静，天蓝水碧，村民们又开始了健康宁静的生活。实践再次证明‘团结就是力量’这一无可辩驳的真理！”

戛图利亚说完就再没有吭声。

麻烦而舒适的三轮车继续摇摇晃晃在大路上跑着，离开纳库卢大道进入泛非洲公路，这条公路经过鲁瓦伊尼和伊乌莫罗格。旅客们在默默地坐着，各自在思考着刚才戛图利亚说的那段话和想知道戛图利亚的心结到底是什么。

沉默了一阵的戛图利亚又开始继续讲他的故事。

“我听完故事后，脑海里慢慢浮出一种创作新思维和主旋律。但实际上我也说不清要这种创作思维和主旋律是一时的灵感还是心中构思已久的？我的想法是用传统的乐曲和演奏手法来表现这个故事。你们想想，难道还有比这更精彩更有教育意义的吗？竟然真的有人用灵魂换财富？我要以恩迪古里和犹太文学中描写的用灵魂换取三十个银圆的犹大为创作素材，在这个作品里描写在肯尼亚沦为英帝国主义者附属国以前发生在某个村庄里的故事。歌曲最好就以这个村庄发生的故事为背景。我需要有一个合唱队和乐队，用他们的声音和配乐来模仿先民们在恩迪古里以前如何迁徙到这个村庄，以及村民们在村里立足，繁衍生息，发展经济文化，有福同享，有难同当，均贫富的情况；然后我还要通过合唱队的歌声和配乐来描写那些普通劳动者——牧民、农民、铁匠等辛勤劳作的情况；接着，曲调突然一转，通过合唱队的声音和配乐开始描述在恩迪古里时期瘟疫、饥饿、灾难降临到村民头上的惨状；最后歌曲以恩迪古里的所作所为和悲惨结局为结尾。

“烈火在我心中燃烧，我以巨大的热忱投入这首歌曲的创作中……但奇怪的是，当我谱写了几行乐谱以后，突然发现心中的创作灵感消失了，脑子里一片空白。

“‘为什么？这是为什么？’我拍着头，惊叫着，不知所措。

“我从不相信有来自另一个世界的魔鬼、妖怪和精灵。有一天晚上，我耳边传来一阵阵低语，告诉我灵感突然消失的原因：‘信念不同，你不相信的东西怎么能用来搞创作呢？’

“信念……信念……我到哪里去找信念？市场上又买不到。我心里在想：过去，在帝国主义入侵之前，我们有同龄会、家长、家庭、亲族、宗族、部族的传统体制。今天，我们有许许多多的民间组织和非洲的‘乌贾马’[①]，用英语叫非洲社会主义。在这种情况下，哪里还会有抢劫、偷盗和流氓呢？想到这，我的心在激烈地跳动……好与坏已经分不开，从另一个世界来的妖魔鬼怪已经没有了……我们的国家肯尼亚已经没有抢劫、偷盗和剥削了，今天再也没有喝人血吃人肉的魔鬼了。魔鬼、妖怪和精灵早已消失得无影无踪了……现在我明白了，对于歌曲创作者来说要创作歌颂祖国的歌曲必须按照历史真实故事的情节来创作！

“我寝食难安，长期以来有一千零一个问题在我脑海里日夜折磨着我。我愁肠百结，夜不能眠！

“同胞们！想想看，我昨天回到大学办公室看到信箱里的信件时是怎么让我震惊的……同胞们，我能怎么说呢？能体会到吗？当时看了那封信，顿觉天旋地转，犹如疾风吹芦苇，左右摇晃，连脚都站不住了。就是现在我坐在车里依然不敢相信那封信会是真的。”

“啊！是吗？”瓦恩嘎丽好奇地打断了他的话，

① 斯语原意为传统的部族意识，后赋予新的含义，引申为社会主义。

急切地想知道信里到底说了些什么，“你到底看到了什么了，竟然让你语无伦次，变来变去，就像变色龙。你是受上帝指派给人间传送福音的，但由于你犹疑不决，耽误了时间，并没有将福音传送到人间。”

“当时我在办公室里，”戛图利亚匆忙解释说，“我接到一张请我明天参加伊乌莫罗格盛宴的请柬。”他从上衣口袋里掏出请柬，念道：

魔鬼盛宴!

来吧，亲眼看看——

魔鬼主办的选拔赛

选出七名最佳盗贼与劫匪。

奖品丰厚！

试试你的运气。

选拔赛将评选出七名最精明的盗贼与劫匪。

奖品丰厚!

地狱天使乐队将应邀参加!

签字：撒旦

阎王

伊乌莫罗格黄金山盗贼劫匪总部

瓦丽恩尕尖叫一声晕倒在穆图里身上。穆瓦乌拉回头看了他们一眼，车在马路上颠簸着继续前行。

“停车！停车！谁有手电筒？”穆图里大声喊道。

“没有手电筒。”穆瓦乌拉说着将车停靠在泛非洲公路旁。

“我有火柴。”戛图利亚说。

“怎么回事？怎么回事？”瓦恩嘎丽焦急地问道，但没有人应答。

“我有火柴。”戛图利亚说。

“点着！快点！”穆图里敦促他说，声音刚落，车里一片沉寂，没有人再吭声，好像大家正站在一座令人生畏的坟墓旁边。

7

伊乌莫罗格大道上的车南来北往，熙熙攘攘，接连不断晃动着的各种车辆的灯光将这个裂谷平原照得通明。然而间隙间没有车通过的时候，视觉上周围的一切似乎觉得更加黑暗。那位太阳镜默默地蜷缩在三轮车上的角落里，一声不吭。穆瓦乌拉将车停了下来倚着方向盘坐着，车上其他三人一直关注着瓦丽恩尕的脸色。

火柴的亮光照亮了瓦丽恩尕的脸，但瞬间就消失了。戛图利亚又划了一根。他们目光又重新集中在瓦丽恩尕身上，发现她已经睁开眼睛，心跳和呼吸已经恢复正常。因此开始七嘴八舌地说开了：“我想这个姑娘是病了。”穆图里说：“她可能是得了疟疾或急性肺炎。”

“她心跳过速。”戛图利亚说。

“也许是妇女常有的病。”穆瓦乌拉补充说。

“没有听说过有孕妇曾在这辆三轮车上生过孩子吗？”

“是不是可以让她下车吸吸新鲜空气？”戛图利亚说得很快，好像有意打断穆瓦乌拉的故事。

就在这个时候，瓦丽恩尕开始说话，声音很微弱，好像是从很远很远的地方传来的。

“很抱歉，刚才是因为突然感到头昏眼花，四肢无力。”瓦丽恩尕解释说，“没事了，继续往前吧，尽快离开这里。”

他们继续各就各位坐稳。穆瓦乌拉正想启动发动机，可是怎么样也打不着火，穆图里、瓦丽恩尕、戛图利亚和太阳镜一起下了车帮助穆瓦乌拉推车，三推两推，车就打着了。他们重新回到车里。

“也许是刚才谈的问题那些事给我们带来厄运？”有人开口说。

“是的，我想是这样。”瓦丽恩尕接着说。

“把你吓坏了？”穆图里问她。

“是的……啊，不！”瓦丽恩尕说着，过去发生的一切蓦然又浮现在眼前。

“你不用害怕，”瓦丽恩尕说，“事情早已过去，那些妖怪、盗贼、流氓、幽灵和七只角魔鬼的故事是人编的，是用来吓唬不听话的孩子们的，教育他们听话同时也要培养他们从小就要有勇敢和无畏的精神。”这时穆瓦乌拉若有所思地吹起了口哨，好像他对此事有不同的看法或者比别人更有体会，但又不想说出来，因此就开始唱了起来：

小嫩肉，我饥渴难忍，满足我吧，
来吧，大方点，不要扭扭捏捏，
以后如果说你怀孕了，
你放心，我不会否认是我的。

他以为大家听完他的歌以后会放声大笑，会忘记妖魔鬼怪的故事，甚至会忘掉魔鬼盛宴的事，其实不然，相反引来更多议论。瓦丽恩尕对他们突然又回到这些话题感到惊讶。

“如果说，在夜里用来给孩子们讲故事的妖魔鬼怪和幽灵，甚至还有魔鬼的盛宴是真的，那该怎么办呢？请告诉我，如果人世间有好幽灵和坏幽灵，肯尼亚各地到处都有魔鬼，而且还有魔鬼盛宴和最佳盗贼与劫匪选拔赛，你会怎么样呢？”

“我？”穆瓦乌拉反问道，好像刚才的问题是问他的。

“我？”他又重复问了一句，好像是想确认是不是问他，但没有等对方回答，他又继续说，“我告诉你们，对那些形形色色的怪事我见多了，不是在别的地方，就在这辆车上！有一天，我在利穆鲁的‘农场主之角’突然遭遇到一伙劫匪，说他们是劫匪，其实是几个身强力壮穿着时髦的年轻人。那是在太阳下山不久天还没有黑的时分，他们要去基库尤，我看了看他们的着装，心里想，我交上好运了，可以给他们出高价。啊，我能说什么呢？当我们的车来到穆塔拉瓜附近时，出事了，出大事了，一支黑洞洞的手枪枪口正冰凉地顶着我的后脑勺，并大声地对我吼道：‘如果想活命，就给我快开，越快越好。快，快走！’你知道他们是怎么对待我的吗？这帮匪徒将我身上的钱一分不留地全抢走了，不仅如此，他们还强迫我将衣服全脱光，我被他们脱得一丝不挂，活像一个刚出生的婴儿。幸亏他们没有将我车的钥匙抢走……

“还有一天，有一位美国游客来租我的车，这位游客看上去年纪已经不小了，脸上布满核桃纹，皮肤皱皱巴巴的，容貌奇丑无比。他后面跟着一位非洲小姑娘，看上去好像是他的学生。他们进了我的车后，坐在后排的座位上。我拉着他们在内罗毕整整转了一个小时，一路上他们只是小声地聊着什么，同时这位美国游客一路上没干别的，一双贪婪的手不停地在这个姑娘身上乱摸，一会捏捏她肥厚的大腿，一会摸摸她那高耸的乳房，姑娘顺从地让他摸着，同时还用她的小手指轻轻地不断抚摸着他的脸和皱巴的皮肤。可是就在这时，姑娘突然眉头紧锁，愁容满面，痛苦地哼了一声，她的大腿和乳房被这位洋人捏得生疼。然而这位洋人却得意扬扬，用充满淫意的目光瞧着姑娘，嘴角两边挂着哈喇子，脸上流露出一种满足的神色。我将他们拉到新斯坦利饭店门口，他们下了车，美国人从口袋里掏出了一百先令给了这位姑娘，姑娘拿到钱，一转身扬长而去。美国人回过头来微笑着对我这个本地人说：‘肯尼亚真是一个很可爱的国家，是一个猎艳的好地方，多么漂亮的姑娘呀，就连我这么大的年纪都能猎到雏鸡……我还要再来，我要带更多的人来，让他们来肯尼亚亲身体会一下猎艳的乐趣……真是一个美丽的国家……平静……繁华……’说完转身朝饭店走去。不过，他给了我不菲的报酬。

“悠悠岁月，大千世界，世事无奇不有，如果不坐我的车，你就不可能有那么多的见闻。你不是问要是邀请我参加魔鬼盛宴，我去不去吗？如果我应邀参加，亲眼所见，我就不用道听途说了，俗话说百闻不如一见。我是现代版的托马斯[①]，我，穆瓦乌拉见多识广，可现在只留下我孤身一人啰，女人们！你不能和我比，人与人不同！太阳永远不会从西边升起……”穆瓦乌拉欲言又止，卖了一个关子。

“那，你呢？”瓦丽恩尔问穆图里，“要是也邀请你了，你参加不参加？”

“我很难回答你的问题，事情并没有那么简单。”穆图里回答说，“基库尤人有句俗话说，‘不要小看一滴雨’‘男人面前无难事’。我们这些最底层的劳动者居无定所，没有固定的家园，也没有固定的国家，世界各地，走到哪都是家，对于我们来说最重要的是哪里能找到工作，挣点小钱买点面粉和廉价的蔬菜，以度时日。从某种意义来说，我们才是这个世界的建设者和主人，因此我们怎么能让那些妖魔鬼怪、幽灵和他们的信徒们来主宰这个世界，为所欲为呢？嗯，这里我想让你们猜几个新的谜语……”

“你觉得我能区别哪些是新的谜语，哪些是旧的谜语吗？”瓦丽恩尔反问说。

“路路通！”穆图里让她们猜。

“猎人之路。”瓦恩嘎丽抢先替瓦丽恩尔回答说。

“不对！”

① “托马斯游戏大全”，内容包括“托马斯小火车”“托马斯游历日本、法国、夏威夷”等。

“受罚！”

“是筑路者！再猜一个。”

“我猜！”

“路路通！”

“筑路者！

“不对，受罚。”

“好，给你。”

“是劳动者。猜下一个。”

“我猜。”

“条条道路通革命。”

“劳动者之路。”

“也对，也不对，罚的东西应归我，但我不拿全部，一半给你，因为你猜对了一半。”

“好，拿去吧。”

“谜底应是反对派之路……也可以说是劳动者修的路。为什么我要这样说呢？因为这位女士问了我一个难以回答，同时也可以说是一个简单的问题。因为，有时候看起来非常复杂的问题，其实很简单，同样，有时候看起来非常简单的问题，其实很复杂……我告诉你，这个世界上再没有比魔鬼更坏的资本家了。我是一个木工，瓦工，水管工，油漆工，同时还是铁匠。资本家承接了一个复杂工程项目，他雇用我当工程主管，工地上大小事情都由我负责。资本家的一个在政府部门工作的朋友曾帮他得到一个承包工程项目合同，从而让他轻而易举地赚取了数千万先令的利润。但是就是我们这些给他带来滚滚财源的普通劳动者的月工资却少得可怜……二百先令，三百先令，最多五百先令，也就到头了。你们都看到了，现在物价飞涨，入不敷出，我们要求涨工资，哪怕是每人能涨五十先令，可是谈何容易呀！然而，令人感到莫解的是许多人并不明白，物价涨了，工资不涨，就等于是工资少了。但是，物价上涨，拥有巨额财富的资本家却水涨船高，火中取栗，从中获取更大的财富。所以物价飞涨获利的是资本家,受害的是普通老百姓。最后我们决定罢工,不干了。事情非同小可,资本家闻讯匆匆赶来,气喘吁吁地站在我们面前,和颜悦色地说:你们不要这样,有话慢慢说，有事好商量，只要你们复工，我会考虑你们要求的，我保证一周内给你们答复。一周过去了，可就在资本家承诺给我们答复那一天，出人意料的事情发生了，资本家带来一批手执长枪、警棍、盾牌的全副武装的警察，站在我们面前的资本家与一周前相比判若两人，就好像昨晚和老婆吵架气不打一处来那样，气势汹汹地对我们吼道，根据总统的命令，罢工是非法的！还郑重其事地宣布说，有谁不想干，马上可以走人，要找工作的人多得很。最后，几个带头罢工的工人都被开除了。他还指着我的鼻子说：‘你想想，我们在肯尼亚钱是捡来的吗？天上不会掉馅饼。尤其是你，穆图里，你也不要自我感觉那么良好，你在特种兵里待的时间也不短了,谁都知道,不只是你一个人,有许多人和你站在一起。俗话说，解铃还须系铃人，你们赤手空拳是对付不了那些荷枪实弹的警察的……’这就是你今天看到我到处找工作的原因，因为我难以忍受资本家给我们的那种歧视性的待遇，试想，在当今的内罗毕，每月三百先令怎么生活！”

“你在哪家公司工作？”瓦丽恩尕问他。

“顶尖建筑公司。”

“顶尖建筑公司？”瓦丽恩尕加重语气说，“公司的老板叫基哈拉？”

“是的……为什么你要用这种语气问？”穆图里问瓦丽恩尕。

“这家公司曾经雇用过我。”

“在城里那个办公室吗？”

“是的，基哈拉就是我的老板，但他是什么老板哟！因此现在我只能再找工作了。”

“你怎么不干了？是你不想干了？”戛图利亚问。

“不，是因为我拒绝当他的小蜜。”瓦丽恩尕说。

“他是不想和她上床！”瓦恩嘎丽插嘴说。

“你看见了？你现在明白了吧？”穆图里说。

“你现在明白了为什么我们不能让魔鬼在人世间为所欲为了吧？魔鬼盛宴，我倒是想去参加，我要去见识见识！”

这时，瓦丽恩尕回过头对戛图利亚说：“你呢？你相信真的有这种事吗？”

“我觉得好像是有！”戛图利亚回答说。

“明天，是明天吗？”瓦恩嘎丽问。

“是的，是明天，大概是十点钟开始。”

“那，你不害怕？”瓦丽恩尕放低声音问。

“害怕什么哟？”

“魔鬼你不害怕？因为我听说它头长七个角，形状吓人！”

“这就是我的心结。不管到底有没有魔鬼，我要亲自去一趟，去解开长期以来困扰着我的心结，以便我能心情轻松地投入乐曲的创作，如果这种无尽的烦恼总困扰着我，我就不可能坐下来创作！宁静，作曲家必须有一种宁静的心态才能投入创作！”

“是的，但愿我们大家都有这种宁静的心态！”瓦恩嘎丽回应说。

“那，你呢？”瓦丽恩尕问瓦恩嘎丽。

“我说，你为啥总问这个问题呢？”瓦恩嘎丽反问她，“对我来说，请我和不请我都是一回事，我要是见到这位出了名的魔鬼，我要警告它不要再欺负地球上这些普通的劳动者！但请你告诉我，为什么你总问这个问题？难道你心里也有解不开的难题吗？”车上的人们都不约而同地在想着这个问题，“这个姑娘到底是什么人？从内罗毕出发，她一直没有吭声，但突然间又晕倒了，醒来以后又没完没了地提问题。”

“不要开玩笑，你认真回答我的问题，你为什么总提这个问题？”戛图利亚无意中也在沉思这个问题。

“因为，”瓦丽恩尕也吞吞吐吐地说，“我也有这个心结！”

“你也有……？”戛图利亚和瓦恩嘎丽异口同声地问她。

“其实我也有请柬，我不知道怎么会送给我的。”

“什么？你再说一遍。”

“我是说，我也有一张请我明天参加伊乌莫罗格魔鬼盛宴的请柬。就在今天，我目睹了形形色色的怪事，以致我说不出到底我是在做梦还是病了产生错觉。我在内罗毕圣彼得·克拉沃斯教堂附近的卡卡车站遇见了一个男人……那个时候我正想……啊，当时，我很懊丧，心情坏到了极点。他交给了我在滨河路丢失的手包时，他的那种面部表情、眼神和说话的声音让我很快就对他产生了一种信任感，因此我一下子将我心中的烦恼像开了闸的水那样全部告诉了他。临分手时他给了我一张请柬，到了尼亚马吉马时我才掏出来看。你们看，就是这一张。”

瓦丽恩尕掏出来的这张请柬和戛图利亚手里那一张一模一样。

“哎呀，这不是开玩笑吧！”瓦恩嘎丽说，“我们可不要小看它！盗贼劫匪们就是凭这张请柬齐集洞里参加魔鬼盛宴的。今天，我已经向警察举报了。嗯，就让他们集合吧！”

瓦恩嘎丽说完停了一会，然后开始唱了起来：

出来吧！大家都来！
亲眼看看魔鬼的盛宴，
将魔鬼和它的信徒们，
彻底赶走！
出来吧！大家都来！

穆瓦乌拉提高嗓门喊道："我希望那些抢我钱和衣服的强盗也能在场。"但他的声音带着讥讽，好像他对明天魔鬼盛宴的情况比在场这些人更加了解。而穆图里对这次盛宴显得有些漫不经心，也好像没有太放在心上。

穆瓦乌拉再也没有说什么，车上的其他人也没有说什么，大家都沉默着。因为大家心里明白快要到伊乌莫罗格了。穆瓦乌拉这辆又舒服又麻烦的MMM 333福特牌T三轮车在路上继续摇摇晃晃地跑着朝伊乌莫罗格跑去，它好像在告诫自己：慢慢的，安全第一，不要着急！欲速则不达！先到伊乌莫罗格……参加魔鬼盛宴……

8

这时，黑眼镜突然开口说话，就像在《圣经》里提到的巴兰的驴[①]开始说话了。

"各位，很抱歉！"一时大家的目光一起转向他，想听他说什么。

"我想看看你们的请柬！"他对戛图利亚和瓦丽恩尕说。

戛图利亚掏出请柬递给了他，他反复看了看请柬后，又对瓦丽恩尕说："请把你的也让我看看。"

瓦丽恩尕从手提包里掏出请柬交给了黑眼镜，她在掏请柬时没留心，将那张魔鬼天使给她的字条遗落在穆图里的脚下。

黑眼镜接过瓦丽恩尕的请柬，将戛图利亚那张放在一起对比着，同时又打开自己的手提箱，掏出自己的那张与戛图利亚和瓦丽恩尕的很相似的请柬，递给了戛图利亚，让他仔细看看，瓦丽恩尕点燃了火柴，戛图利亚开始念：

① 引自《旧约》里的故事《巫师巴兰和他的驴子》，驴子平时沉默不语，有一次被巴兰打，它突然开口说话，表示抗议。

盛大宴会！

来吧，亲眼看看

七名现代盗贼与劫匪最佳选手选拔赛，

奖品是银行担保贷款和银行协会的董事职务。

展示一下你的才华！

碰碰你的运气！

把现代盗贼与劫匪的皇冠捧回家！

七名现代盗贼与劫匪最佳选手选拔赛，

奖品是银行担保贷款和银行协会的董事职务。

地狱天使乐队将出席！

签字：盛宴主持人

伊乌莫罗格黄金山盗贼劫匪总部

“这两种请柬有什么差别，你看出来了吗？”黑眼镜问戛图利亚，“我这张是真的！你注意到没有，里面没有一处提到魔鬼，这里有一个秘密，因为参加盛宴的人多数是虔诚教徒，我自己就每周日经常去索戈托教堂和托齐教堂参加祷告。那些印你们手中那种假请柬的人是现代社会进步的敌人。他们企图搅乱这次盛宴。”

“他们是什么人？”戛图利亚问。

“他们？我怀疑是大学的学生，也只有学生才能干得出这种事。”

“我倒觉得两种请柬没有什么差别！”瓦恩嘎丽说，“那他们用什么手段搅乱这次盛宴呢？”

“实际上，这就是一次魔鬼的盛宴，人们都是应撒旦和阎王的邀请前往参加的。然而，请柬里并没有提到这是现代盗贼和劫匪最佳选手的选拔赛。”

“我也觉得没有什么不一样！”穆图里说，“盗窃就盗窃，抢劫就是抢劫，没有什么现代不现代。”

穆图里和瓦恩嘎丽的话深深刺痛了黑眼镜的心，他开始说话，其口气像是在对失去信仰的人们说教。

“我的名字叫姆韦雷利 · 瓦 · 穆基拉伊，我原来有个外国名字叫约翰，我不喜欢外国名字，不久前放弃了。我刚才说过，在来伊乌莫罗格的路上，我的标致 504 的小车坏在半路上了，在基库尤那个地方熄了火，我不得不将它停放在乌恩迪利饭店的前面。我的朋友用车将我送到塞贡纳长途汽车站，我想在那里也许能遇见参加选拔赛的阔佬，搭他的车一起走，今晚就能提前到伊乌莫罗格，但没有找到，我想多数人可能上午才能到。但又没有把握这些人什么时候走，为了不误事，我决定还是坐三轮车先走。

“我曾在麦克雷雷的锡利阿纳和麦克雷雷中学上过学，当时那里就是叫麦克雷雷，不是今天的麦克雷雷大学。要不是阿明[1]捣乱，当时我完全可以在乌干达攻读经济学，获得经济学士学位，这是一门能为国家创造财富的学问。但我并没有丧失信心，我回到国内，进大学继续深造，攻读商务，并成功获得商务学士学位。我壮心不已，又继续到美国名牌学校哈佛大学攻读商贸管理，又获得汽车管理硕士学位。我全名叫姆韦雷利 · 瓦 · 穆基拉伊，有三个学位：经济学学士（伦敦），商务学士（内罗毕），汽车管理硕士（哈佛）。罗列了这些文凭，我想戛图利亚肯定理解我的意思。现在，我的愿望是能在大学任教，大学里的许多教授我都认识，其中不少还是我的朋友。但后来我发现在肯尼亚学经济的人很少，在教学方面很难有用武之地，因此我就下海开始做生意。

① 时作乌干达总统，后人称他为暴君。

“我为什么要这样详细介绍我自己呢？

“我这是听了你们的谈话、争论和遇到的许多麻烦后有感而发。

“我不想隐瞒我的观点，我认为你们所谈的东西对国家是有害的，是共产主义或社会主义的观念。这些观念会破坏和误导人们的思维，会使我们非洲人误入歧途。大家都知道，我们是虔诚的基督教徒，上帝的忠实信徒。肯尼亚是信奉基督教的国家，上帝无时无地都在庇护着我们。

“首先，我要说这次盛宴不是魔鬼的盛宴，组织这次盛宴的也不是撒旦。它是伊乌莫罗格的偷盗抢劫组织为了欢迎来自美国、英国、德国、法国、意大利、瑞典和日本等国家的偷盗抢劫代表来访而举行的盛宴，即是为了欢迎国际偷盗抢劫组织代表团的来访。

“第二我想说的事是，我们的内罗毕大学的学生简直是太无法无天了。他们在不明白现代的盗窃和抢劫是什么含义的情况下，带头造乱给盗窃抢劫抹黑。他们大肆宣扬就像刚才穆图里和瓦恩嘎丽谈到的那些乌七八糟的东西，还说什么要消灭偷盗和抢劫。所以，我想说，社会上人各色各样，不能像牙齿那样一样齐。人的本性千差万别，不可能是平等的，宇宙的法则也不承认天地万物会有平等。我们就来看看天堂的排座次吧：上帝高居宝座之上，右边坐着圣子，左边坐着圣灵，脚下坐着天使，天使脚下坐着圣人，圣人脚下坐着信徒，就这样一层层一排排一直排到人世间的信徒们。地狱也是一样，阎王高高在上，那些砍柴烧火，焚烧尸体的差事都是由他底下的天使、监工、信徒和仆人们干的……”

“你是怎么知道的，你上过天堂？”穆图里问他。

“不，没有。”

“那么你下过地狱？”

“也没有。”

“那么你刚才给我们描绘的座位图是从哪儿来的？如果说这张图像树影，

那么树在哪儿？”

“你要是好好琢磨我的话，你就会觉得我的话有道理了。你看看，世界上的人有高有矮，有黑人白人；有受保佑的富人，有受诅咒的穷人；有懒惰的人，有勤奋的人；有些人天生就大富大贵，有些人天生就是穷鬼；有文明的人，有粗陋的人；有细心的人，有马大哈；多数人能被套着脖子牵着鼻子拉进现代文明社会，告别荒蛮，有少数人则极力拖后腿。世界上任何国家都有两大类人：占有财富的人和创造财富的人，即有人流血流汗创造财富，有人却不劳而获享受财富。”

“先生？”瓦恩嘎丽打断他的话说，“世界上没有一件事是永恒的。你没有听说过基库尤先人曾经说过吗，‘舞者观舞，才能看出门道。换换口味吧，不要总喝一种酒！’”

“我是想将我学的东西尽可能详细地告诉你。”姆韦雷利告诉瓦恩嘎丽，“我们再回过头来谈谈经贸的话题吧，我们可以问自己：无论何时何地对所有的人，偷盗和抢劫是十恶不赦吗？

“按照我说，我认为偷盗和抢劫是衡量一个国家进步的一把尺子。理由是，有东西可偷盗才会出现偷盗和抢劫。你想想，如果没有偷盗和抢劫，今天的美国会是怎么样？今天的英国、日本、德国、法国会是怎么样？西方国家今天的繁荣昌盛全都靠偷盗和抢劫。我们不要上社会主义意识形态的当，消除偷盗和抢劫就等于扼杀现代社会的进步。

“总的说来，国家的财富和经济命脉要掌握在那些能人手里，这些有能力的人甚至在睡梦中也能管理经济。想一想，如果说国家的财富和经济命脉落入那些连落在脸上的苍蝇也懒得赶的废物们——懒汉、庸人、无赖、穷人的手里，这就等于给猪戴珍珠项链，只能被猪踩在污泥里一样。从前，姆春恩瓦人跳舞时是这样唱的：

舞者的脚铃必须从懦弱者身上摘下来，

献给我们真正的英雄。

“问题是，当今谁是真正的英雄？

“是我们这些有钱人，是我们这些有决心在偷盗和抢劫方面压倒欧洲同行的人，也是我们这些学习以后真正意识到偷盗和抢劫是当今社会进步基础的人，因此我还是很乐意参加明天举行的选拔赛的，尽管它在遭到无知的大学生们的抵制和反对。因此我也希望在座的各位不要听他们的，明天和我一起去参加。任何有智慧有能力的人都可以在选拔赛中一展才华。我赞赏这次选拔赛的民主，不设门槛，任何有能耐的人都可以参加，赛场各显神通，你不妒忌我，我不妒忌你，成败论英雄，出类拔萃者夺冠。对于企图破坏盛宴的阴谋诡计我们必须坚决制止，你们把大学生们印的假请柬都扔得远远的，我给你们真的请柬……”

姆韦雷利·瓦·穆基拉伊停顿了一会，从口袋里掏出手绢，擦了擦头上的汗，又擤了擤鼻涕。车上的人都默不作声，似乎都不相信刚才所听到的。

瓦丽恩尕从麻木的状态中清醒过来，对姆韦雷利说：“同胞们！这真是的，反正口水淹不死人！你真敢叫我们‘废物’？你恬不知耻地叫我们工人农民为‘猪’？你还叫嚷珍珠应该属于富人的。请问是谁培育的珍珠？是谁播种收获？又是谁不劳而获，坐享其成？你说说，到底谁是懒汉？是谁在我们这块土地上辛勤劳作生产出最亮丽的珍珠？谁在发展我们国家的经济？”

“你！”穆图里接着补充说，“你肚子里有墨水，有很深的学问，但我还是要说说你：你们太过分，太没有人性。就连猩猩的孩子被盗后，还要留一口吃的，等着孩子归来。你们贪得无厌抢夺我们一年辛辛苦苦耕耘的收获，连一点也不留给我们，哪怕是一口。你们在河流上游筑坝截水，连一滴水也不给我们住在下游的人们。上帝是不会看你的腰有多粗的，地球日夜转动，永不停息，风水轮流转。人的生命由于血液体内的循环得以维持，死亡是由于心脏停止跳动，血液不能在体内循环造成的。心脏跳生命存，心脏停则生命亡。我们知道，小孩在娘胎里，尽管还没有出生，但作为一个生命的存在，心已经开始不停地跳动，一旦听不到心跳，我们做父母的，就会焦虑不安。因此没有人知道明天会发生什么。不要藐视群众，怀着愤怒和叛逆情绪的下一代依然在。总有一天，有人会唱：你们小心点，我们原来就是在基马提[①]领导下的自由战士。”

姆韦雷利·瓦·穆基拉伊没有太在意穆图里和瓦恩嘎丽说的话，他打开《圣经》，就像向众人布道那样，提高嗓门说：“为什么他们要如此烦躁不安？因为你们没有阅读上帝的书，是传教士给我们带来的天书，是一本给我们生命带来永恒的天书。我是说，你们要用眼睛认真看，要用耳朵好好听……”

姆韦雷利·瓦·穆基拉伊侃侃而谈，瓦丽恩尕、戛图利亚、穆瓦乌拉、穆图里和瓦恩嘎丽都在竖起耳朵认真听着，生怕漏掉什么似的。

在一片震耳欲聋的嘈杂声中，穆瓦乌拉的 MMM333 福特 T 牌三轮车载着他们在泛非洲公路上摇摇晃晃，跌跌撞撞地朝现代盗贼劫匪选拔赛的伊乌莫罗格开去。穆图里突然觉得脚下踩着一张纸条，他默然地弯下腰捡起纸条塞进口袋里继续听他们说话。

姆韦雷利·瓦·穆基拉伊放低了声调，用柔和友善的声音慢慢地对他们说着，好像要用那摇篮曲般的轻柔的声音让他们的灵魂和烦躁的心得到安息……

“……有人要升天国，我们可把他比作要出远门奔赴他乡临行前，他把三位仆人们叫到跟前，把财产分为八份交付给他们，一人得五份，一人得两份，最后一人得一份……”

① 茅茅运动的领导人之一。

第四章

1

……人世间的诈骗王国，就像一个地方领主早就预见到总有一天他会被广大爱国者和自由战士赶出国门那样。他寝食难安，惶惶不可终日，绞尽脑汁想如何保护好他窃取的财富和维持他的领主地位。他暗自思忖："我该怎么办呢？长期以来我一直是他们的领主，眼看着他们就要获得自由和独立，开始掌权，掌权以后，他们肯定会把我从所抢占的工厂和庄园上赶走。要我自己经营这些工厂和庄园吧，我力不从心，我不会干体力劳动，但要是等到他们用棍棒和枪赶我走的时候，那我可就无地自容，大失尊严了，因为我曾恐吓他们说白人是不可战胜的，因为白人有无数威力比非洲国家强大百倍的炸弹和坦克。一旦这帮自由战士胜利了，掌了权，工厂和庄园就不再是我的了，我将损失惨重，彻底失去我的茶园、可可园、咖啡园、果园、棉花和水稻种植园，同时将痛失饭店、商店、工厂和钻石矿等无数价值连城的财富；还有野生动物产品交易，如犀牛角、羚羊角、象牙和各种动物皮毛等，一切的一切将付之东流。尽管如此，现在我知道我该怎么做了，我最后回国时要大大方方从前门走出去，待来日我要让他们热烈欢迎我秘密地从后门回来。到那个时候，我再植根于这块土地上，而这次植的根比前次还要深。"他叫来心腹和忠实的仆人，如此这般地给他们传授在这个世界上如何耍阴谋诡计，尤其是如何用最现代化最狡诈的技巧去抢去偷，还教他们如何用收买手法和利用宗教和民族矛盾去分化和瓦解工人、农民。他在给这些人灌输了这一切以后，就告诉他们说他很快就要回欧洲了。他的心腹和仆人听到主人要离开时，悲痛万分，撕开上衣，在胸口上涂上灰烬，齐齐跪下，哭喊着："我们的主呀！你怎么能丢下我们不管了，没有你，我们就像没有爹娘的孤儿。你完全明白，这些年来，我们不是以你的名义让百姓们干了许多见不得人的事吗？你不是发誓永远不离开这块土地吗？现在你走了，不是让我们留下来，等自由战士的报复吗？”这位他们心目中的主告诉他们：“为什么你们这样胆小，这样脆弱？你们不要担心，只要你们依然相信上帝，相信我，相信我完全有办法来实现我在这块土地上的目标。如果不是这样，我早就告诉你们了，我也就会早在你们遭到自由战士报复以前设法让你们逃跑或者让你们各自找一根绳子上吊了。现在我唯一要做的是以进为退，蓄势待发，先提高自己的社会地位，以便来日你们能像以往那样围在我的饭桌旁时能多给你们点吃的。不用很久，我将再回来，届时我将会给你们带来更多的钱，更多的装甲车、枪炮、炸弹和飞机，还要在这块土地上建更多的银行。到那时候我们就可以更加亲密合作，你中有我，我中有你，在一起享受生活，我坐在桌上享受美味佳肴，你们在桌下也可以享受更多的残渣剩饭……”

转眼间，回国的日子到了，这位领主又一次将心腹和仆人们叫到跟前，给了他们一把钥匙，告诉他们：“爱国的人民大众和自由战士将会上你们的当，因为你们和他们一样都是黑人，他们会一次又一次地喊叫：‘看，我们黑人自己现在已经有了开启我们国家的钥匙；看，我们黑人自己现在已经开始掌握国家前进的方向盘。如果没有这个，那我们斗争又有什么意义呢？现在我们可以刀枪入库，马放南山，赞美我们黑色的主了。’”说完，他就把财产和财富，包括一些继续增值的项目都交给了他们看管，然后根据每人平时对他的忠诚和信任程度，分别留给了三位心腹和仆人各五十万、二十万和十万先令。做完这一切这位领主就夹起皮包从前门离开启程回国了。就这样，那位得了五十万先令的心腹拿着这些钱到农民那里用最低廉的价格采购了一大批粮食，然后将它运到城里，用高价卖给了城里的居民和工人们，一转手白白挣了五十万先令。另一位得到二十万先令的心腹，也照样画葫芦，用低廉的价格向生产者手里买到一批商品，然后又以高价倒卖出去，赚取了二十万先令的好处。然而，那位得了十万先令的心腹，认认真真考虑了自己的处境、国内自由战士和那位刚离开回国的领主情况后，心里在琢磨着：这位领主经常吹嘘说，是他用了从国内带来为数不多的钱带动了这个国家的经济发展的，还大言不惭地大叫："投资！投资！这是我的投资！"他的所谓投资如果没有劳动者血汗和工人农民廉价的劳动力怎么有可能获得成倍的暴利呢。如果这笔钱是用来投资产生利息，为国家经济的发展出力还算说得过去。因此，这位领主的心腹就将十万先令捆好放在一个罐子里埋在香蕉树底下。过不了多久，那位领主真的从后门进来回到了这个国家，回来检查他的财富来了。那位得了他五十万先令的心腹前去看他，当他问起他留下来的财富情况和给他们留下的钱是怎么用时，心腹说："我的主啊，我用你给我的五十万先令赚了整整五十万。"领主眼睛睁得滚圆，惊讶地说："哎呀！百分之百的回报率，太棒了。你干得太出色了，如此实在地向我汇报，难怪是我的忠实心腹！对于你的忠诚可靠，我还要给你更大的回报，这样吧，我给你升官，加入我们的团队，现在我任命你为总管我各银行分行的业务经理，在各个分行里你还各占有股份。从今以后你在前台管理，我在后台指挥，我不再抛头露面。同时，你还可以以我的名义全权管理我在你国家的一切财产。"来日，那位得了二十万先令的心腹去拜访领主，领主用同样的问题问他时，他同样回答说："我的主，真要感谢你，我用你留下的二十万先令购买商品，低价买进，高价卖出，转手挣了二十万先令。"领主高兴地说："啊，太棒了，如此高的回报率，你真的太棒了，这里真是一个投资的好地方。你不愧为我忠实的心腹，如实向我汇报，凭着你对我的忠诚，我提升你为我保险公司的销售经理，加入我们的团队，负责管理我保险公司各分公司以及我指定的其他公司的业务，我将给你一小部分股份。同时还负责管理我在你们国家的一切财产。从现在开始你要在公司多走动多露面，我在后台指挥，不再抛头露面。"

再说那位得到十万先令的心腹，领主也同样问他那些问题，他听完不卑不亢地说："啊！我的主，我的洋先生，我已经发现了你的诡计，也知道了你真正的名字，你真名应该是帝国主义。为什么要这样说呢？因为你凭手头上的资本，不劳而获，坐享其成，掠夺成性，贪得无厌，大家都说你是一位残酷和贪婪的家伙！因此我就把你给我的钱埋在地里，我要看看没有我或者其他人的汗水，这些钱能不能增值。你拿着，这是你的十万先令，把你的投资如数送还，数一数，看看少了没有，我一分也没有动。让我感到欣慰的是突然明白我们完全可以自食其力，凭我的汗水，吃的、喝的、穿的、住的都不用愁。从今以后我再也不想拜倒在你称为上帝的钱的脚下了，我再也不想当你仆人受奴役了。我懂了，如果我和我的同胞们手拉手，团结一致，当家做主，流血流汗，我们就能为我们国家和人民创造无穷无尽的财富。”

那位领主用蔑视的眼光瞥了他一眼，眉头紧皱，难过地对这位昔日的仆人说：“哎啊，你，很坏，不忠，懒惰，一身反骨。为什么你不把这些钱存到银行或者放贷，钱生钱，吃利息呢？这样我这次回来多少也可以得到一些回报。你要知道当你告诉我你将钱像埋尸体那样埋在地里时，我心里是多么难过？好，现在就不说这些了，我想问你是谁将我名字秘密告诉你的？是谁让你抛弃我的？是谁告诉你我不劳而获？是谁说我坐享其成？又是谁说我贪得无厌？不！非洲黑人是不会有这种叛逆思想的。非洲黑人也不会不服我们的统治。由此我想是不是共产党人让你误入歧途？是不是这个工人农民的党给你灌输了这些危险的思想啦？你的思想已经中了共产党和共产主义的毒了……你呀，你已经成了这个国家和平安定的真正的威胁，也是对我，对我本地的代表和我的财产监护人的最大威胁。现在就让你尝尝我们的厉害，我要让你永远忘掉我这个真正的名字。把他抓起来，别让他再继续毒害工人和农民，我要让他们明白他们的所谓联合和团结到底能不能战胜我的炸弹和坦克！没收他的一切所得，全部归你们，给你们分了。因为有钱的人就应该越来越富有，穷人活该被剥夺得一无所有。这就是我所作所为最重要的信条！这个家伙胆大妄为，竟然拒绝当奴隶，你们还等什么？赶紧去叫警察把这个家伙抓起来，关进监狱里，把他扔进万劫不复的无底深渊，让他的家里永远后悔莫及，流不尽的伤心泪！

“好！好！干得太棒了。你们用同样的手段对付反叛者，其他工人就会害怕了，就再也不敢罢工要求增加工资，再也不敢砸烂奴隶枷锁了？

“对于你们，从现在开始在公开场合，我不再叫你们奴隶和奴仆了，你们成了我真正的朋友。为什么呢？因为是我把这把开启国家的钥匙交给你们，你们依然会按照我的旨意，继续保护我的财产，使我的资本不断增值，甚至比我亲自掌管钥匙时的回报还要高得多得多。为此我就不再叫你们奴隶了，因为奴隶是不可能知道他的主人的目的和想法的。我把你们叫朋友，你们就可以了解，而且我还会继续让你们了解我在这个国家的一切行动计划。我不会让你们失望的，我会把我们赚取的一切毫不吝惜地分一点给你们。这样你们在对付那些宣传社会主义的死硬派时就会有动力和毫不手软。

“我和当地信徒和平亲善的合作万岁！这有什么坏处呢？我们可以得寸进尺去愚弄那些受骗的群众。长期稳定发展万岁？利润滚滚万岁！侨民和侨民精英们万岁！”

2

主持人在作了简短的开场白后，聚集在比赛现场大厅里的盗贼劫匪们报以雷鸣般的掌声，有人对着主席台大声喊道：“鞋非常合脚……就没有必要穿袜子了。”这时有人拉了一下另一个人的袖口，把头侧过去耳语说：“你听见了吧？欲望无尽，富人还要更富……刚才主持人说得对，我们和外国人合作，他们吃的是肥肉，我们抢着啃的是骨头……但是，对狗来说，有骨头可抢总比没有骨头好……然而，同胞们，有时候骨头也会带点肉……这就是真实的非洲社会主义……非洲传统的乌贾马……它不是尼雷尔[①]和他的中国朋友提倡的令人嫉妒的社会主义吗？这种社会主

① 坦桑尼亚独立后第一任总统，曾是坦桑尼亚社会主义——“乌贾马”的热情倡导者和政策制定者。

义不许个人独占一块骨头……我们国家不需要这种中国式的社会主义，我们要的是基督教……”

大会主持人请大家入座，呼啦啦的欢呼声在整个山洞里慢慢平息了下来。主持人是一个五大三粗的大汉，宽大的脸颊就像黑猩猩，充满血丝的双眼犹如两只红色灯泡，粗大的脖子就像一个大葫芦瓢，硕大的肚子活像一个吹足气的气球。他说话时常常有意咧开嘴，炫耀他下颚的两颗金光闪闪的金牙。为了炫富，他今天特意美滋滋地穿上亮光光的丝绸上衣。

现在他开始宣布比赛规则：

“每一个参赛者必须上台，首先介绍自己是什么时候、在什么地方开始盗窃和抢劫的，当众秀自己有哪些独特的与众不同的盗窃和抢劫手段，如何利用这些独特手段去窃取财富、积累财富。此外，还要简要介绍如何发展和提高现代偷盗抢劫技术。最后还要着重介绍为掠夺更多的财富如何发展与外国人的合作伙伴关系。你们都听着，同时你们也是裁判，其他人介绍时，要为他们精彩的介绍热烈鼓掌，以示鼓励。

“现在，我作为现代偷盗抢劫总部伊乌莫罗格分部的主席，向你们宣布，这次盛会是我们在思想上和实践上的一次交流和学习的极好机会，也是加强相互间紧密合作，掠夺更多财富的极好机会。正如你们所知，团结就是力量，分裂就是灾难。在实践中，就是失败了，也不要灰心丧气，继续你们的盗窃和抢劫，在实际行动中向那些有高超技巧的人学习，不断提高自己。豹子在牧人教它以前也不懂得如何用爪子挠人。

“在回到座位以前，我要请总部设在美国纽约的国际偷盗抢劫组织（IOTR）代表团团长上台说几句。我想你们都已经知道，我们已正式致函申请成为该组织的正式成员。我们感谢代表团的来访和给我们带来的丰厚的礼金和礼品，但这仅仅是开始。俗话说，良好的开端已是成功的一半。他们有许许多多先进的盗窃和抢劫技术值得我们学习。我们不要回避问题，不要不好意思说有许多东西我们还不懂，不要愧于说向外国人学习。因此我们要感谢他们给我们提供这次极好的机会。”

当主持人请代表团团长上台与大家见面时，从团长站起来那一刻到走上主席台，全场响起雷鸣般经久不息的掌声。

代表团团长站在主席台上环视了一周会场，轻轻地清了一下嗓子，开始用英文说：

“有一位英国人第一次提到‘时间就是金钱’，我们美国人也坚信这一哲理，因此我不想占用大家太多的时间。因为刚才主持人已将重要事项说清楚了。

“正如你们所知，我们这个来自远方的代表团是由美国、英国、德国、法国、瑞典、挪威、丹麦、意大利和日本等国的代表组成的。你们都能看出，我们这个代表团的成员所代表的国家不同，语言不同，肤色不同，宗教信仰不同，但是，我们目标和信念是一致的，我们是同一个战壕——国际盗窃抢劫组织的战友。

“我们很高兴能有机会见到你们这些朋友们，你们不仅是我们的朋友，同时也是我们在你们国家一切财产的管理人。因此我们来到这里就像到了家一样，我们参观了你们在伊乌莫罗格的总部，也参观了你们的许多活动洞穴，我们对你们卓有成效的工作表示满意。尽管你们从事现代偷盗和抢劫的时间还不长，可以看出你们已经很快理解和掌握了现代偷盗和抢劫的各种手段和技巧。我认为只要你们继续努力，很快就会赶上西方国家的偷盗和抢劫水平。

“这次我们要竞选出七名最佳偷盗和抢劫专家，这些专家都是偷盗和抢劫的精英，是专家中的专家。正如你们的主持人告诉过我的，我们为什么能稳稳地坐在一起，是因为我们手中有这些利器，我们可用这些利器戳穿其他的利器，用我们手中的矛攻他人的盾。幸运将降临到这七名夺冠的精英头上，我们要给他们戴上皇冠，并授权他们在你们国家的任何银行和保险公司的大门出入自由。因为，你们知道，偷盗和抢劫这个行业是与银行和保险公司紧密相连的，还包括工厂和各行各业的生意。银行对工厂有绝对的决定权，比如决定工厂是建在这还是建在哪？工厂是扩建还是兼并，是继续生产还是停产，是转手还是关停，等等。钱决定一切，财神爷才是当今世界的主宰。银行是储存人们从各地掠夺来的财富最可靠的地方。七名当选的精英有责任对所有从事盗窃抢劫的同行们，尤其那些对衣食住行的掠夺和对他人进行恐吓窃财等没有足够经验和高超盗窃抢劫技巧的同行们进行传帮带。

“现在，我在回到座位以前，再多说一两句，给大家提点建议意见。

“我想在场的人们都明白盗窃和抢劫是美国经济繁荣和西方文明的基础这个道理。

“文明的核心就是金钱。

“钱挣来挣去就带来了西方经济的大发展，大繁荣。

“如果你们也想要西方文明，就要当拜金主义者。

“为了钱，你必须六亲不认，不管是孩子、老人、兄弟姐妹、妻子，还是丈夫，只要能从他们中捞到钱，一个也不放过！

“要毫不留情吸他们的血吃他们的肉，对此要做到毫不犹豫。

“我为什么要给你们说这些呢？因为这是我的经验之谈，我们在欧美就是这样干的。当地的印第安人强烈反对我们占领他们的土地，我们用子弹对付他们，把他们大部分都消灭了，只留少数人，让他们作为历史的见证，留下来的这些人也就再也不敢反对我们了。做完这一切后，我们就来到你们非洲这里，我们开始成千上万地抓捕奴隶，用他们的血和汗来建设西方的文明。还是为了经济掠夺，我们今天来到这里。为什么我原来不说，今天才说呢？因为你们都是我的朋友。我们这些来自欧美和日本的盗窃和抢劫的代表经常流窜于世界各地，继续偷盗劫掠天下财富，但同时我们也分一点给当地和我们合作的同伙。为什么我们这样做呢？

“因为我们的先辈们就已经是这样做了，他们对在自己国家或国外其他国家的工人农民们血流成河已司空见惯。当今我们在喝人血吃人肉的偷盗和抢劫活动中已经有了一个自由合作联盟。如果你们也想象我们那样做的话，就要彻底抛弃同情心，无情才是真英雄。更不要畏惧你们国家的工人农民。就像刚才主持人说的那样，你们要继续去抢去偷，用甜言蜜语去欺骗他们。你们能记得主持人列举了哪些例子了吗……啊，是的，要用糖纸将我们的魔法包起来。如果有人还说闲话，那么就像那个自作聪明给我们捣乱的奴隶仆人，就必须用带钉的鞋将他踩烂在脚下。

“你们一定要扩大盗窃抢劫的活动范围，我们也要全力以赴用我们手中的枪杆子保护你们，支持你们。这是我们代表团义不容辞的责任。祝你们在盗窃抢劫中交好运！”

代表团团长讲完话走下主席台，台下顿时欢声雷动，人们欢呼雀跃，纷纷议论说：“真过瘾，这才是真理，他们真是见多识广！”

“地狱天使乐队”不断奏着乐曲，唱着歌，人们得意忘形地扭动着，有人肆无忌惮地吹着口哨，有人继续大声地聊着，有人不顾一切地亲吻着恋人的嘴唇、鼻子、眼睛。伴随着节奏感很强的乐曲，人们开始和着曲调和“地狱天使乐队”一起，就像在教堂里祷告那样，齐声唱了起来：

喜事，好事，
来到家门口。
喜事，好事，
我们的救世主！

3

……看着戛图利亚，对他说：“那些穿着昂贵时髦西服的人会是盗贼

“我也不明白这到底是怎么回事。”

“他们是贼，是盗贼！”瓦恩嘎丽说。

“现代窃贼 。”穆图里说。

“这些外国人皮肤通红通红的！”瓦丽恩尕说着回头朝坐着七个外国人的地方望去。

“你没有听见刚才他们的头说的吗？”瓦恩嘎丽补充说，“他们是一伙喝人血吃人肉的衣冠禽兽！”

“是杀人不眨眼的刽子手。”穆图里说。

瓦丽恩尕、戛图利亚、穆图里、瓦恩嘎丽和穆瓦乌拉坐在山洞里最后一排。瓦丽恩尕想看到前面的外国人就必须站起来或抻长脖子。

那些外国人的座位在靠近主席台的最前排。主席台上正中放着一张方形小桌。这就是上台后站着做报告的地方。“地狱天使乐队”就在主席台右边的一个角落里。

代表团团长的座椅比其他人的座椅略高一点，他的左右两边各坐着三个人。瓦丽恩尕仰着头仔细一瞧，发现他们的皮肤就像猪皮，或者像本地非洲人黑皮肤不小心被开水烫伤，或者被强酸烧伤，通红通红的。他们手上的汗毛竖立着就像老公猪的鬃毛。像刺猬般的头发乱哄哄地垂到肩膀，好像自从出生以来从未理过发似的。每人头上都戴着像皇冠似的帽子，上面写着代表所在国的名字，帽子大小都差不多，只是团长的帽子略大了一点。他们的服装，准确说他们的上衣，都各有特色，团长的上衣印着一个硕大的美元字样（$），那位英国人的上衣印着显眼的英镑字样（£），德国人的上衣印着马克的字样（Dm），法国人上衣印着法郎的字样（Fr），意大利人上衣印着意大利里拉字样（
日本人上衣印着日元字样（Yen）。就像童子军，每人胸前挂着一张金属
在灯光之下一晃一晃的，若隐若现地映现出各种怪异的广告内容

世界银行，世界商业银行，世界开发银行，吞钱保险，工业原材料吞食者，劣质产品出口，人皮商，高利贷，杀人武器，国内外豪华汽车，国外高利贷。所有产品物美价廉，让傻子依恋奴隶锁链，奴隶对我意味舒服，和其他人相似的经脉，等等，以及其他许许多多各种令人似懂非懂的广告。

戛图利亚、瓦丽恩尕、穆图里、瓦恩嘎丽和穆瓦乌拉的座位离姆韦雷利·瓦·穆基拉伊很远，远远望去只能看到他的头，昨晚他们是在去伊乌莫罗格路上和他分手的，彼此相约在会场见面，临走前姆韦雷利·瓦·穆基拉伊给了他们每人一张请柬，因为比赛现场凭请柬入场，没有请柬不能进去。就这样他们的车紧走快跑，在路上整整跑了四个小时，终于在周日早晨到达比赛的山洞。在洞口有警卫把门，对进进出出的人员一个个认真验请柬和检查。

这是一个山洞，但与其说是山洞不如说是魔窟！地上打磨得明亮如玻璃，人往下一看可以清晰地看到自己的面容。洞顶涂上一层厚厚的奶油色油彩，显得通体透亮。中间悬挂着一个硕大的玻璃吊灯，以它为中心装饰着许多彩虹般七彩颜色的纸彩带，纸彩带两端各挂有无数绿、蓝、红、白、黑、褐等五颜六色的气球。

酒吧女郎在会场上来往穿梭，向人们推销各种饮料，她们身着紧身黑色服装，全身丰满线条显露无遗，座位远些的人们还以为她们是裸体，每位姑娘的屁股上插着一朵花，走起来，摇摇晃晃，就像兔子尾巴。在膨脖饱满的双乳上别着两个小塑料水果，每位姑娘的头上围着一条宽宽的布条，上面写着：我爱你！这些姑娘看起来就像从另一个世界来的幽灵。

瓦丽恩尕在慢慢品尝着掺苏打水的威士忌，戛图利亚正喝着图斯科啤酒，瓦恩嘎丽要了一瓶方达苏打水。戛图利亚和穆图里为她们埋了单。

所谓盛宴，其实是一次盛大的自费酒会，所有的饮料和食品都是要自己付费。这是多数参赛者提出的建议，这样可以显示他们身份高贵，同时也借机捞一把。当某个人为他人点饮料时，酒吧女郎往往会建议他点高档的烈性酒，而且不是一小杯一小杯地点，是一整瓶一整瓶地点，点啤酒时酒吧女郎会建议他一整箱一整箱点，而不是一瓶瓶点，一旦有人只点一小杯或一瓶时，就会被恨得咬牙切齿，因为这纯属穷鬼的做法。

许多人都带着他们的妙龄女郎参会，这些小妞们一个个打扮得花枝招展，一身珠光宝气——昂贵服装，珍珠红宝石项链，无名指上的钻石，白银或赤铜戒指，举手投足间，闪闪发光。在洞里这些小蜜糖们好像是来攀比谁的服装时髦谁的珠宝更昂贵似的。男人们给她们点的都是价格不菲的香槟酒，还不断地对自己的小蜜糖吹嘘说：“喝吧，喝不完的让它们流成河，我们一起在河里游泳！”

“比赛什么时候开始？”瓦丽恩尕问戛图利亚。

“可能快了。”戛图利亚回答说。

瓦恩嘎丽凝神思索……我很幸运……昨天我被释放，告别了警察就来这里了，这样就有机会一睹盗贼抢匪魔窟的情况，以便能协助警察来抓捕他们……现在，我们大体已经了解这次所谓盛会了……你们看，过不了今天，这些盗贼劫匪和他们外国的同伙们一定会落入罗网，统统被投进监狱，这样一来，我们的伊乌莫罗格不就平静了吗？家乡的人们不就可以从盗窃抢劫的昏天暗地中见到光明了吗？我要耐心听听他们说些什么，了解他们的所作所为，以便有足够的证据报告给嘎孔龙警长和警察们……我看到穆图里正在留心地观察着这里的一切，好像怕漏掉什么似的……看来他也可以帮助我提供一些证据。

她想最好能先给穆图里打个招呼，但马上又改变了主意，当她回想起昨天在三轮车上所唱的歌词时，她的心开始激烈地跳动：

出来吧！大家都来！
亲眼看看魔鬼的盛宴，

将魔鬼和它的信徒们，
彻底赶走！
出来吧！大家都来！
“地狱天使乐队”开始演奏刚果歌曲；
邦班达 纳恩戛 巴基米 纳 莫巴里
莫巴里 奥约 波乌 亚 莫特玛
纳卡里 科卢卡 莫巴里 纳恩戛哎……

穆图里心里突然有了一个念头，他回过头对穆瓦乌拉耳语道：

“我说，穆瓦乌拉，你与这些自称魔鬼天使的强盗们有什么关系？”穆图里的话犹如一根针扎到他的屁股那样一阵生疼。

“你怎么知道？你是怎么知道的？”穆瓦乌拉双眼睁得滚圆，惊愕不已地问他。

突然，乐队停止奏乐，人们的吵闹声也骤然停止，洞里安静了下来，人们不约而同地朝主席台望去。

比赛就要开始了！

4

第一位参赛者大步流星地跑上舞台，台下盗贼们一时将目光投向了他。只见他的上衣贴着一张印着雪碧饮料字样的广告牌，被风一吹，晃晃荡荡。裤子笔挺挺，一点皱纹也没有，身材就像竹子又瘦又高，两只大眼睛简直就像两个大灯泡，他不时摇晃着超长的双臂，给人一种感觉好像是两只手不知放什么地方好：他把手插进口袋里，又掏出来伸直压着双腿，就像卫兵站岗；一会儿又双手叉腰，好像要说点什么；一会儿又不断地挠头，然后又不断揉着指头，接着又齐齐将双手放在胸前，最后才不好意思地微笑着开始说话：

“我的名字是穆雷夫·瓦·基尼亚库吉，你们都看见了，我这双手很不听使唤，它在不断地折磨着我，让我不知道到底要干什么。因为我不习惯这样站在大庭广众之中，面对如此众多的专家高手，我这双手……”他面对大家将手伸直，说，“我这双手已经习惯窃夺别人的东西，你们看我这细长的手要是伸进你的口袋里，保证你一点感觉也没有。我不是吹，在远近方圆几十英里的地盘中，偷盗女人手提包里的钱，对我来说易如反掌，没有一个能比得上我的，尤其在人员繁杂的市场更是如鱼得水，手到擒来。还有我在乡村中偷鸡摸狗的手法是一流的。”

“然而，上帝，我的主，说实话，我偷盗是因为一无所有，没吃没穿，饥寒交迫，无业无屋，贫困潦倒。”

“为了向你们证实我有偷盗这一手绝活，我给你们讲讲我是怎样在农村偷鸡的神奇故事……”

穆雷夫·瓦·基尼亚库吉的紧张情绪缓和了下来，开始讲他偷鸡的故事：他将穿了孔的玉米粒，用尼龙绳串起来，将串有玉米粒的尼龙绳摔给鸡，同时一边拉紧尼龙绳一边不停地对着鸡叫：“库噜！库噜库噜……库噜！库噜库噜库噜！”不断抖动着尼龙绳，诱鸡上钩……

还没有等他讲完故事，突然间台下口哨声喊叫声连成一片，许多人因为不满他在台上的表现给他喝倒彩，有些人气得脱下鞋不停敲打着座椅，大声地喊道：下去吧！这个可怜的盗贼是哪来的？这算什么神奇故事！

主持人快步走上主席台，挥挥手让大家安静下来，然后巧舌如簧地对大家说，我们这是一场真正含义的偷盗和抢劫最佳选手的选拔赛，是闻名世界的一场著名的高水准选拔赛。那些简单的溜门撬锁，在市场上或在车上扒窃妇女钱包，在农村里偷鸡摸狗等低水准的偷盗行为在我们这些偷盗专家，尤其是来自欧美的专家面前是非常丢脸的事情。来自欧美的偷盗专家们不是来看因为缺衣少食、失业、住无居所、贫困潦倒，如何去偷去抢的，这种偷盗是犯罪。“他们是要来看尽享美味佳肴、饭饱酒足以后如何去偷去抢的。”主持人一边说着一边抚摸着他那肥厚的啤酒肚。

此时的穆雷夫·瓦·基尼亚库吉已不再害臊和紧张了，他当场和主持人争论了起来，他说：“贼就是贼，不管是偷一根针还是一辆车，不存在什么饿汉贼或饱汉贼，我们大家都有充分的自由参加这场比赛，盗贼就是盗贼……”

整个山洞，盗贼和劫匪们的吵闹声喊叫声响成一片，震耳欲聋。有一个人站了起来对主持人大声吼道：“把那件印有死者乔治[①]头像的廉价衬衣从我们这个富人的舞台上扔出去！穆雷夫，赶紧脱掉你的‘雪碧’字样的外衣，把它扔到外面去！把他赶出去，赶出去，让他那种偷鸡摸狗的雕虫小技回到耶路撒的农村去施展吧！主持人，行使你的职责吧，如果你做不到，我们马上就换人……”

主持人召唤了一声门卫，门卫闻声高举棍棒飞奔过来抓住穆雷夫，粗暴地连推带拉把口中喃喃地说着“这是歧视”的穆雷夫·瓦·基尼亚库吉赶了出去。骤然会场欢呼声四起，有的狰狞地大笑着，有的高兴地吹着口哨。

主持人再次挥手让大家安静下来，宣布说：“这是一场高层次的得到全世界公认的偷盗和抢劫最佳选手的选拔赛；因此我们不想让那些低层次的，上不了台面的小偷小摸在这里浪费我们的时间，时间就是金钱，我们要分秒必争！”

“因此，我们最好对这次比赛的规则达成共识，以便有章可循。你们都知道，大家能聚集在一起很不容易，这不是开玩笑，所以我说那些口袋里只有百来先令最多数万先令的小偷小摸不要为难自己，不要上台来。”

主持人说完，台下响起一阵热烈的掌声。

“这是第一条规定，从你们热烈的掌声中可以看出大家都会同意的，那就是：我们规定可以参赛的人不管用何种手段必须一次窃金百万以上者。

① 美国前总统。

“第二条：参赛者如果不是大肚皮，也没有像猿人那样有宽大的腮帮，请自动退出，不要为难自己，不要上舞台来，浪费我们时间。因为大家知道，肚子大和腮帮宽是金钱财富的象征。”

有大肚子的盗贼们听完后对他破口大骂，山洞里，胖的和瘦的盗贼开始激烈地争论起来。

一位瘦高个盗贼迅速站了起来表示强烈反对这条规定。他说话快人快语，气势汹汹，态度强硬，慷慨激昂地说：“有的偷盗者并没有大肚子也没有宽腮帮，相反腮帮是凹进去的，这是因为他们要为窃取更多的财富日思夜想，绞尽脑汁。不胖不能说明他们不是出类拔萃的偷盗和抢劫专家，不能因为瘦我们看不起他。为了获得参赛的机会，男人不可能没有大肚子装成有大肚子或者借他怀孕老婆的大肚子吧？瘦是天生的，不是故意做作。”瘦高个说完坐了下来。

瘦的这一帮人对他热烈鼓掌，表示赞成，胖的这边七嘴八舌在不断地批驳他。

这时，又有一个盗贼站了起来，大声对大家说这个瘦子是和穆雷夫·瓦·基尼亚库吉一样的货色。这下子可像捅了马蜂窝，胖瘦两派都站了起来，互相指责。瘦高个跳了起来，气势汹汹地问：“是谁说我和穆雷夫·瓦·基尼亚库吉一样？是谁骂我是穷鬼？又是谁污蔑我只是千把先令的穷贼？请站出来……有胆量现在就站出来，我们较量较量，看看到底谁是穷贼，让你体会体会我这个百万富贼的厉害！”

就在这紧要关头，有一个不胖不瘦的人站了起来，用温和的语气调解说：“好了，好了，都是同路人，不要伤和气，我们不要再提谁胖谁瘦，谁白谁黑，谁高谁矮了，偷盗抢劫成功与否关键在于智慧和技巧，只要他认为自己是人中豪杰，鹤立鸡群，就应该允许他站出来参加选拔赛，由这些豪杰精英们争夺冠军宝座。你们也都看到了，我们的外国客人，也有胖有瘦，有的有红头发，有的没有，有的来自亚洲的日本，有的来自欧洲的意大利，团长则来自美国，共同的目标把我们联结在一起，摒弃肥瘦、民族、语言的差异，成为亲兄弟，一家人，一个族群，一个团体，彼此就像藤萝附蔓，你中有我，我中有你，遍布世界各地。今天，我们在这里的组织成员也来自各个不同部族，有贾鲁乌族、卡冷吉尼族、康巴族、马赛族、斯瓦希里族、基库尤族和姆巴鲁希亚族，我们和欧美来的专家们在一起组成一个共同的偷盗抢劫团队，我们都是这个团队的成员。从今以后，为了偷盗抢劫的成功，我们要永远紧密团结在一起。对于那些被盗被抢的人们我们一定要利用他们彼此间部族、民族和宗教的差异分化瓦解他们，不要让他们醒悟了联合起来对付我们……有时候，傻子聪明起来比谁都厉害！”

他侃侃而谈，话音刚落，全场响起雷鸣般震耳欲聋的欢呼声。听完他的讲话，一个个心潮澎湃，激动不已，有人大声地喊叫道：“一针见血！一针见血！太精辟了！”

人们经过短暂的对话和交流，慢慢平静了下来，一致同意任何人无论肥瘦、高矮、肤色、民族、宗教不同，都可以到舞台上来参加比赛，展示技能和才华。

“为阻止不合格的参赛者，我们要求每位参赛者陈述时必须对如下各条款作详细说明：每位参赛者必须报真实姓名，每位参赛者必须报真实地址，每位参赛者必须如实报妻子和情人的姓名，每位参赛者必须报自己、妻子、情人驾驶的车号，每位参赛者必须介绍他所干过的偷盗和抢劫活动，每位参赛者必须介绍想如何推进和外国同行的合作。”

主持人宣布完规定后坐了下来，会场上再次响起热烈的掌声，洞里喜气洋洋，充满友好的气氛。

“我有条件参赛。”穆瓦乌拉对穆图里说。

“啊，难道你也是偷盗抢劫能手？”穆图里惊讶地问。

“怎么啦，你认为我没有这种能耐？”穆瓦乌拉回答完，开玩笑似的莞尔一笑。他猛然想起穆图里曾经问他与魔鬼天使有什么关系时，马上收起了笑容。

他转头看了旁边的瓦恩嘎丽一眼，心里暗暗在想，“也许她也可能知道穆图里知道的事吧？”

瓦恩嘎丽默默地坐在那里，神情激动，悲愤交集，脸涨得通红，她真想马上站起来平息这种乱哄哄，你刚唱罢我登场的混乱场面，然后还要解气地将这伙强盗骂个狗血喷头！后来她又安慰自己道，还是耐心点，等得到足够的证据后再去伊乌莫罗格警察局报案。乱哄哄的局面还在继续着，瓦恩嘎丽忍无可忍，用手指堵住两个耳朵不再听那些强盗们对主持人无聊的吹捧和令人心烦的掌声。

瓦恩嘎丽突然想起昨天晚上在穆瓦乌拉三轮车上来伊乌莫罗格路上听穆韦雷利的领主临走前分别给他的三个仆人留下五十万、二十万和十万资金的故事……

……那两个分别得到五十万和三十万的仆人用这些钱去做生意，结果各赚了一倍，而那个得了十万的仆人却将钱埋在地里，最终一无所获。后来领主回来了，他要回来取回投资的红利……

基图图 · 瓦 · 嘎塔恩古卢的陈述

以下我们来听听基图图 · 瓦 · 嘎塔恩古卢关于现代偷盗抢劫技术的陈述，先领略一下基图图其人：硕大无比的肚子犹如一个隆起的小山包，要是没有裤子的两条吊带紧束着，随时都有可能拖地，如此非同一般的巨肚好像把自己身体里的各种器官都吞食了似的；小小的头，充其量也就有拳头那么大；几乎没有脖子，或者说看不出有脖子；异常的四肢又粗又短。

今天，基图图 · 瓦 · 嘎塔恩古卢身着纯黑色外套、白色衬衣，脖子上似乎还系着一个黑色小领结，远远看去，与其说是领结，不如说是一小撮黑山羊胡子。他手不离纯金镶嵌的拐杖，说话时不断喘着粗气，右手不断转动着拐杖，左手不停地揉肚子。

他自我介绍说："我的名字叫基图图 · 瓦 · 嘎塔恩古卢，其实这是我的姓，我的外国名，也就是基督教名叫罗特巴勒·格劳德弗莱斯·希特朗德·纳拉乌·伊斯锡玛斯 · 乔伊特 · 斯托克 · 布朗，外国人听到我这么长的名字非常惊讶，因此对我也就特别关注。有些人听完不断地摇头，有些人听完则开怀大笑，因为他们从未听说过有这么长的名字。不瞒你们说，因此外国人还有点怕我！关于我的家人，我有一个老婆和五个孩子，三男两女，大儿子已经在非洲学校修完所有课程，去了欧洲，在那里读大学，看来在欧洲大学毕业没有任何问题。他下面的一个弟弟最近也考进了大学；老三和他的姐姐也都在上中学，还没有到考大学的时候。我希望他们能继续学习，书海无涯勤作舟，就像我和他们的爷爷那样，勤奋攻读，学到一身本领。孩子们都是在非常昂贵的学校读书，学校的老师是清一色的外国人，就是今天这些学校的老师也依然都是外国人。

"在没有谈完我家的情况以前，我还要先说一下我和我老婆的情况，我和她的结合是明媒正娶，我们在斯科齐教堂正式举行的婚礼。此外，我还有两个小甜心，你们都知道在西方老牛吃嫩草是很正常的事，有一两个小鲜肉备着，有备无患。

"有些人看到我这个大肚子，而且一走路就喘粗气，就会问我，基图图 · 瓦 · 嘎塔恩古卢，看你这个样，能满足你的老婆和两个小鲜肉吗？你们这些人，难道你们忘记了我们有几句俗语：'不懂舞就跳不了舞；大象不怕牙大小；钱能移山填海。'

"关于我的住所，我平时主要住在伊乌莫罗格黄金山，因为我的老婆孩子们都住在那里。但是不仅仅这一处，有好多处，在纳库卢、内罗毕和蒙巴萨都有我的房子。我不喜欢动不动就住旅馆，我在做走私生意时出差习惯于在各地住自己的房子。这些房产我老婆都知道，但在内罗毕还有几处她不知道，我让小甜心们住在那里。

“关于我的车，我有奔驰 200、标致 604 和英吉普越野，这三辆车是我常开的。我老婆开丰田卡利纳，是一辆小货车，去市场买菜或商场购物用的。我还有许多各种型号的大车，如大货车、拖拉机等，这些车是干活用的，我就不再一一列举了，因为还有很多……啊。天哪！我差点忘了介绍我的小甜心们用的车了，其中一个开的是高配丰田卡罗拉，另一位生日时我送给了她一辆日本达特桑 1600SSS。当今的爱情不是闹着玩的，吝惜鬼是不会有人爱的！

“所以呀！朋友们，你们说，我富甲一方，为什么不崇拜和赞美现代偷盗和抢劫技术呢？

“今天，我心情愉快地开着豪车奔跑在宽阔而又光滑平坦的大马路上兜风的时候，除了我这个每天因山珍海味不断见长的肚子坐着有点不舒服外，手握方向盘的感觉简直是爽呆了。

“我的早餐是两个鸡蛋、几片黄油面包和一杯奶。每天上午十点我要美美地吃上一公斤水煮羊肉，中午十二点我还要吃两公斤烤牛扒，烤牛扒的方法有些考究，一般来说先要用酒泡一下，然后放在火炭上烤，烤完后，再与两瓶冰啤一起下肚。下午六点，我要一边品威士忌一边吃鸡肉，往往要吃掉一只鸡，不过这只是晚餐的下酒菜而已。晚餐时间是晚八点，晚餐是正餐，饭菜更丰盛，不好意思，比白天吃的还要多！

“我完全同意主持人刚才提到的代表团团长的教导和所举的例子，尤其是对于参赛的人所做出的规定。一切应做到不劳而获：饭来开口，衣来伸手，粮食不用自己种，喝水不用自己打，住房不用自己建，衣服不用自己缝。

“亲爱的朋友们，你们听着，哪一天你们思想和行动上按照这个信条去做，哪一天你的事业就会一帆风顺，但一定要毫不犹豫！

“我爸爸是殖民时期土著法庭的长老，那个时候，一般都是在伊西西里县的卢乌瓦伊尼开庭办案，在处理案件过程中，我爸爸对如何利用案件中的是非曲直，如何按照自身利益需求进行处理，心知肚明。由此他往往可以轻而易举地从当事人中榨取可观的油水，甚至土地。在这方面没有一个非洲本地人能比得上我爸爸。他之所以能如此心想事成，得心应手，是因为他和土著法庭中来自库拉、基阿姆布，甚至穆朗噶、尼耶里等地区的法官关系都很好。我爸爸常常请他们到家里来喝酒，有时候甚至杀牛宰羊招待他们。我爸爸用各种手段掠夺了许多土地，成了当地富甲一方、远近闻名的大地主。他娶了无数老婆，无论是农村里的村姑，还是山野里砍柴的山里妹子，只要有几分姿色，他一看上，当晚就派人去提亲；很快家里又多了一位姑娘。他生育无度，我们这些子女们的数量比他掠夺来的土地还要多。我继承了他的三项遗产：学校教育，祖训，和外国朋友给他的一封信。

“我曾在基阿姆布县索贡托区的马阿姆贝雷中学念书，在那里高中毕业，毕业以后，我留校任教两年。后来又被内罗毕高级法院聘任为书记员，同时也是译员。小羊羔随它妈，我在法院工作时的狡诈善变却随我爸。当时全国戒严令发布以后，我依然在法院里正常工作，我爸爸当时是审问茅茅运动追随者的陪审团成员之一。我却不知道到底该偏向哪一方，对谁都不愠不怒，不冷不热，日复一日，一直为开庭审理案件当翻译。

“国家独立后，我工作没有变，依然继续留在法院里工作，一如既往，每到月底领一次工资。我一直在留心风往哪里吹。后来我开始做起了小生意，开了一个小店，和一家小旅馆，但这些小生意本小利微，没有给多大收益。那个时候我对偷盗和抢劫还没有入门。

“我爸爸是得了一种贪食病过世的，有一天我突然想起了他的临终嘱咐。他临终前把我叫到他跟前，对我说：‘孩子，你开始做小买卖啦，很好，这是跳舞前的热身鼓，要生存就得靠自己。但是，对于有家室的你来说，靠那点微薄薪水是解决不了什么问题的，不管怎样，我们非洲人也没有耐心做这种小打小闹的小生意，这样永远发不了财，只有印度人才有这种耐心。孩子，爸爸爱你，你要记住爸爸的话，我知道你有文化，但还缺乏实际经验，经验往往来自社会实践。实践告诉我们，唯偷盗和抢劫才能发财致富，要虚心向白人学习，这样可少走弯路。白人认为世界上没有一种工作能像偷盗抢劫那样财源滚滚。确切地说，白人左手拿着《圣经》，右手握着枪来到我们的家园，用租赁或罚款作借口，霸占我们的土地，抢夺我们的牛羊，剥削我们的血汗。'

“你认为格罗岗和德拉梅雷是怎么发财致富的吗？我以你亲妈的名义向你保证他们绝不是靠自己的血汗发财致富的。甚至今天国家独立了，也是如此，你看看，有谁比白人更富有呢？你没有继承爸爸什么，唯有给你的教育和传授给你祖传的为人之道，同时还有我手上的这封信，这是一位白人写给我的信，我曾经和他一起工作过，他对我的忠诚十分赞赏，我们成了朋友，他告诉我，如果有什么困难，随时可以凭这封有他们落款的信去找他们那些白人。现在我把它交给你，今后如果遇到什么困难，可以拿着信去找他们，找哪一个都可以，告诉他们你是嘎塔恩古卢的儿子，他们就会帮助你。

“每当我想起我爸的临终嘱咐，我就会坐下来冷静地问自己，是的，这个世道，有谁是靠自己的血汗致富的呢？谁又是靠那点工资富起来的呢？我爸爸不是靠每月的工资富起来的，而是凭手腕；格罗岗和德拉梅雷也不是靠每月工资富起来的，也都是凭阴谋和手段暴富的。啊！阴谋，我的天使，指引我吧，在乡村里那些开小店的，就卖那点油盐酱醋、火柴、香烟之类，小打小闹，有谁靠此能富起来呢？没有！阴谋，只有阴谋才是指引我的发财致富的天使，握紧我的右手吧，日夜为我指路。

“每当我想起我爸爸的临终嘱咐，首先想到的是土地，茅茅运动以后，破天荒地允许非洲人也可以自由买卖土地，这使许多原来没有受到茅茅运动触动但对现状已经彻底失望的非洲人喜出望外。不管他当时对茅茅态度是不愠不怒，还是不冷不热，现在人们已经不太在意了。现在人们热衷的话题是钞票，是如何千方百计地用各种阴谋去捞取大把大把的钞票。这种阴谋比锋利的双刃剑还要锋利百倍。

“我已辞掉了法院的工作。我跪了下去，对着苍天，虔诚地祷告：

啊！阴谋，我的天使，
永远指引着我前进的方向，
无论在睡梦中还是清晨醒来，
无论在旅途中还是身处他乡，
祈求您，我的天使，
恩赐给我：
果腹的饭，
解渴的水，
御寒的衣。

“方向已定，无论刀山火海，我将勇往直前，义无反顾！

“这时候，我身无分文。自从独立的旗帜在旗杆上高高飘扬以来，我看到国家发展的潮流，我心里暗暗下决心只要我活着还有一口气，我就要无止境地掠夺他人的财富，我思维中不断闪现的新思维汇成了一首歌：

这是一个全新的肯尼亚，
经过冷热洗礼的国家，
过去的历史不要再提，
过去的就让它过去，
眼前事业要靠智慧，
一切的一切全靠阴谋。

“环视四周，我发现国内目前最大的饥渴就是土地。我心里问自己，饥加渴等于什么呢？我在心里拿出纸和笔，这样计算：

饥与渴的需求＝饥饿

国民的饥饿＝阴谋者的财富。

哎，傻瓜的诉讼在法院当然会没完没了，聪明人略施小计就可得到可观的回报，算计别人是当今的时尚。

“有一天，我带着父亲给我留下的那封信，一大早去见一位叫加刮特鲁的白人，这其实是人们给他起的一个外号，因为当时在全国发布戒严令以后，他曾在一次强迫人们刮胡子时用刮胡刀残忍地将别人的胡子和皮肉都刮下来了。刮特鲁和我爸爸曾一起审讯过茅茅分子。‘你只是皮肤黑，其实你的心是白人的心’，信中这样写道。我告诉刮特鲁说，我现在最想要的是土地。刮特鲁听说我是嘎塔恩古卢的儿子非常热情，甚至没有多问，就说：‘你爸爸可是大好人，他把茅茅分子打得够呛。没问题，我帮你！’他告诉我在内罗毕附近有一块一百英亩的土地，他可以以每英亩一百先令的价格卖给我，一共是一万先令，要求我用现金或银行支票支付。当时土地很便宜，不像今天那样昂贵。

“我欣喜若狂，连蹦带跳飞奔去找一位在银行工作的朋友，告诉他我手头紧需要一万先令时，他笑着说：‘就只需要一万先令？’我连连点头。他又笑着对我说：‘不要担心，小意思。’当时刚刚独立不久，他已经享受上独立的果实，当上了一名令人妒忌的银行职员，专门负责为扶助非洲商贾、建立一个稳定的非洲中产阶级发放贷款。这样，一下子让我看到了希望。但他告诉我说：‘请你记住，现在这个世界上是没有白给的。只有你给我，我才能给你。我可以贷给你一万五千先令，但其中五千先令是我的。如果你不同意这种做法，那么你就去找别人！’

“我一听，气得肺都要炸了，我简直不敢相信我的耳朵，怎么能这样呢，借一万五千先令，其中五千还要落入他的腰包，那我怎么还贷款呢？他的利益变成了我的贷款。我笑了，因为突然间我觉得他的想法和我的想法是何等的相似，即财富不是来自自己双手的劳动，而是来自阴谋和手腕。在商海里，用阴谋去窃夺他人劳动的果实，这就是游戏规则，我们千万不要想改变它！

“一周以后，我得到了一万先令的现金，而我的贷款账户却明明白白地写着一万五千先令。我带着钱赶紧去见那位白人，当面如数将钱付给了他，他数了数，满意地将钱装进自己的口袋。

“付完钱，他直接带我去看地，来到地块旁边，只看到那是一片空无一物的荒地，岩石遍地，乱草丛生。无论如何，一周以后我正式得到了一份有一百英亩土地的土地证。

“至今，对于当时的计算和说法我依然难以忘怀：

饥与渴的需求＝饥饿

国民的饥饿＝阴谋者的财富

“穷人越多，掠夺者的财富就越多，因为可以从众多的穷人中一点一点地掠夺，不积细流无以成大海，积少成多。

“在农村，人们对于土地真是饥渴难忍！我将一百英亩土地分成五十小块，每块两英亩。然后我就扬言说只有本村村民才允许一块块买，而且每人最多只能买一块，尽管我心里明白也没有人想多买，但没有关系，留得青山在不愁没柴烧，我，基图图·瓦·嘎塔恩古卢并不着急。

“我的出价每块土地是五千先令。然而不到一个礼拜，所有的地块销售一空，连我自己留的一块也卖了出去，我欣喜若狂的同时心里也有一点点失落感，可是又一想这种岩石遍地、乱草丛生的土地对我有什么用呢？

“现在我的口袋里装着二十五万先令，还了银行的贷款和去掉其他一些相关费用后，不到一个月的时间我就整整赚了二十二万先令！

“就这样，一夜间我声名鹊起，赞扬声如燎原烈火般烧遍四方。人们赞扬我是一个有思想有魄力、说话算数的人，说我能为穷人着想，千方百计为村民们寻找土地，并将土地廉价卖给村民们。还说我对村民们充满同情心，就连留给自己的那块土地都让给了穷人。为此他们给了我许多荣誉称号，其中一个叫‘爱民如子的瓦·嘎塔恩古卢’。现在你们体会到了阴谋的厉害了吧。人们已经忘记我爸爸曾经是刮特鲁的眼线，并和他一起审判过茅茅分子的过去；他们也忘记了当时法院判处茅茅英雄绞刑时我正躲在法院后面。

“现在我明白了一个道理，那就是阴谋是敛财的关键。在没有用我的阴谋以前，我身无分文，贫困潦倒。可是自从我和我的阴谋结合以后，就只在一个月里，我的银行账户里就有了数十万先令的存款。与此同时，我的名声甚至比那些为了民族独立浴血奋战的英雄们转播还要快。更令人惊讶的是利用人们对土地的饥渴，我连一滴汗也没有流，一点力也没有出就让我获得意想不到的收获。

“问题在于，这块地不是我的，买地的钱也不是我的，我自己并没付出什么，那么这二十几万先令是从哪里来的呢？是从公民们的腰包里掏出来的！因为土地是他们的，钱也是他们的，我自己只不过要了一点手腕和阴谋而已。

“我自己明白，我的诀窍就是用阴谋将别人兜里的钱掏出来放进我的兜里。

“后来，我为从事土地买卖专门成立了一家公司，叫‘名流公司’，我到裂谷省找到两千多英亩土地，在与卖方谈妥价格后，回到中央省，准确地说是回到我家附近的县和村，到处发布‘名流公司’在裂谷省有良田千亩可供出售的消息，还鼓吹可以通过购买公司股份的方法优先优惠买到土地。

“我记得，有一次我在苏布基阿的地方发现了一片土地，让我一看就不忍离去，那是一个有一千多英亩土地的农庄，真是一个难得的好农庄，土地肥沃，牛羊遍地，真让我垂涎欲滴。农庄主是一个白人资本家，名字叫贝里，曾发誓绝不生活在非洲人的统治之下，扬言要在肯尼亚没有像刚果那样发生动乱以前尽快离开移民到南非，因此同意用非常低廉的价格将整个农庄卖给我。是刮特鲁将我介绍给了这位资本家的，谈妥每英亩的价格是二百五十先令，总价是二十五万先令，土地买到手后，根据我的经验，我把这大块土地分成两个等分，每块五百英亩，一块留给‘名流公司’，另一块我又将它平分成一小块一小块，每小块两英亩。我将这些每块两英亩的小块地卖给持股的股东，每股五千先令，每买一股就可得到一块土地，同时还将这个股民团队交给了他们自己管理。因此我总共从股民中得到一百二十五万先令的回款。除还给资本家贝里的二十五万先令外，我挣得了整整一百万，我把这一大笔钱全部存进了我的银行账户。股民们欢天喜地得到我给他们想要的土地。后来他们还要推举我当股民团队的操盘手，我拒绝了，我让他们自己在团队中挑选，一定要选出一位不贪婪的股民当操盘手。我的工作只是继续给他们物色土地，然后把土地卖给他们，说是让他们不断充实团队的实力。

“这样我的名声越来越大，水涨船高，我在银行里的存款也越来越多。其实我自己购买土地的钱全是来自这些股民们。就是用这种手段，我窃夺了无数的咖啡园、茶园、麦田、牧场，饲养了大量的肉牛奶牛。你们看到了吧？我正是靠阴谋从老百姓的血汗中掠夺了无数的财富！

“如今，我已想好了，我要与来自意大利的白人合作在梅鲁和艾姆布地区大规模收购土地，用来种植甘蔗和水稻，用甘蔗来榨糖。但同时我依然继续做土地的买卖，因为这种诱人的游戏，只要你玩上了就会上瘾，就绝不后悔。

“现在我有两个想法下决心要去实现，一个是我要想方设法去进一步刺激国内对土地的饥渴，首先要让人口像蝗虫那样增长。人口迅速膨胀，对土地的需求就越饥渴，那么富人的财富也随之迅速膨胀！这是一种循环。到那个时候人们对土地的饥渴比现在还要厉害，因此到时候我们甚至可以用一水壶或一篮子来卖土。老百姓只能用水壶或篮子盛土挂在家里种一两棵土豆、玉米或者大豆。

“兄弟们，到那个用水壶或篮子买土的时候，我们就可以为所欲为地挣钱了。你们想想，人口像蝗虫那样多，他们为了在家里种一两棵土豆以安慰孩子，手提水壶、篮子或其他器具排长队来给你买土的时候，你们财富暴涨的情景，难道还用想象吗！

“第二个想法是让我们这些富人共同来考虑如何经营卖空气的生意，我想我们可以将空气装在罐子里或瓶子里，让老百姓们像买木炭或水那样来向我们买。你们想想，当我们可以向老百姓卖新鲜空气时，我们的利润还用说吗？因此，我们可以从欧洲廉价进口空气，然后高价卖给老百姓，因为这是从欧洲进口的。或者我们可以将我们这里的空气瓶装运往欧洲加工，因为那里的工业发达，设备先进，加工完的空气打上‘美国制造’‘西欧制造’‘日本制造’或者‘欧洲加工’的品牌再运回来卖给我们的老百姓。我的同行们，你们想想，如果我们断掉给他们提供呼吸空气的供应链，工人和农民如果为此而闹事的话，我们甚至可以动用军队镇压他们，直至到他们跪地求饶！同样如果大学生闹事的话，我们同样可以停止新鲜空气的供应，老百姓如果拒绝我们的盘剥，我们也切断给他们呼吸空气的供应，直至到他们举手投降，表示顺服，并恳求我们给他们空气。这样我们就可以抢夺他们的财产，大胆去掠夺！”

基图图·瓦·嘎塔恩古卢终于结束了他的长篇大论，喘着粗气，满头大汗，大肚皮一抖一抖的好像快要掉下来似的。

他停顿了一下，然后大声对台下喊叫说：

“我！就是偷盗抢劫大王！”喊完，因为累过了头，他顿觉天旋地转，一阵眩晕，像麻袋似的重重地摔了下去，失去了知觉。

主持人和其他两人见状像火鸡那样一摇一扭地紧步跑上去，用手绢不断给他扇着，他慢慢苏醒过来，洞里会场上的人们站了起来向他报以热烈掌声。

“什么！我们这不是在做梦吧？”瓦恩嘎丽对穆图里耳语道。

“他们把我们当成可以用糖哄骗的小孩了。”穆图里回答说。

“骗小孩的糖就是从这些人的口袋里掏出来的。”瓦恩嘎丽补充说。

穆瓦乌拉见到他们两人窃窃私语，心里有些紧张，心里在想：穆图里问过我魔鬼天使的事，为什么呢？这个瓦恩嘎丽是什么人呢？

基图图·瓦·嘎塔恩古卢被送回到座位，但他依然继续大声嚷嚷“我是偷盗抢劫大王，是王中之王……我的主啊，你看到我的才华吧……奴才的才华全是您赐给的……”

基哈阿胡·瓦·加思卡的陈述

接下来是基哈阿胡·瓦·加思卡在伊乌莫罗格山洞里对他参赛理由的陈述。

基哈阿胡瘦高个，四肢、手指、脖子、嘴巴都出奇的长，尤其是嘴又长又尖，就像鹰嘴；下巴、腮帮、面孔、头部瘦削得就像刀刻过那样，线条分明，给人一种无比狡诈的感觉。他穿着一条很长的灰色裤子和从后背开口的黑色外套，白色的衬衣领口上系着一条像木炭似的黑色领带。他身高六英尺两英寸，站在主席台上就像一只从风中飘来的蚊子。

基哈阿胡咳了两下，清了清嗓子，开始说话：

“我不想多说，话多必失，话少了就是蜜糖，我的座右铭是‘行必思’，我的一切行为都离不开偷盗和抢劫这个主题。因此你们不要看我瘦，瘦不是不幸，也不是愚笨，古往今来从不以胖瘦论英雄。

“天将破晓万籁俱寂中我是啼鸣的雄鸡。

“日薄西山百鸟归巢时我是遨游太空的雄鹰。

“我是掠过长空的闪电。

“我是响彻天宇的惊雷。

“我是白天太空中的太阳。

“我是黑夜中群星之王月亮。

“我是现代偷盗抢劫道上的皇上皇。

“给我戴上金冠吧，事不宜迟，新的皇权就要诞生。

“然而，我也不想给我自己戴高帽子，我来这里是为了给大家展示我偷盗和抢劫的智慧和手腕的，众人自有评说，我们的外国朋友自有评说，毫无疑义，他们一定会授予我总管呀、总监呀、带头人呀等一大堆头衔的。

“现在，请你们竖起耳朵，听我给你们讲一个我的传奇故事。

“基图图 · 瓦 · 嘎塔恩古卢的偷盗和抢劫的阴谋对于我来说就像一把刷牙的牙刷再普通不过了，手法很一般，无外是用公司名义买卖土地，公司与公司之间倒卖土地，在公司里自己给自己贷款，或者用公司和土地做担保向银行借贷——基图图的这种手法很原始，谈不上是什么智慧和传奇，用英文讲是业余的小把戏，或者称阴谋的启蒙教育。

“关于我自己，我的名字叫基哈阿胡 · 瓦 · 加思卡，外国名字叫加布里埃尔 · 布拉德威尔 · 斯图尔特 · 琼斯。我的家庭么，我有两个老婆，一个是在我还没有富起来的时候娶的，一个是在我变得殷实了的时候娶的。在座的你们都清楚，我第一个老婆不懂英语，我忙起来的时候把一些事情交给她时，她因为不懂英文难于与他人沟通，往往把事情给办砸了。第二个老婆懂英文，但她游手好闲，什么都不干，整天就知道打扮自己，什么昂贵的买什么，她最喜欢的事就是出入豪华场所，陪着我参加各种应酬和宴会。

“至于我的孩子，我有许多孩子，他们都懂英文，满口地道的英式英文，就和土生土长的英国人讲的一样，可是，如果你听他们讲基库尤语或斯瓦希里语，简直让你笑得尿裤子，很滑稽！孩子们讲这两门自己家乡语言时，就像刚从罗马来的牧师那样，讲得很蹩脚。但孩子们对此并不在意，他们就像小孩哇哇学语，一句一句地学着基库尤语和斯瓦希里语。

“关于我的小情人，小甜心。我不喜欢学校里的小姑娘，把这些小鲜肉当情人不好玩，很危险，因为她们往往会给你传染上那种坏病，我可没有时间去医院打针，或者在干那种事前吞药片。

“我喜欢有夫之妇，把别人的妻子弄到手里有一种自豪感。你不知道这也是一种别出心裁的盗窃。甚至连那些有头面的女人我也能弄到手，勾引她们一点也不难，也不复杂。她们想要的是让你好好玩她，让她舒舒服服就满足了。这种女人一次两次是不会满足的，因为她们的丈夫们经常在酒吧里和小情人约会，无暇顾及她们，有时候还常常夜不归宿。她们平时没有多少事要干，常常闲得无聊，她们的口头禅是：‘不要总喝一种酒，要经常换换口味；阴处不是咸盐入水会化，也不是肥皂会越用越少。’我给她们起了一个外号，叫荡妇，她们不贵，但很有经验，她们也很服帖，不打不闹，招之即来。但也是要给她们一定回报的。她们当中有一位容貌姣美，花样百出，玩起来很有一套，她不理丈夫而和我好，常常给我一种抢劫凯旋归来的感觉。因此我为她花费了不小的一笔，整整花了一百五十万先令在利穆鲁附近的提戈尼买了十英亩的土地送给了她……为此，我经常发誓，我绝不能让我的老婆那样，我要是看到她也在街道上游荡的话，回到家里，我要让她尝尝我的厉害，非把她的屁股打烂不可！

“关于我的车，也许所有的车我都开过，我频繁换车，就像换衣服一样，现在我经常开奔驰，开厌了就换开雪铁龙、戴姆勒或者英吉普。当初，我两个老婆和孩子们行割礼时我分别都给她们买了丰田、达特桑和标致，用我们有钱人的话说叫小玩意。

“现在我每天做的事是，白天清闲，晚上数钱，周六周日打高尔夫，平时一有空就玩‘荡妇’们的大腿。

“我经常喜欢用我现在梦幻般的生活与未入偷盗抢劫门道以前的生活相比较。独立前，我曾在鲁瓦伊尼小学当老师，课堂上经常站在黑板前吸着粉笔灰教孩子们写 a、e、i，那段日子的生活真是苦不堪言，每天吃的是乌戛里[1]加盐水，好一点的也只是加点小咸菜。日复一日，粉笔灰塞满了呼吸道，我成天咳嗽，胸部一阵阵燥热，隐隐作痛。

① 用玉米粉做的糊糊，是当地人的主食之一。

“有一天，我偶然打开教室窗户，放眼望去，只见有许多和我一样的同龄年轻人正在享受着独立后自由自在的生活，此时发自内心的一个声音在问我：基哈阿胡·瓦·加思卡，你们的同龄人们都在高高兴兴享受着独立的成果，难道你就这样永远待在教室里往鼻子和喉咙里吸粉笔灰吗？这样什么时候你才能富起来？你到底能得到什么？你为什么不跟着蜜蜂寻蜜呢？”

“一时间，我好像明白了。我，基哈阿胡·瓦·加思卡将粉笔头从窗口远远扔了出去，提起皮箱头也不回地离开了学校，我发誓这一辈子再也不当老师了，我要走出去亲自去采摘非洲独立的果实，哪怕只剩下一个，我也要去摘，要亲自尝尝独立果实的味道。

“啊，天哪，欲速则不达。可是我迫不及待就开始动手采摘独立的果实，我就像一个盲人姑娘在别人引领下闭着眼睛摘水果，睁眼瞎，什么也看不见，匆匆忙忙摘到一个水果，搁进嘴里一咬，哎呀，又苦又涩，水果还未熟。我心里暗暗问自己，我这是怎么啦？是不是我没有摘到好水果？

“这里我要告诉大家，我曾经做过的那些错事，因为今天我们来这里不仅是展示我们的偷盗才能，同时也互相交流成败的经验。当我还在学校当老师的时候，我就发现国内最大的饥渴是教育。这种对教育的饥渴使人感到压抑和不安，但同时又成了某些人发财的机会。有些人目不识丁，连 ABC 都不会写，却办起了所谓的私立中学。我们就看看他们办的是什么样的学校吧：教室房屋是用污泥建造的，无雨不漏；老师是从废品收购站招聘来的，不三不四：课桌是用木材的下脚料做的，残破不堪；课本是从旧书堆里捡来的，破破烂烂……就这一招，竟然能风生水起，财源滚滚，还买起了奔驰车，而且不止一辆。我想，我为什么不可随波逐流，从中渔利呢！

“考虑再三，我觉得最好办一所幼儿园，因为办这样的学校比较简单。说干就干，我在银行里用我的一小块土地做抵押借了贷款，然后我又到内罗毕找房子，几经周折，好不容易找到了一处我认为较为合适的房子，我又聘请了一位小学没有毕业的本地姑娘做幼儿园老师，她的职责是看管小孩，教他们唱唱儿歌，每天十点定点给他们喝奶。这一切准备工作做好后，我开始在报纸杂志上登广告：

全新黑色美女幼儿园
专招肯尼亚贵族小孩，
办学，管理，授课
清一色肯尼亚人，
斯瓦希里语教学，
肯尼亚歌曲，肯尼亚儿歌……
学费低廉，质量优良。
欢迎你们，
一个也不少，都来也不多。
让我们一起，
共建肯尼亚——我们共同的家园。

“可是，出乎我意料，广告发出以后很长一段时间，来报名的孩子一个也没有，哪怕是残疾孩子。想起我投入的那笔银行贷款，血本无归，无法偿还时，银行还要拍卖我那块抵押的土地，我心如刀绞，泪水汪汪。我想来想去，觉得可能是我的心太急，没有选好独立之树，因此也就摘不到独立的好果子。俗话说，心急吃不了乌戛里[①]。我心里暗暗鼓励自己，不要灰心，不要着急，我要继续找好独立之树，我一定会摘到独立的好果子，哪怕只摘到一个。

“我认真做了一番调查和对风向的评估，终于知道了，非洲的富人买完大块大块的土地后，是不会雇用非洲本地人当经理的，也不会雇用非洲本地

① 乌戛里是用左手抓着吃的，一般要耐心等到温度适宜才能吃，热了吃不得。

人当会计，他们只会雇用白人或印度人，规定本地雇员彼此交谈不许用本地语，只能用外语。当肯尼亚本地人……又经过一段时间的观察和思考，我明白了，今天，在我们自己的国家里，我一直是睁眼瞎！洋玩意高贵！肯尼亚的低贱！如果你想发财，你就得崇洋媚外，就要弃本土化。这就是肯尼亚资本家暴富的金科玉律，这就是潮流！

“在银行还没有找我麻烦以前我赶紧改变手法，将幼儿园改名为‘现代幼儿园’，然后我找了一位白人妇女当校长，很凑巧，我还找了一个半聋不哑的白人老妇人当员工，她不会别的，一坐下来就打瞌睡，但在我们黑人中间，白人就是白人，白人比黑人吃香，哪怕她是一个傻子。这位白人老妇女在家待着无事可干，因此我找她时，她欣然答应，其实只要她答应，哪怕她在学校里只打瞌睡不干事也可以。

“后来，我专程去了一趟内罗毕，买了许多塑料洋娃娃模特，然后给他们穿上漂亮时髦的服装，头上戴上红毛假发，塑料肚子里安装上电器，脚底下专门安上几个小塑料轮子，我一按开关，塑料洋娃娃模特就会在教室里像真人一样来回走动。路人从这里走过时就会透过教室的大窗户看到洋娃娃在教室里来回走动的热闹情景。这一切准备好后，我又开始在报纸杂志上做广告：

现代幼儿园
经验丰富的白人校长，
原先只对欧洲孩子开放，
现在开始接受新肯尼亚小孩，
国外标准教育不变。
教授国语、国歌、外国故事，
中级英语教育。
名额有限，

电话或车载电话联系均可，
肤色不是障碍，金钱才最重要。
高收费。

“喂！没过多久，家长们开始频频给我打电话，要求我们给他的孩子留位子，每当电话响起我就赶紧跑过去叫醒那位白人老妇人接电话，更多的情况是许多家长怕错过机会而亲自开着豪车找上门来要求给他们的孩子留位子。每次见到这位白人老员工和在窗外看到教室里洋娃娃在来回走动的热烈场面时，不问学校如何，二话不说，慷慨解囊，先交学费。

“我向校长交代先招一百名，每位每月收费两千五百先令。就这样，我不流一滴汗，也不要在黑板前擦来擦去吸一鼻子粉笔灰，就已经赚了一大笔。我想这次独立的果实我是摘到了，这个果子不再是又苦又涩，而是甜甜的。

“现在我明白了，肯尼亚人喜欢这种玩法，那么我就继续这样和他们玩下去。因此我在内罗毕又开了四家幼儿园，照样画葫芦，雇用了几名白人老妇女，买了些洋玩意，像前一所一样如此这般继续在各自的教室里表演着。不只是在内罗毕，后来在伊乌莫罗格和鲁瓦伊尼也陆续办起了一所又一所的幼儿园。

“喂，独立之树的果子其实很多，而且又熟又甜，令许多人垂涎欲滴！但是这时候白人又告诉我说不要把鸡蛋都放在一个篮子里。因此我想最好我能尝尝其他独立之树的果子。我开始像基图图·瓦·嘎塔恩古卢那样，将目光转向土地，并从某些公司和团体中买到了两三块土地。

“然而，其实我要想摘到独立之树更大更甜的果子，就必须……那么我就从这里开始各个给你们讲述我如何摘更大的独立之树果子的故事，以便你们能更清楚了解我不是一个偷盗抢劫的新手。

“当我利用人们对教育和土地的饥渴，在独立之树上忙于摘果子的时候，我一直没有忘记留意我的那些伙伴们是怎么采摘到更多的果子的。我发现不少相当富有的人削尖脑袋想进议会。我就亲眼看到有一个富人把他的农庄和如花似玉的妻子卖了，换了一大笔钱，以便在议会选举中拉选票。我心里在想，选场如战场，为了选票，彼此斗得你死我活，卖儿卖女，卖老婆卖土地，在选场上大把大把地烧钱，为了什么呢？难道有那么大的甜头？是不是这棵大树有更多更大更甜的果子呢？

“为了亲自体会个中的奥秘，我决定开始涉足选场和政坛。俗话说，要想知道芒果的味道就要亲口尝一尝。但还是那句话，欲速则不达，不积跬步无以至千里。我想开始时最好是设法在议会获得一席之地，议会席位可是热门货，为了得到这一席，有些人甚至互相杀戮，不知道有多少人在梦寐以求……我的第一步是争取先赢得伊西西里县鲁瓦伊尼区议会的席位。

“说干就干，这才是我做事的风格。要卖菜就要赶早趁菜新鲜。我找了一帮教堂唱诗班的妇女为我唱赞歌，编故事赞扬我如何为国家独立而战，还编了好多歌曲赞扬我如何为孩子们提供教育，如何为老百姓提供土地等一大堆无中生有的东西。我给她们每人送了一套印有我头像的漂亮套装作为回报。

“然后我又找了一帮身强力壮地痞流氓专门去对付那些对我说三道四的竞争对手，砸他们的财产，找碴殴打他们，用手枪顶着他们脑门警告他们是要死还是要活。在选举委员会里我有五个竞选对手，我先做其中两人的工作，为了说服他们退出竞选，我贿赂他们，每人给了五千先令，结果他们都公开宣布退出竞选，把票投给英雄基哈阿胡·瓦·加思卡。第三个竞选对手拒绝接受我五千先令的贿赂，不退出竞选，因此我就派了两个年轻人在一个月黑风高的夜晚将他绑架到鲁瓦伊尼的丛林里，用手枪顶着他，问他是要死还是要活，要活就退出竞选，他还算聪明，说要活。第四位竞选人，就像我对付前一位竞选人那样，我用同样的手段对付他，但他不吃我那一套，依然我行我素，继续活跃在选场上。我心想我不信制服不了你，因此就派了几个流氓到他家里，劈头盖脸将他痛打一顿，硬生生把他的腿打断了。

“第五个竞选人不是吃素的，他很有经验。他也派了一帮流氓把我团团围住，用手枪堵住我的嘴，警告我说，如果我敢给他找麻烦，他将加倍对我进行报复。我心里明白他绝不是开玩笑，我劝他们不要打我，我保证不给他找麻烦，并让他们转告头，我们互不找麻烦，两雄在选场上平等竞选，鹿死谁手，在选场上见分晓。他同意了。钱可以移山填海，我要看看谁的钱多能玩转选票这座大山。现在是棋逢对手，硬碰硬，看谁能制服谁！

“现在选场上只有我们两人参加角逐，两只雄鸡相争，到底是钱在说话，谁钱多谁就赢。我的做法是，招待选民们喝啤酒，把所有卖啤酒的地方全天对选民们开放，让人们敞开喝，同时让他们知道是基哈阿胡·瓦·加思卡招待他们的，吃人的嘴短，选举时肯定会投我的票。喂！我告诉你们，为了选票，我是使尽全身解数，无所不用其极，甚至花钱从选民手里买票。为此，我足足投入了二百万先令，我的对手也不示弱，不过他只花了一百五十万先令。选举结果，不言而喻，赢得鲁瓦伊尼区议会席位的就是现在站你们面前的我这只公鸡！

“现在我已如愿以偿，下一步就是要踩着区议会这个台阶进入县委员会，如何实现我的梦想就要看我自己了，我知道，人们对你的信任主要是要看你钱包的分量。要想往上走，部族酋长是关键，为了要见几位部族酋长，我就像猎人，到处走动，在一两周的时间里，我几乎没有睡过一次安稳觉，这些走动足足花了我五万先令。最后，我终于成功当上了伊西西里县住房委员会主席，主管政府建房，工人分房，划批工业用地、商业用地和住房用地。

“进入伊西西里县委员会以后，我首先考虑的是如何将我在竞选中花费的二百万先令捞回来。事在人为。俗话说，时不待我，过了今天就没有明天。为老百姓办事就是耍阴谋的人获利的机会。

“县委员会为了给穷人建廉租房和做生意，经常要向在美国的世界银行、欧洲银行或日本银行借贷，这往往是为我捞好处极好机会，记得有一次，在鲁瓦伊尼区的一个住宅区要拆旧房建新房，在拆完旧房的地皮上建两千套新房。建房的资金是从一家意大利银行里贷的款，按协议，承建这两千套新房的也是一家意大利建筑公司，但我开出的条件是要拿到工程，他们必须给我点喝茶费二百万先令。为了拿到工程，他们当然不会不同意，就这样原来竞选时投入的二百万又如数回到我的口袋里，紧接着，我要让它钱生钱，我将它存到银行里拿利息。

“住房建好了，我可以开始动手操作了！人们都渴望着能租到政府的廉租房，但我告诉他们要想租到房，每人必须先给我喝杯茶的钱二千先令。最后，分完房，我银行里的存款又增加了二百万先令。

“这里我想告诉大家，原来我投到竞选的二百万，后来又赚回并把它存入银行的二百万，两年后大幅度升值，翻了好几倍。我毫不费力地全部如数将它收入囊中。这些钱都是来自曾经投我票的老百姓。为什么呢？因为外国银行房贷只靠他们的房租偿还就可以了。

“你们都看见我摘到的果子了吧？它犹如一桶甜甜的蜂蜜。欲望无穷，你要是我，难道你不想再继续舔它吗？反正我是不会停止的，我要一直舔下去，因为这果子的味道太诱人太特殊了。

“这些日子，我再也不想守株待兔，等待委员会贷款建廉租房从中捞取外快了。我和意大利人合办了一家建筑公司——鲁瓦伊尼地产开发公司。公司先向银行贷款开发建设住宅小区，房子没有竣工就开始卖，提前预售。同胞们！你们千万不要认为我是在开玩笑！目前住房奇缺，老百姓对住房的饥渴前所未有。有时候公司还接到委员会建房的合同，这些住房是按照公民的不同需求建造的，建那些石头房，一般来说没有多大油水可捞，但建泥土房或木板房，然后出租给工人农民，因为建筑简单，材料也便宜，因此油水就更多。

“打此以后，一些外国公司开始聘请我当他们分公司的经理或者董事，我都一一接受，因为这样，我可以到处买他们的股份，同时可以主持各种会议到处捞好处，每个月末还可以有一沓沓的钞票往自己口袋里揣。积少成多，钞票填饱了我基哈阿胡·瓦·加思卡的肚子，尽管你现在看到我依然这样瘦。

“今天在这里，我要感谢我们这个国家的公民，因为他们的盲目和愚笨，他们不知道也不想知道他们的权利能让我们心安理得地掠夺和剥削了！但他们对此从来不过问。

“尽管如此，我们绝不能满足于现状，因为俗话说，傻瓜聪明起来比谁都厉害。这就是为什么外国公司要聘任我为经理的原因，他们是要我继续愚弄老百姓，让老百姓蒙在鼓里，不明事理。我不拒绝出面平息工人农民们的怒火，你们会看到，我只要在公开的场合一露面，或多或少都有收入。

“有一件事我还要告诉你们，至今，你们依然可以看到我频频出入于各种公开场合和参加各种会议，我从不放弃在公开场合捐款的机会，今天这个会议我捐一万先令，明天那个会议捐一万五千先令，有时候还捐二万先令，这要看我当时的心情。我为什么要这样做，你们都明白，其实那些外国公司要平息群众的不满情绪或要堵住他们的嘴，是要花钱的，而且不会少。因此我常常事先建议他们捐款，为了平息群众的不满情绪，他们当然会同意，因此往往这边捐二千，那边捐五千，这样，没多久我就可以得到一笔不少的捐款，这时，我就可以站在主席台上，对公民们说这些捐款是我和朋友的一点心意。台下我的那些‘唱诗班的妇女们’就会报以我长时间的热烈的掌声和为我唱赞歌。我还能做什么呢，其实，掌声越热烈，我的钱包就会越鼓。有钱就有一切，如今有谁还会再去歌颂基马提将军呢？

“睡着的人不要叫醒他，叫醒他，你也就睡着了。最好是让他们这样继续为他们不知道底细的捐款鼓掌欢呼。而我们继续肆无忌惮地吸他们的血。最好我们左手拿萝卜，右手握紧皮鞭，公开捐款就是我们左手的萝卜。对于那些不知天多高地多厚的无赖，就要用皮鞭狠狠地教训他们，这些无赖不知好歹，经常跑出来教唆群众干这干那，对于这些人除了狠狠抽打他们以外，还要给他们挪个地方，把他们关进监狱。但是对于那些总是跟我过不去的大人物，先给他们点甜头，设法用大麻或烈性酒麻醉他们，然后将他们捆起来送到恩贡加的深山老林里喂鬣狗，或者将他扔到阿西河里喂鳄鱼。我对那些赞颂民主的言辞和歌曲不感兴趣。他们这些人，从早到晚口不离民主，如果我把这些整天高唱民主的大学生和教师抓起来用飞机将他们送到中国或俄罗斯去，他们将后悔莫及……

“对不起，我谈了这么多对这些人的不满，差点把正题给忘了。那么，还是回过头来谈谈我自己……啊，刚才我谈到了对房地产的掠夺，其实，住房紧俏时，世界上再也没有比对房产方面的抢掠更有利可图的了，因此我最不希望对住房的饥渴会慢慢减弱，相反，我更希望对住房的饥渴会愈演愈烈，甚至还在不断动脑筋算计着如何才能加剧全国对住房的饥渴。因为人们对住房的需求越饥渴，房价就会一涨再涨，我们就越能挣大钱。当这种对住房饥渴发展到非常强烈的程度，我们就不再称它为饥渴了，我们会给他起一个更温柔点的名字……那么这个时候我们这些吃房地产这块肥肉的富人们就可以坐下来商讨如何分享这块肥肉了。

“我的构想是：随着老百姓对住房饥渴的加剧，我们就建一间间像鸟巢似的小房子，但这种像鸟巢似的小蜗居必须要像空气那样可以折叠，那个被对房子的极端需求压得喘不过气来的人就会买上一个这样的小鸟巢，然后把它揣在口袋里，走到哪带到哪。无论走到哪，他就会在路边找一个地方，打开房子钻进里面睡觉，睡在里面他一整夜都会为我们给他提供这个藏身之地祈福。

“那么你们想想，我们建这些鸟巢——一人一鸟巢，能挣多少钱！哈！哈！哈……哈！哈！哈！每个农民买一个小鸟巢……哈！哈！哈！每个工人买一个鸟巢……买鸟巢的工人一到夜里就可以把头伸进鸟巢里睡觉……工人们就会和鸟儿们争夺生存空间！

“弟兄们……把皇冠给我吧，我赢了……不过，请等等，你们当中可能还有人对我的能力有怀疑，我告诉你们吧，就连建造鸟巢的草和绳子都是从美国、欧洲和日本等国进口的，或者我们也可以从外国进口原装的鸟巢。

“我全部讲完了……给我皇冠吧……”

反 驳

基哈阿胡 · 瓦 · 加思卡发表完长篇大论的陈述后，走下舞台时，他为人们还在继续为他鼓掌受宠若惊。还没有回到座位，就发现基图图正像火鸡似的一步一晃地紧步走向舞台。他满脸怒气，嘴唇颤抖，口水不停地从嘴角流了下来。

“主席先生，我们不是来这里吵架的，不是来开玩笑的，也不是来听那些陈词滥调的。我们来这里是为了参赛。任何有幸夺冠的人都可以升任为外国银行和工厂的主管和经理，这样他们在为外国人谋利的同时也为自己找到一个舔他们残渣剩饭的机会，这是他们三生有幸，我们不妒忌也不和他争。

“但是如果我们是来这里遭挨骂和讽刺的，那么请早点告诉我们。我们都已经参加过清晨的割礼，我们都明白那些带着脏字的对话的含义，那些对话的意思我们是再明白不过了。

“如果我们是来吹嘘是如何利用流氓的，那么，你们都知道，我，基图图 · 瓦 · 嘎塔恩古卢手下的流氓比谁都多，而且更厉害，受我指挥的这个流氓团队无所不能，我可以随时让他们把任何胆敢干涉我的偷盗抢劫行为的人马上在这个世界上消失。他们吸毒酗酒，无恶不作。现在我准备扩充这支流氓队伍，准备从英国和法国招揽雇佣兵。

“如果有人想明刀真枪面对面较量一场，我时刻准备着。

“我为什么要这样说呢？这位瘦高个说他的偷盗抢劫技巧无人能比。基哈阿胡，你吹什么穷牛！你知道我基图图 · 瓦 · 嘎塔恩古卢是谁吗？你听说过这个名字吗？我毫不隐讳地告诉你，你只配到我学校，跪倒在我脚下让我给你上一堂现代盗窃抢劫技巧的启蒙课，教你如何让自己的肚子迅速膨胀起来，就像我这样。

“主席先生，是哪个窃贼将这位基哈阿胡 · 瓦 · 加思卡叫到这里来自吹自擂的？当初，不就是在区议会的选举中用这种手段让对手退出竞选吗？不就是在县委员会选举中用金钱贿赂酋长们拉选票吗？那么，还有更离谱的是，在办幼儿园时，买了一些塑料洋娃娃装上电动轮子在教室里来回转悠，骗家长们说是白人的孩子，这些算是什么偷盗行为？

“请你们看看，他的远大理想是给老百姓们建鸟巢，但有谁愿意买这样只有头才能挤得进去的小蜗居呢？

“主席先生，这个瓦 · 加思卡想挑起我们和工人农民之间的纠纷，他是想教唆工人农民们拿起棍子刀枪造我们反。基哈胡 · 瓦 · 加思卡！你难道不知道我们的老百姓已经厌恶打仗吗？

“主席先生，我有一个比他们更实际一千零一倍的想法：那就是用铁罐子或盘子卖土壤，同时将空气收集起来，就像用电表，通过空气表将空气卖出去；工人农民按我们的配给呼吸空气，这样一来，毫无疑义，工人农民就会永远对我们服服帖帖，一旦他们敢轻举妄动，我们就马上关掉空气表，停止对他们的空气供应，那时他们就不得不乖乖地跪地求饶……

“朋友们，你们可以站出来向基哈阿胡证明你们没有随随便便接受他的啤酒贿赂投他的票。现在我想瘦高个基哈阿胡该明白了，我基图图，就是被打断腿也绝不会轻易退出最佳偷盗抢劫竞选的，哪怕最后就剩下他一个人，皇冠也应该是我的！……”

基图图反驳后，回到了自己的座位，还没有坐下，又有一个人站起来，未经主持人同意，怒气冲冲地跑上舞台，口水一滴滴地从嘴角上流下来。

“主席先生，我也想补充说几句，心里有话不说憋得慌。很抱歉，我的名

字叫巴巴 · 波依。我想我们大家来到山洞这里是为了展示和相互学习现代偷盗抢劫穷人财产的技巧和才能的，刚才有人，我指的是那个瘦高个，他就像一只令人讨厌的蚊子，站在这里，嗡嗡叫，大放厥词，狡猾得很。

“瓦 · 加思卡，我说的是你，我要说几句，你刚才站在我们面前，肆无忌惮地贬低你的同行，你不感到害臊吗？你还毫不知耻地吹嘘怎样欺骗你的同行。如果说我们之间你骗我，我骗你，你偷我，我偷你，那我们这个团队会变成什么样呢？

“对于我自己，我真感到非常惭愧和痛心，我的孩子们都在这些所谓的现代幼儿园里，我还经常给别人提到我的孩子们是在幼儿园和白人的孩子们在一起学习。是这样吗？根本就不是那么回事。原来是和一堆戴着假发的塑料洋玩意在一起。难道我交了上万先令就是为了孩子们和这堆塑料洋玩意在一起吗？孩子们回家对我说他们每天都和小朋友一起玩，原来他们说的小朋友就是那些机器塑料洋娃娃！

“我从来就没有见过和听说过有这种难以启齿的缺德事。你能想象得到像基哈阿胡 · 瓦 · 加思卡这样的人是怎样不顾一切地掏别人腰包的吗？这就是我的孩子为什么不能像真正的欧洲孩子那样讲带鼻音的纯正英语的原因，孩子们让我在朋友面前无地自容，因为当有人用英语和他们对话时，他们往往只能用基库尤语回答。’

“我孩子他妈经常提醒我：‘孩子他爹，我觉得这些白人孩子不一定是地道的英国人。因为看来这些外国孩子们整天就是玩那一套，走来走去，不干别的，他们是在虚度时光。’

“我常常安慰她说：‘孩子他妈，英国人其实是白人和其他民族——以色列人、美国人、德国人、法国人和苏格兰人的混血种，是一个有很高教养和讲规则的民族。说好了的事，他们不会变来变去。他们喜欢运动，尤其赛跑，他们发明了足球、橄榄球、板球。这些球类运动都与赛跑有关……孩子他妈，不要再折腾了，就让孩子们向白人学习就行了，白人就是白人，皮肤白有优越感。'你说孩子他妈说的话有道理吗？你别说，女人的话往往不无道理！

“主席先生，我们应该窃夺穷人的财产。不这样我们的财富从哪里来呢？因为穷人头脑简单，这是世界各国的普遍现象，这种情况今后还会继续下去。但是我们要问，那个欺骗、偷盗、抢劫同伙财产的人算不算是我们说的偷盗呢？这种人贪得无厌，令人难以理解。他们竟然恬不知耻口口声声要皇冠，回家去戴他妈的皇冠去吧！

“基哈阿胡，从今以后，我的孩子再也不去你那所谓的幼儿园了，我要回去告诉受过剑桥大学高等教育的尼娜·瓦·波依——孩子他妈，给孩子选一所好的学校，把孩子送到白人办的国际学校去，国际学校没有残疾校长，没有塑料机器洋娃娃，讲地道英语。我们要的是一切都带国际色彩的国际学校。”

波依刚讲完，还来不及坐下，又有一个人站了起来，看起来这个人比刚才那两个人还生气，说话咬牙切齿，硕大的肚子一直拖到膝盖。

“主席先生，我的名字叫法索格·马卢拉·瓦·基盂格盂格。我不想多说，但我建议将基哈阿胡·瓦·加思卡赶出赛场。他竟然到这里来吹嘘自己如何睡别人的女人！主席先生，我老婆离家出走，我一直不知道她到哪里去了，现在我才知道，原来糟蹋别人女人的就是这个衣冠禽兽基阿哈胡·瓦·加思卡，是他盗窃和破坏了我的家庭！我现在要是有枪，非打烂你的臭鸡巴不可！看看你还能不能去糟蹋别人的老婆！主席先生，如果基哈阿胡仅仅是睡穷人家的老婆和女孩子……但是……也不！……”

法索格·马卢拉·瓦·基盂格盂格喉咙发硬，再也讲不下去了，但他怒气未消，只好愤愤然坐了下来。顿时场面一片哗然，人们都怒目朝基哈阿胡看去。

这时，基哈阿胡·瓦·加思卡又站了起来替自己辩解：

“主席先生，刚才发言的人恶言恶语指着我的鼻子辱骂我，我一直忍耐着，我恳求得到应有的保护。我是有什么说什么，毫不隐瞒。如果有人想搅乱会场，搅乱好了，每个人最好现在就回家去，在老婆的阴处安上锁，将钥匙放在保险柜里，一旦想玩他的老婆就把钥匙拿出来将锁打开。其实，不是我让她们当‘蜜糖妈咪’，而是她们自愿的。她们是‘荡妇’一族，谁都可以约她们。然而，像你家的女人……”他转过去用手指着法索格·马卢拉·瓦·基孟格孟格……

“你的女人，就是我在大街上遇见她，甚至对我自动劈开大腿，我也绝不会起性。同时把我们俩关在一个屋里，灭了灯，我也不会碰她。我是不会和学校的男孩或者观光客争你老婆的，放心好了，如果这样，那就太丢人了！……

“我还要指出，任何人没有必要在我这里吹嘘他有枪，我家里不仅有三支步枪，还有两挺冲锋枪，在车里还备有一把匕首。你看我这口袋，鼓囊囊的，连风也吹不动，我走到哪，都带着这个真家伙，以防不测。现在如果有谁想动真格，我马上让他白天见星星……

“主席先生，尽管基图图·瓦·嘎塔恩古卢总是在骂我，但我不在意，因为说实在的，我们是来这全力以赴展示我们的偷盗抢劫才能的，我刚才说的全是真的，我并没有指名道姓骂谁。我说的是我最早时曾经随波逐流，倒卖土地，盘剥那些参加过战争后免费获得土地的人。但现在已不再经营土地买卖公司了，我已转行，因为可以赚钱的行业很多，人不能在一棵树上吊死，总不能年复年，在一头牛上挤奶，赚钱机会多得很。

“还有一件事我必须说清楚，基图图·瓦·嘎塔恩古卢说我想阴谋将社会主义引进到我们国家来。我绝不承认，我怎么会这样做呢？你们想想，我能接受一个由工人农民组成的政党吗？同样的道理，我怎么会接受一个要在世界上消除偷盗和抢劫的政党的统治呢！我能自食其力，不去偷盗掠夺他人的财富吗？如果这样，我倒不如回学校去继续吸粉笔末呢！收起你那一套吧，基图图！……

“相反，我倒是觉得是你那种垄断土地和空气，用瓶装或空气表出售空气的想法才是最危险的，那才容易使我们国家很快染上社会主义。道理很简单，如果你垄断土地和空气，这就等于明目张胆地鄙视老百姓，这样你能阻止老百姓不拿起棍棒刀枪群起造你的反吗？最好是有一个由谎言编造的盗窃系统，用更隐蔽的方法达到我们的目的，我们可以想想，为什么我们的帝国主义朋友带着《圣经》来我们这里呢？你们想到没有，为什么当他们要求工人农民祷告时闭上眼睛，并忽悠他们说，尘世间万物皆空，财富是身外物吗？你知道为什么我要积极参加教堂的各种筹款活动吗？

“基图图，我劝你不要没事找事，如果你想用手枪和我决斗，我很高兴，你那个大肚皮就是我很好的靶子，我也乐意试试我的枪法！如果你要让我们的流氓们之间较量较量，我同样很高兴，我们要看看他们当中谁吸毒酗酒更厉害。我也行过割礼，你可以去问问那么多的女人们，我的‘指头’是不是很棒！

“最后，我想回答波依所提的问题，因为他说我不顾一切地掠夺同行们的财富。我想问，他是什么样的盗贼劫匪？如果他不知道在大赛的群雄逐鹿中会高手云集，强中自有强中手的话，那么他来干什么呢？我要告诉波依，偷盗抢劫中，王中还有王的情况是经常发生的。其他的嘛，公鸡一啼母鸡就会进窝的，这些如果波依不知道，就趁早回家帮老婆生火做饭去。当代盗贼高手如云，没有最高，只有更高。现在你们还想等什么？皇冠非我莫属，快给我戴上吧，不要再浪费时间了……”

这样一来，他把更多的人激怒了，他的话音刚落，许多人纷纷站了起来，剧烈争吵起来。有些人站在基哈阿胡一边，有些人站在基图图一边，有些人站在波依一边，有些人则站在法索格·马卢拉·瓦·基孟格孟格一边。洞里打骂声吵闹声连成一片，乱成一团，活像一个大集市。然而，让人没有想到的是，基哈阿胡、基图图、波依突然各自拔出手枪，黑洞洞的枪口互相指着对方。场面一片混乱，人们推凳拉椅，几欲出逃，以躲避有可能呼啸而来的子弹。

要不是主持人在这危急之际，临危不惧，飞快跳上舞台，及时制止他们，这次盛宴就会变成一场杀戮。他挥手吼叫着，命令大家回到原座位坐下；场面慢慢平静了下来，大家顺从地回到各自的座位坐下。基哈阿胡·瓦·加思卡、基图图·瓦·嘎塔恩古卢和波依然怒气未消，在众人再三劝说下才最后坐了下来。但是，吵闹之声突然又再度四起，如果说刚才吵闹的闸门被人关上的话，现在吵闹的闸门又突然被打开了。主持人使劲地挥动着双手让场面安静了下来，用安抚的口气喊道：

“请各自收回你们的手枪，我诚恳地提醒各位注意，这次我们来到洞里是为了参加最佳偷盗抢劫选手选拔赛，而不是来决斗的。同时，我还要告诉大家，今天在场的有来自‘偷盗抢劫国际’的八名贵宾，他们都亲眼目睹了今天所发生的一切，我想你们绝不想在我们的外国客人面前丢脸，但你们知道吗？当他们看到我们在大庭广众之下又吵又闹，互不相让，甚至刀枪相见，大打出手，他们对我们会有什么看法呢？他们对我们今天的表现会大失所望，会重新考虑和我们的合作的。他们一定会想：‘这帮不成体统的人，能在从事偷盗和抢劫中考虑我们的利益吗？就这些人今后能成为我们的保险公司、银行和工厂的经理人物？’你们想想，如果有一天，灾难落到我们头上，他们不给我们撒食了，改到别的城市去，那，我们这里伊乌臭罗格会成为什么样呢？如果这样，我们埋怨谁？只能埋怨我们自己了。这里我还是要给大家说，不要什么都想占有，想占有一切，就会失掉一切。

“我要劝大家几句，你们不要太着急，要有耐心，谁获胜，等到最后自然会见分晓。因为参赛者每人都有机会到台上来陈述他在盗窃和抢劫方面超人的技巧和取得的成就，彼此间不要互相攻击和耻笑。天高任鸟飞，每人各有高招，在现代偷盗和抢劫场上无弱者。

“我们不要浮躁，心要平静下来，先吃饭吧。我明白我们干偷盗抢劫这一行的人是不会亏待肚子的，他们也不会轻易满足会场上的一两瓶啤酒，但是不用担心，我们在洞里备有风味独特的国际午餐，你们可以随心所欲地买到各种美味的饭菜，在伊乌莫罗格城里有些地方也可以买到。不过大家可要抓紧点时间，我们下午两点半还要在这里继续听陈述，因为等着陈述的人还很多。

“午饭前，我还要告诉我们的女士们，已婚的，未婚的，恋人们或小情人们，一会儿洞里有一个珠宝首饰展销会，展品都很珍贵，有钻石、蓝宝石、珍珠、黄金、纯银、赤铜等各种高档的首饰……我们必须大力发展我们的传统文化，女人们的高档装饰就是我们民族高度文明的具体体现……因此，你们下午回来别忘了将你们漂亮高贵时装、项链、耳环和戒指都穿上戴上，满身珠光宝气。让我们的外国朋友看看，我们已经大踏步走在现代文明的大道上！记住了，下午两点半再见，祝中午愉快！……”

主持人说完，会场报以轻松热烈的掌声，地狱天使乐队开始奏刚果乐曲：

邦班达 纳恩戛 巴基米 纳 莫巴里

莫巴里 奥约 波乌 亚 莫特玛

纳卡里 科卢卡 莫巴里 纳恩戛哎……

会场上少数人依然坐在原处不动，他们一边品着饮料一边高谈阔论，议论着刚才发生的亮枪决斗的有惊无险的场面，有些人则站了起来朝大门口走去。

穆图里拉了一下瓦丽恩尕的手说：“我们到外面去吧，洞里的空气太浑浊，把人压得喘不过气来！”

“我也感到很不舒服，一阵阵恶心。”瓦丽恩尕站了起来，“好，我们出去，赶在基哈阿胡和基图图定价卖空气以前，我们出去呼吸一下免费的新鲜空气！”瓦丽恩尕调侃说，说完他们朝洞口走去。

穆瓦乌拉回过头反问穆图里：“你了解这个地狱天使乐队吗？你与他们有什么关系吗？”

穆图里从口袋里掏出瓦丽恩尕在内罗毕出租房被赶出来时那帮流氓给她留下的小纸条。

“看看这个，”穆图里递给了穆瓦乌拉，“我想这个纸条可能是给你的。”穆瓦乌拉看完眉头紧皱，神色显得有些紧张。“这是从哪里来的？”穆瓦乌拉问穆图里。

“昨天晚上在你车上捡到的！”穆图里回答说。

穆瓦乌拉眼睛睁得滚圆瞪着穆图里，心里十五个吊桶，七上八下，暗暗想道：“穆图里来洞里干什么呢？他的眼光游移不定，谁是他猎取的对象呢？会是我吗？他是在我车里捡的吗？或许是他想从我的面部表情中发现点什么吧？他到底是什么人？瓦丽恩尕又是什么人？”穆图里看不到穆瓦乌拉疑云密布的脸部表情，此时穆瓦乌拉正转过脸去看瓦丽恩尕。

“我们赶紧出去吧！”穆图里催促瓦丽恩尕说。

地狱天使乐队继续不停地演奏着刚果乐曲：

纳卡里 科卢卡 莫巴里 纳恩戛哎

泼亚 科东吉萨 莫巴里 纳恩戛哎……

穆瓦乌拉突然想问穆图里和瓦丽恩尕是谁把他们引到这里来的；他还想让他们明白他知道他们想来干什么，同时要让他们知道他绝不会为昨晚车里讲的故事感到不安。

“我说呀！……”穆瓦乌拉本想说什么，但他欲言又止，不想再问刚才心里的一连串的问题，而是问，“瓦恩嘎丽你下午打算怎么打扮自己呢，用珍珠、钻石、黄金？”

穆瓦乌拉说完，和瓦恩嘎丽、穆图里一起放声大笑。大家边说笑着走出了山洞。穆瓦乌拉心里想：“不要多想了，有什么好害怕的呢？”

“我吗，我更喜欢戴用玉米秆做的耳环，”瓦恩嘎丽好像在回答穆瓦乌拉刚才提出的问题，“可惜没有穿耳朵眼了。”

“为什么？”穆图里、穆瓦乌拉异口同声地问她。

“因为以往没有打扮自己的习惯，那个时候为肯尼亚的独立而战，打扮我们自己的只是枪林弹雨！”她心里充满着自豪，她明白是包括她和她们这一代的姑娘们用行动改变了肯尼亚的历史。

穆瓦乌拉突然收起了笑容，脸色发青，心里隐隐作痛：

“是不是我作茧自缚呢，原来我这三轮车拉的是我的对立面，真的像基库尤人俗话说的，‘咬你的虱子原来就在你衣服里’！”想到这，穆瓦乌拉的心开始剧烈地跳动。

穆图里悄悄地瞥了瓦恩嘎丽一眼，心里油然产生一种自豪感和幸福感，暗暗想道：“瓦恩嘎丽真是女中豪杰！所有像瓦恩嘎丽的女子们都是国家的英雄！也许我应将我所知道的一切秘密告诉她，这样我们不就可以互相帮助吗？不过我还是先看看再说……”他想起了那帮人在自我陈述时的难以置信的吹嘘，竟不自觉让泪水湿润了眼眶。

“我们出去吧！赶紧离开这个地方！”他对瓦恩嘎丽和穆瓦乌拉说。

第五章

1

瓦丽恩尕和戛图利亚从洞里出来站在洞口的院子里，放眼望去，天宇光灿灿，阳光洒满大地，给伊乌莫罗格一山一梁，一草一木染上一层橘黄色。寂寥的大地没有一丝风，空气一片沉闷。

“哎呀，习惯了洞里的灯光，猛一出来，刺眼的阳光让人很不习惯。”瓦丽恩尕说着轻轻地哼了起来，“赞美我们上帝的太阳，欢呼我们上帝的光芒！”

“你还是赞美我们祖国的光芒吧。”戛图利亚对她说。

“是洞里的光芒还是其他什么地方的光芒？”瓦丽恩尕开玩笑说。

“不！洞里那些灯光是终究要被熄灭的！”戛图利亚回答说。

他们各自默默地朝大路走去，不一会他们开始轻轻地聊了起来，但不是一般的闲聊，他们之间的聊天就像在吟诗，彼此引用梦中记得的诗句互答。

戛图利亚：赞美我们的祖国！
　　　　　赞美肯尼亚山，
　　　　　赞美我们的土地，
　　　　　从不缺水、粮和绿色的田野！
瓦丽恩尕：赞美我们美丽的祖国！
　　　　　赞美河湖镶嵌的土地，
　　　　　从图卡纳湖到纳瓦萨湖，
　　　　　从纳姆–洛威尔湖到蒙巴萨湖，
　　　　　赞美吧，这迷人的蓝色水链。
戛图利亚：赞美祖国之盾吧，

从肯尼亚山到乞力马扎罗山，
从尼亚达卢瓦山到多恩岳—萨布卡山，
从茅乌山脉到埃乌贡山脉，
赞美这捍卫祖国的天然之盾。

瓦丽恩尕：倾听祖国的召唤吧，
日夜穿流的大江大河，
鲁伊卢河，查尼亚河，西卡河，
塔纳河，阿西河，亚拉河，
滚滚江河东逝水，
浪花带着祖国的呼唤：
来吧，快来，共同赞美我们的祖国。

戛图利亚：祖国解放来之不易，
无数英雄儿女，
洒尽了血和泪，

瓦丽恩尕：女人和男人，
孩子与双亲。

戛图利亚先是从梦幻般的诗句互答中清醒过来，他忧心忡忡，气愤地叫喊道：“我们要的独立和自由难道就是这个样吗？现在，它已经拍卖给了外国人了！”

瓦丽恩尕听完，开始唱起了前天夜里穆图里和瓦恩嘎丽在穆瓦乌拉的三轮车里唱的那首歌：

帝国主义者！肯尼亚不是你们的，
铺盖从这里滚回去！

主人已经回来了。

“但主人回来后，发现他们的国家已经被卖掉了。”戛图利亚说。

“原来如此，他们敢在光天化日之下这样干吗？”

“那当然，就是他们在推杯换盏中给卖掉的。”瓦丽恩尕说。

“或者是在打高尔夫时。”戛图利亚接着说。

“也许是在豪华宾馆洗桑拿浴以后。”

“要么就是在私密的夜总会里跳完一圈舞后。”

“或许是在山洞里自吹自擂以后……”瓦丽恩尕说。

“上帝祈福肯尼亚吧，我的主！我这是碰到什么事了？我的心快要裂了，这样的怪事我以前闻所未闻……”戛图利亚伤心地摇着头，眼里闪动着泪珠。

“我们去看看哪个地方有卖烤羊肉的吧，也许还有卖威士忌的！”

“就在这黄金山附近吗？”瓦丽恩尕问。

“不，不是离这里不远有个地方吗？听说他们要在那里卖瓶装空气的。”戛图利亚问。

“卖空气啰，刚从欧洲进口一两天的新鲜空气！”瓦丽恩尕调皮地大声叫喊着，好像在向人们推销空气。

瓦丽恩尕和戛图利亚互相对视了一下，会心大笑。瓦丽恩尕的心顿感一阵轻松。

“我们去耶路撒吧。”瓦丽恩尕建议说。

“是一个饭店的名字吗？”戛图利亚说，“耶路撒……我好像在什么地方听说过这个名字！”

瓦丽恩尕笑了笑，开始向他介绍伊乌莫罗格情况，他们边聊边慢慢地溜达着。

“伊乌莫罗格市由若干个区组成，那我就从它的郊区说起。那里是普通工人和农民聚居的地方，住在这里的农民是指只有小片没有被银行拍卖或被有钱有势的人吞并的土地的小农户。聚居区里有一片商业区，各种商店鳞次栉比，服装、食品、五金、建材等，杂七杂八，卖什么都有。还有几家银行。离它不远处是工厂区，有一家炼铁厂，旁边还有一家大的百威啤酒厂。

“那里有两个大住宅区：第一个是伊乌莫罗格黄金山公寓区。那里原来叫开普敦，现在叫黄金山，或者叫山。这个地区环境宁静优美，绿树成荫，空气新鲜，那是一个豪宅区，高官厚禄，有权有势的人都住在那里，这就是为什么称为公寓区的原因，那里房子豪华气派：黑色云母石墙，红色陶瓦屋顶，深蓝色玻璃窗镶嵌着各种花纹的铁艺网，雕花的桃花木门，磨工精细的又光又亮的木地板，甚至可以当镜子用。任性的有钱人建房互相攀比，你建十间卧室，我就建二十间，你从印度进口地毯，我就从伊朗进口，等等。

“另一个就是新耶路撒冷住宅区，简称耶路撒。那是普通工人和失业者，或者说是这个国家最底层的穷人们聚居的棚户区。棚屋狭小简陋，就像基哈阿胡·瓦·加思卡所说的鸟窝，锈迹斑斑的马口铁皮墙，破旧的尼龙袋棚顶，那是名副其实的伊乌莫罗格贫民窟。名目繁多的各种非法酿制的啤酒，如马丁艾塔牌、鼓布库牌、查恩加牌、牡拉汀纳牌等充斥市场，为增加度数，常常用奎宁和酒精勾兑。饮用这些啤酒对身体毫无益处，相反损害健康，缩短人的寿命。我觉得就像《圣经》里说的那样耶路撒就是一座人间地狱。”

“为什么？”戛图利亚问，“那，他们怎么生活呢？”

“你怎么会这样问呢？你好像是在肯尼亚的外国人？因为你没有去过那里的贫民窟，你没有见到成群结队的跳蚤、臭虫、虱子在鸟窝般的棚户四壁横行霸道，人屎尿和污水四处横流，光着屁股的孩子们就在这些臭水沟里游泳。贫民窟就是贫民窟，这里没有排污渠道，人粪尿污水和死狗死猫的尸体抛浸在一起，处处臭气熏天。附近工厂的垃圾废品在那里堆积如山，再加上厂区排出刺鼻的危险气体，随风到处飘散……这你就不难理解我为什么把耶路撒比作人间地狱了吧？人们就生活在这样处处臭气熏天，处处是跳蚤、臭虫、虱子的极端恶劣环境中，难道还有比这更残忍的地狱吗？”瓦丽恩尕无限伤感地结束了她的介绍。

“在贫民窟里的跳蚤、臭虫、虱子比在洞里的人渣还要多？”戛图利亚一字一句地说着，好像是在和自己说话。

这个时候，一辆三轮车飞快驶了过来，瓦丽恩尕挥手叫住了它。他们上了车，不一会儿就来到一家叫新伊乌莫罗格的肉铺，店主叫图姆波，因为他只有一只眼睛，号称独眼龙，戛图利亚要了一公斤半的羊肉，并说可以带点肋骨但不要搭配羊内水，独眼龙盯了他一眼，冷冰冰地对他说，要买羊肉不可能不搭配羊内水，羊肠子。戛图利亚心里明白这是贫民窟，不是黄金山富人区。但他还是坚持说，既然要搭配内水，那就少搭配点羊肝，但不要肠子，独眼龙同意了。瓦丽恩尕和戛图利亚拿着买来的肉来到肉铺后面的一家烤肉店，店前半部专营烤肉，后半部是一个酒吧，酒吧已经坐满喝啤酒的人。他们将肉交给了侍者，然后随侍者来到酒吧的一个小房间，落座后，侍者给他们送来两瓶图斯卡牌啤酒。他们边聊边品着啤酒，等烤肉送过来。

“山洞里那些人的讲话使我感到吃惊！”瓦丽恩尕说。

“我有同感，说实在的，我简直不敢相信这是在肯尼亚。”戛图利亚说着摇了摇头，然后好像是在自言自语，“现代盗贼……现代劫匪……原来今天的文明是建筑在掠夺和剥削弱势老百姓血汗的基础上吗？”

“见了这些魔鬼后你还不相信了吗？”瓦丽恩尕笑着问他，“昨晚你不是告诉我们你是为了创作歌曲来找素材和灵感的吗？或者当姆韦雷利·瓦·穆基拉伊给了我们请柬以后你的看法就变了吗？”

“我想我是有点过急了。”戛图利亚说，“我是太相信那张请柬了，其实相信就是相信，不一定要亲眼所见才能相信，重要的是能给我一种创作灵感。”

“所以说你还没有看到罪恶滔天的恶魔，就是在那些参会的外国恶魔中你也没有看清他们的真面目，是吗？”瓦丽恩尕问他。

“我只能说问题不在于这个世界上魔鬼是否真的存在或者只是人们的想象，关键在于事情的实质。”

“那么困扰着你的心结是什么呢？”瓦丽恩尕追问他，“或者你本身不善舞却埋怨别人不会跳或借口说地不平不能跳？”

“啊，不！不尽然……但是……”他想说什么，但欲言又止，好像瓦丽恩尕的提问对他来说有点文不对题，“我觉得音乐……或者说音乐创作……”他又停顿下来好像没有想好要说什么，“对于一个作曲家来说搞创作必须要有激情……充满对祖国的爱……只有对祖国深深的爱才能激励作曲家创作出热情歌颂祖国的歌曲——歌颂祖国的锦绣河山，领土完整，英雄气概，善良人性，热情友好……我一次又一次地梦想着创作一首歌颂勤劳勇敢的祖国人民的乐曲……像贝多芬歌颂拿破仑那样创作一首歌颂我国民族英雄的《英雄交响曲》。或者像谢尔盖·普罗科菲耶夫那样根据俄罗斯民族英雄亚历山大·涅夫斯基的英雄事迹创作出一首脍炙人口的清唱曲……我还想创作一首能充分表达我国民族之魂、人民的坚强信念和民族之梦的乐曲……然而令我感到惊讶和失望的是在洞里耳闻目睹的一切怪现象，就像寒冷的晨霜将我对祖国爱的萌芽冻得凋零了。”

“不，不是这样的！”瓦丽恩尕迫不及待地否定说，“那些讲话就像春雨催生着对祖国深深的爱。爱伴随着的是恨，你要是不懂得仇恨哪能懂得爱？看看刚出生的婴儿，不会说话，但他已经能用哭声来表示喜欢什么和不喜欢什么。我们不就是从洞里出来时就开始唱歌颂我们祖国的歌曲吗？我们国家也有无数英雄的战士，我们也可以为他们创作英雄赞歌。难道基马提将军不是肯尼亚的母亲生的？人们最大的心结是胸无大志和目标，你所缺的正是这个，因为你不能区别什么是爱和恨。嘤嘤待哺的婴儿，从小如果没有父母无微不至的爱，他就很难不变坏，长大后就难以辨别好与坏，爱与恨。正是那些留在洞里的人们使我们分清谁是真正的英雄，谁是敌人！”

“不！不！你所说的把我弄糊涂了。”戛图利亚抢着回答说，瓦丽恩尕的话好像是刺痛了他哪根敏感的神经。

“那好吧，现在你就告诉我恨的是什么，我呢，我告诉你爱的是什么，或者可以说你没有明确的立场，根本无所谓爱和恨，是吗？”

“啊，你这个女人呀，为什么你哪壶不开提哪壶，让我又回忆起几乎要忘却的家事呢？”戛图利亚伤感地回答说。

“你的家在哪里？”

“纳库卢，我爸爸是生意人，他在纳库卢开了许多家商店，在裂谷地区有许多土地，同时还和欧洲做进出口生意，商品包括鞋类、服装、鲜花、蔬菜……凡是能赚钱的生意他都做。出口欧洲的多数商品都是通过空运。我是他的独生子，他特别希望我能到美国学校学习经贸——就像姆韦雷利·瓦·穆基拉伊在陈述中所津津乐道的……但我一直就没有听我爸的……”

“为什么？”

“因为我总想着我爸茶园里的雇工们，我去看他们时，他们常常给我唱那些令人心动的歌曲，给我讲引人入胜的故事。有时候他们还给我弹吉他和吹他们亲手用芦苇或竹子制作的笛子。我亲眼看到了他们住的是简陋铁皮棚屋，吃的是残菜剩饭，穿的是麻袋片；当我想到他们的处境和我们比，犹如天对地时，我恨我爸爸。他们和我们不一样是人吗？我见到我爸爸一次又一次用拐杖痛打他们，还恶言恶语骂他们是牛！有一次我还看到，我妈妈劝了一句不要再打那位老头了就被我爸毒打了一顿。当我过问为什么打他们时，我爸爸就用拐杖恐吓我，让我不要多管闲事并不让我再去他们的工地和住的地方。但是我依然没有听他的，这就是爸爸决意送我去美国学习的原因……”

“你在美国待了多长时间？”

“十五年。”

“十五年？在国外？”

“当时我刚刚小学毕业！没有别人帮助我，我的一切费用全由我爸爸负担……”

“这十几年中你学了些什么？”瓦丽恩尕好奇地问。

“学习的内容很多，但最后攻读的是音乐专业，学习作曲和钢琴、风琴、长笛、喇叭等各种乐器的演奏；学习过西方音乐史，跨度很大，从十八世纪的J.S. 巴赫和汉德尔到近代的柴可夫斯基和艾戈·斯特拉温斯基。还学习过交响乐的指挥，演唱和领唱过《马太受难曲》、汉德尔的《弥赛亚》和门德尔松的《以利亚》的清唱曲，我对此很内行。爸爸得知我在美国大学里学习的不是他所希望的经贸专业，给我打了一个像铁路那样长的越洋电话，生气地告诉我他不能花成千上万的钱让我学习毕业后以唱歌为生并只能背着吉他像纳库卢裂谷地区的流浪汉那样到处流浪。他要我在继续学习经贸和断绝父子关系之间做出选择，要是我不学经贸就不认我这个儿子。我左右为难，我怎么向我父亲说呢，我怎么才能说清楚我在美国所耳闻目睹的美国富人如何敲骨吸髓早年被贩卖到那里的非洲奴隶呢。这些我不是在我爸爸的农场里也见过吗？我如何向我爸爸解释清楚我在美国已经清醒地意识到像我爸爸这一阶层的人正在将肯尼亚一步步拖进苦难的万丈深渊呢？我最终还是选择了音乐，我不想这一辈子像我爸爸那样成为拜金主义者。

“那段时间我爸爸还不是教徒，但当我从美国回到家时，我发现他不仅加入了教会，还变成了一名虔诚的基督教徒。直至今天，他一直和长老们在教堂的最前排座位有特殊的座位。但我父亲对我的叛逆行为依然耿耿于怀。有一次他问我：‘生活在这世道上除了赚钱，还有什么值得你去奋斗的呢？你总不能埋没你的才华，心甘情愿地过那种忘恩负义的雇工们过的生活吧？’说着他掏出《圣经》，开始给我念昨晚在穆瓦乌拉三轮车里姆韦雷利·瓦·穆基拉伊曾经给我们说过的那一段。等他念完，我对他说：‘爸爸，我怎么能从饿汉口里夺粮，又怎么能从饥渴难忍的人口里抢水呢？’他反驳道：‘什么？你是想告诉我你比比利·格雷厄姆牧师见识广吗？前几天，他到我们这里来做了一次专场布道，生动地讲述了那些天才人物的故事，你呀，连给他擦皮鞋都不够格！’

“后来，他又听说我受聘于一所大学，专门从事对祖国传统文化、民族风情，尤其对传统音乐的研究工作。为此，他对我已经彻底失望。有一天，他把我叫到跟前，万分懊丧地对我说：‘你怎么能在我们的教士们面前将我的衣服脱得精光，当面羞辱我呢？你又怎么能在上帝面前把我的衣服一层层脱光，就连襁褓中的小孩也能看到我赤身裸体呢？古时候，当哈姆耻笑他父亲诺亚赤身裸体时，你知道上帝是怎么惩罚他的吗？难道你不知道？他被诅咒来世一代代不得见天日。要不是上帝的仁慈怜悯，将闪[①]的孩子们送到非洲，我们这些哈姆的后代今天在何处呢？现在，你走吧！步哈姆的后尘去吧……！到处流浪去吧，当你不再折腾了，不再愤世嫉俗了，不再和那些下三烂同吃一盘垃圾时，再回来！’

“这些日子，我已经不再回家了。现在我生活上尽量能节约一点，以便有朝一日能还清我爸给我付的上万学费，彻底还清这笔人情债！”

“哎呀，事情有这样严重！”瓦丽恩尕饶有兴趣地说，“那你爸爸叫什么名字？我对纳库卢很熟悉，没准我认识他。”

“所以我不想告诉你我爸的名字。”戛图利亚说，“你要是认识他了，你就会连我也瞧不起了。就是你认识他了，也不要说我是他的儿子，我长得很像他……啊，不，我从此再也不姓他的姓了，我要重新开始一种与我爸决然不同的生活，永远……”

瓦丽恩尕还来不及回答，侍者已把一木盘子一片片排列整齐的烤肉送了上来，接着又送了满满一盘洋葱拌红辣椒和新鲜丁香的沙拉。

他们开始默默地品尝着肉。戛图利亚思潮翻滚，

① 基督教《圣经》中诺亚的长子，被认为是非洲闪米特人的祖先。

暗暗地想：“我是在从尼亚马基马站去伊乌莫罗格的路上认识这位姑娘的，今早再次见面，我不经意间，已经把长期以来深深埋在心底的秘密毫无保留地告诉了她。我为什么这样呢？到底山洞里的什么事情能这样触动我的心呢？”

瓦丽恩尕也有同样的想法：“过去的二十四小时里在她身旁发生的事情简直就像做梦。”她反复琢磨着，突然往日遭遇又一幕一幕在脑海中不断映现：情人约翰·基姆瓦纳一次又一次对她拳打脚踢；因为不让老板基哈拉玩她的大腿而被无情开除；交不起房租被房东赶出小破屋；有人塞给她魔鬼天使的一封恐吓信，并警告我不能去法院告他……想到这，她想从手提包里掏出那张纸条，让戛图利亚看看这些有钱人是怎么利用流氓恶棍欺压老百姓的。可是她翻了半天也没有找到那张纸条。找不着就算了，她心里想，她回过神来开始琢磨戛图利亚和他爸爸争吵的事。为什么他说怕我看不起他呢？为什么说希望我们能天天见面呢？是不是他觉得找到了寻欢作乐的女人了？猛然间，沉思中的她被戛图利亚那种犹如溺水垂死挣扎的绝望声所惊醒。

“啰！说什么我可以利用我们的文化从中渔利，要是那样，我何不与有钱人一起白日做梦，用罐子或盘子向穷人卖土呢？”

“贩卖上帝的空气是白日做梦！让他们飞到天上去，然后大声吼叫说，从这里到地上所有的空气都是我的！”瓦丽恩尕应声说。

“建鸟窝房卖给老百姓也是白日做梦。地产商将鸟窝房卖给穷人，然后他们和银行就可以从中获取暴利！”戛图利亚接着说。

“色胆包天，养小情人无数也是白日做梦。”瓦丽恩尕含着眼泪说，“他们知道他们能分出多少个心去爱她们吗？他们知道多少个年轻貌美的姑娘遭到他们摧残？多少个活生生的生命遭到他们践踏？有些姑娘们上医院检查时发现男人传染给她们的又何止是麻风病？这些日子，就有一个姑娘因染上怪病，年纪轻轻的就变成了一具腐尸，她那充满活力的生命就这样油尽灯灭了，清纯无瑕的青春年华就这样被无情地葬送了……他们知道有多少姑娘将刚出生的婴儿抛弃在茅坑里？或将未成形的婴儿扼杀在子宫里吗？

“让我告诉你，有一个豆蔻年华姑娘，天真无邪，对未来充满着美丽的玫瑰梦，憧憬着未来有一个幸福的家，有一个好丈夫，有健康成长的孩子，有自己的房子，和丈夫孩子们在一起享受天伦之乐。她还梦想以后要接受更高的教育，将来有一份体面的工作，为国家轰轰烈烈干大事；用她的英雄事迹鼓舞下一代，让他们记住‘啊，是的，我们的母亲，我们自己的民族英雄！’然而，这位它日将为人妇的姑娘，太年轻了，当她对未来充满美好的憧憬，对英雄无限崇尚的时候，甚至连乳房还没有发育成型。她只好等着，等到她的乳房丰满得像熟透了的苹果时候，等到她的面容灿若桃花的时候……然而老板基哈拉之流却已经开始盯上了她，向她吹口哨招呼她上他的奔驰车到美丽的奈瓦霞湖畔和不夜城内罗毕寻欢作乐，她美丽的身影如彩云般日夜在内罗毕各种豪华的饭店和俱乐部飘荡……我向你保证，我们这位少女迟早会在一天早晨醒来时发现她的美梦已像一个泥捏的瓦罐被残酷的现实摔得粉碎，昔日奢华只不过是一枕黄粱美梦！请告诉我，破罐还能修复吗？工匠又在哪里呢？就像故事中讲到的鸽子，它曾给一位姑娘起死回生，工匠能将破罐连同少女的残梦一起修复吗？不，绝不可能！你知道男孩们是如何将它编成传统的姆苏乌舞曲的吗？

多么惊人的情景，
瓦罐已被摔得粉碎！
当我从内罗毕归来，
我根本就不知道，
我将要临产，
孩子名字叫，
“惊人勇气的制造者”。

“来吧，同伴们，让我们一起哭泣吧！来吧，一起看看当今的奇人怪事，今天我们只能被称为苦命的父辈，不再是英雄的父辈了。不……不……瓦罐既然已经打破就难以再修复了……成熟的姑娘小蜜罐是被无情的情夫情父们打破的！”

戛图利亚面前的瓦丽恩尔说着已泣不成声，眼泪像断了线的珠子不断往下流。

“瓦丽恩尔！瓦丽恩尔！你怎么啦？”戛图利亚的心被刺得生疼，渺然不知所措，“我对这个姑娘又怎么啦？”

瓦丽恩尔从手提包里掏出手绢不断地擦着眼泪。她想强装笑容，但她做不到。她伤心地用低沉的语气继续对戛图利亚说：“我无话可说，但我还是要说，然而我怎么给你说呢，你毕竟在我心里还是一位陌生人。尽管我这谈不上什么秘密，但我也从来没有告诉过别人，因为这事牵涉到肯尼亚多数姑娘们……你的话让我想起了我过去走过的路，想起了我当时就像小伙子们在姆苏乌舞曲所唱的那样，我的梦想就像瓦罐被摔得粉碎。现在我怎么告诉你呢？这事又从哪里说起呢？

“确实，当我一人独处沉思，或者上班打字，或者走在路上时，甚至现在我们坐在这里，我耳边常常响起一阵阵火车的沉重的轰隆声，好像列车正朝我站立的地方飞奔而来，带我远离纳库卢日夜折磨我心灵苦难……那是在一个星期天的上午十一点左右，我站在纳库卢卡巴西阿大街58号小区附近的铁路交叉口旁边，火车鸣着笛从远处呼啸而来，喘着粗气好像在鸣唱着：

鸣——鸣——噉当——奔向乌干达
鸣——鸣——噉当——奔向乌干达
向前，向前……鸣，鸣——鸣！

“我紧闭双眼，开始数 一、二、三、四，啊，现在就带我走吧……”

瓦丽恩尕双手捂着脸，全身发抖，满头大汗，好像列车正飞速朝她飞奔而来……

戛图利亚迅速站了起来，走过去，轻轻地扶着瓦丽恩尕双肩，焦急地问："怎么啦？瓦丽恩尕，你怎么啦？"

2

贾希恩塔·瓦丽恩尕一九五三年出生在卡阿姆布拉的吉苏恩古里和瓦伊雷拉地区的交界处，正值肯尼亚全国紧急状态时期。当时肯尼亚在英国的高压统治下，茅茅运动的英雄们在基马提·齐乌里将军的带领下，集体盟誓要与英国的恐怖主义者（外号约翰军）血战到底，不结束他们在肯尼亚的残酷剥削和压迫绝不罢休！雷鸣般的枪炮声日夜响彻整个尼亚恩达拉瓦和基里尼亚加山区。英国这些约翰军和国内那些为了填饱私囊而出卖祖国利益的卖国贼们眼看他们就要败在茅茅手里，末日就要到了，因此变本加厉盘剥和压迫老百姓。

一九五四年，瓦丽恩尕的父亲被捕，关进马尼亚尼劳改营，一年后，母亲也被逮捕入狱，被关在朗加塔和卡米提监狱里。

当时瓦丽恩尕才两岁，无依无靠，是已成家的姑妈在纳库卢收养了她。姑妈的丈夫在铁路工作，后来又受雇于纳库卢市政局，瓦丽恩尕是在纳库卢和表姐妹们一起长大的，原先他们住在帕尼亚地产的出租房，后来独立日临近时又搬到市政卡巴西阿大街的58号小区居住。

后来，瓦丽恩尕在萨乌里亚科地产附近的海洋全日制小学念书，她的表姐妹们则在58号小区南边的伯德尼住宅区附近的伯德尼学校念书。每天上学，一走出家门就得匆匆穿过一片极端贫困的茅屋区，市政屠宰场，米松格大街，再穿过伯德尼住宅区才能到达学校。她必须在最后一次铃声以前，在早点名队列中站好自己的位子。瓦丽恩尕经常和表姐妹们在放学以后，或者周六周日相约到伯德尼大街散步看看女人们是怎么样勾引男人的，或者是男人们如何持刀斗殴的；有时候她们一时兴起，甚至把所有的大街——兹瓦尼、卡罗内尼、基乌米比尼、萨乌里亚科等大街都逛遍了；有时候还顺便看看阿姆波贡雷的瓦索马里营地，看看居住在那里的索马里人和他们的房子，逛逛那里的商店；有时候她们还会去孟内戛伊公共大厅听音乐和看话剧演出；有时候她们还去卡姆昆吉广场看电影；有时候她们会沿着纳库卢湖湖滨路散步，欣赏湖中追逐嬉闹的粉红色火烈鸟和其他可爱的水鸟；或者去朗加朗加体育场观看摩托车或汽车赛。

令瓦丽恩尕感到刺激的是看到妓女们和男人们的吵闹，或男人们持刀斗殴和醉汉们当众撒尿和呕吐的场面。不！这不是她的爱好，她最喜欢的是去教堂参加祷告和听牧师布道。每到礼拜天，姑妈常常带她去教堂参加早弥撒，那是她参加洗礼和被授予教名贾希恩塔的地方。她最不喜欢看到的是那些在圣·罗莎丽教堂的墙壁上和窗玻璃上的图片，尽是些耶稣小时候在圣母玛利亚怀里和长大了被钉在十字架的图片。还有一些是恐怖的魔鬼的图片，那些魔鬼头上像牛那样长着两个角，屁股上像猿人那样长着一根长长的尾巴，一只脚翘得高高的好像在跳舞。魔鬼周围的信徒们正在将一群人往熊熊烈火中驱赶。圣玛利亚，耶稣，天使的肤色都像白人那样是白的，魔鬼和信徒们肤色就像木炭那样是黑的。夜里她常做噩梦，梦见自己被妖怪抓了，都是因为看这些图片看的。但是奇怪的是，当她梦见十字架上的耶稣以后，她再梦见的魔鬼的肤色就变了，变得像她在裂谷体育俱乐部附近见过的那个白人一样是白的，这个白人高头马大，又胖又蠢。后来他被一群穿麻袋片的人吊在树上。到了第三天，快要断气时，他又被一群西装革履的黑人从树上救了下来，死里逃生以后他又继续玩弄瓦丽恩尕。

肯尼亚独立前三年，即一九六〇年，瓦丽恩尕的父母被释放。出狱以后，他们发现原有在卡阿姆布拉的那小块土地已被殖民政府卖给了一个卖国贼。他们不得不来到伊乌莫罗格向人借一块荒草地建一处落脚的茅草屋。

当时正值瓦丽恩尕在纳库卢海洋小学念书，因此父母同意她继续住在纳库卢姑妈家。他们向上帝祈祷，希望她能尽快完成学业，让他们早日摆脱贫穷。瓦丽恩尕念书很聪明，在她的班级中，她门门功课名列前茅。尽管她的表姐妹们比他高一年级，但常常需要她给她们辅导数学。小学毕业考试时她和其他的优秀生一起以优异的成绩轻而易举地获得了小学毕业文凭，并顺理成章地被纳库卢全日制中学录取。

这是瓦丽恩尕有生以来最高兴的时候，尤其当她穿上那赏心悦目的校服——蓝色衬衫、白色裙子、黑色鞋子、白色袜子时，喜悦之心溢于言表。

在中学一、二年级的两年里是她最快乐的两年，除了努力学习以外，她无忧无虑。每天手夹书，带着笔和橡皮等文具用品来往于家和学校之间，从茅草屋的家出来沿米松格尼路朝拉兹艾斯路走去，穿过十字路口右边的市政诊疗所，再沿着罗纳德－恩加拉大道向前经过圣·罗莎丽教堂附近的非洲修女居住区，最后再横穿莫伊路来到纳库卢全日制中学。

晚上放学回家时，她一般都是沿原路回去，但有时候她是抄近路，走奥津戛－奥丁戛小道，经附近的孟讷加伊大坑和共和国小学回到 58 号小区家中。有时候被学校派到城里办事或采购点什么，她则是走穿过纳库卢高级法院和市政府办公楼附近的那条路，这样就可以很快到达商店。

每天上学放学途中，她经常是学校和家两点成一线，行迹匆匆，从不在路上无故随意停留。她每每上学走进校门或放学走出校门的那一刻常常为她的优异学习成绩感到无比自豪。她生活在充满甜蜜的梦想之中，陶醉于自己亭亭玉立的身段，如花似玉的面容，青春勃发的妙龄。她对未来美好生活充满憧憬；对进大学继续深造充满祈盼。她的奋斗目标是进大学攻读理工科，将来当一名电气工程师、机械工程师、水利工程师，或者汽车工程师。当一名令人羡慕的工程师是她最大的梦想。瓦丽恩尕不明白为什么许多女孩子不愿意干这一行，而让给了男孩们。“没有任何工作女孩子是不能干的，只要她好好干”，当她把这种想法告诉女伴们时，她们都笑了，但她们还是相信凭她的聪明才智完全能实现她的梦想！在纳库卢全日制中学就读时，她的数学学习成绩，没有一个男生和女生能比得上她的，她的数学学霸声誉在邻近的许多学校——阿佛拉哈学校、圣·约瑟夫学校、圣·泽维尔、城市高等学校、纳库卢湖中学广为流传，甚至远处的纳库卢高级中学也无人不知。

白天上课，晚上复习，逢周日参加教堂祷告，放学回来还要帮助姑妈种地，这就是瓦丽恩尕从周一到周日所做的一切。姑妈的那块地是市政分配的，就在巴阿里那个地方，还有一些土地是在孟讷加伊大坑附近的山里头。她是一位听话、勤奋的好姑娘，在58号住宅小区家喻户晓。有一个周六下午，大概是四点钟左右，当瓦丽恩尕和表姐妹种完地从山里出来时，瓦丽恩尕平生第一次感受到死亡的威胁，当她们经过阿内希的纳库卢医院横穿通往内罗毕铁路回家时，在铁路的交叉口边上，她看到一群人正围观一具被火车碾死的人的尸体，真是惨不忍睹，只见死者粉身碎骨，肝脑涂地，血流遍地！已经难辨死者身份。瓦丽恩尕顿觉肚子里的肠子直往外翻，一阵阵想吐，她不顾一切地往家里跑，留下表姐妹们在现场。瓦丽恩尕一直很怕见血，见到死人和葬礼往往让她整夜整夜睡不着觉。一个活生生的人就这样在火车轮下瞬间消失了，好像这个人就从来没有来到人世间，瓦丽恩尕从未见过这种惨状，从此以后，她就再也不敢从这里的铁路的交叉口经过了。

就这样，瓦丽恩尕在纳库卢一天天健康成长，她样样学好样走正道，叫她瓦丽恩尕也好，贾希恩塔也好，在人们眼里她一直是一位优雅大方、洁白无瑕的姑娘。光阴似箭，时光就像流水一天天飞快逝去，转眼间她已到了中学三年级。

这个时候的她出落得如出水芙蓉，一对饱满的乳房，像两只活鸽子在胸前跳动，又长又黑的秀发犹如银河飞瀑。红扑扑的两颊就像丰收时节熟透了的红苹果。

那个让她学坏走邪门歪道的人不是别人，正是她姑妈的丈夫，她叫姑夫的人。姑父把她介绍给了一位家财万贯的白人富翁，让他给糟蹋了。

这位姑父是一个不顾廉耻，为了一己私利，甘愿做白人奴才，为白人卖命的人。独立以后，正是这些人全盘继承了白人的土地、庄园和盘剥他人的生意。但是这位姑父并没有像他们的同类那样幸运，白人没有那么轻易给他土地和其他财富，也没有像同伙那样得到诱人的薪酬。他每月的薪酬充其量只够一家吃穿、孩子们的学费和家庭其他的开销。但这位老先生喜欢高攀，喜欢巴结地位比他高的人。经常和两个有钱的白人交往，一个来自恩杰罗，另一个来自恩戈利卡。这两个有钱人常常喜欢到鹿头饭店运动员之角俱乐部或其他只有白人可以去的裂谷夜总会饮酒寻欢作乐。

俗话说，近朱者赤，他坚信和富人交往自己也会富起来，跟着富人走是不会错的，富人的屁是不会臭的。因此有时候富人对他颐指气使，像用人那样使唤他，甚至蔑视性地只用手指头和他握手时，他也不觉得丢脸。

他和这些白人富人交往，长期以来一直就是这样低声下气，毫无尊严可谈。有一天，那位没安好心的恩戈利卡的有钱人通过关系帮他在卡巴齐阿大街的好路段廉价买到一套房子，还帮他在萨姆布戈住宅区附近弄到一块地皮。俗话说，吃人的嘴短，这位老先生在得到这些好处后，投其所好，投桃报李送给他一只美味的“羊羔”，或说一只鲜嫩的“雏鸡”，瓦丽恩尕就是这个老掉了牙的白人富翁垂涎已久的“羊羔”和“雏鸡”。

瓦丽恩尕不知道她早已被“待价而沽”了，因为这个白人并没有像最后一个被落下的旅客追赶已经开出的大巴那样对瓦丽恩尕紧追不舍，而是欲擒故纵，慢慢来，就像吃乌加里，先用手指头试一试看看是否烫手，温度适宜时，再用手抓，然后大口大口地将它吃掉。

这位姑父用心良苦，先是叫瓦丽恩尕放学时顺路到他的市政办公室取点东西带回家，但当她到办公室时和姑父还没有说上两三句话，那位恩戈利卡的白人老东西就突然走了进来，寒暄几句后，白人就说要让他们搭他的车回 58 号小区，或者单独把瓦丽恩尕送到市政屠宰场附近。

有一天，一位同班女生邀请瓦丽恩尕参加一个在巴哈提举行的聚会，到聚会现场时，她发现姑父和那位白人也都在场。聚会结束时，又是白人富翁主动开车将瓦丽恩尕送回 58 号小区。就这样，瓦丽恩尕与这位白人富翁慢慢地相互熟悉了，这老东西为了让她不反感，对她鞍前马后格外殷勤。有一次，瓦丽恩尕放学刚走出校门，远远就看见一辆豪华的奔驰车停在罗莎丽教堂附近的莫伊大道旁边，白人富翁摇开窗户伸出头来向她招手叫她上车，然后就拉着她沿着通往孟讷加伊大坑、纳库卢湖滨和朗加朗加体育场的纳库卢大道闲逛，最后将她送回到市政屠宰场附近。

没过多久，白人富翁开始给她零花钱，还给她钱去看电影和车赛，或参观纳库卢的农业展览。或许她开始没有拒绝白人富翁所做的一切，那么对富翁来说，下一步想干什么就水到渠成了。一来二去，她开始和富翁约会，要么在艾洛斯电影院，要么在奥登恩电影院。

就这样，潜移默化，瓦丽恩尕的品德在不知不觉中发生着变化，她觉得纳库卢这座原来对她来说像谜一样的城市，现在已向她敞开了大门，眼前的世界变得鲜亮起来，处处灯光闪烁，明亮的街灯将宽阔的街道照得通亮迷人。此时，情意绵绵的低语声开始在她耳边回荡："瓦丽恩尕，亲爱的，你怎么还在受书本的折磨呢？只要蜜罐里甜甜的蜜糖已经溢出，枝头的果子已经熟透，该享受时就享受。你知道吗，当今肯尼亚有多少人正在对你垂涎欲滴？"

瓦丽恩尕的翅膀已经长硬，会飞了，想飞了，她放去羞涩，第一次和富翁一起展翅飞翔，直冲云端，耕云播雨，感觉美极了。她一次又一次和富翁比翼双飞，腾云驾雾，在云端遨游，越来越觉得甜蜜，同时越来越觉得坐在豪华的奔驰上有一种妙不可言的感觉。情到浓处，她的这位老富翁不断安慰她：不要担心，他因为太喜欢瓦丽恩尕美丽的大腿和丰满的乳房，已决意和他老婆离婚。

此时，两个放荡的生灵已经如胶似漆，瓦丽恩尕觉得自己羽翼更加丰满了，她也决意和她的老富翁继续遨游太空。

她开始厌烦学校生活，她认为学校就像一条在她翱翔太空飞往天堂享受永恒快乐时将她往回拉的铁链。她那个想上大学攻读理工专业，当一名工程师的美梦就像空中的彩虹，已经转瞬即逝，烟消云散了。每每刚上课，就以秒，以分，以小时计算，盼望着课堂尽快结束；一周伊始，就以天计算，企盼周末尽快到来，以便能与老富翁畅游妙不可言的生活海洋。瓦丽恩尕变了，变得谎话连篇，一次次欺骗姑妈说要去伊乌莫罗格看望父母，其实她是和年龄比她大得多的情人开着奔驰去纳瓦沙度假，他们在水平如镜的纳瓦沙湖泛舟，在风景如画的纳瓦沙湖畔漫步，或观看垂钓，或讨论用什么鱼饵钓什么鱼，笑谈着“大鱼吃小鱼，小鱼吃虾米”的道理。“是的，就是大吃小！”情人狡诈地补充说，说完捏了一下她的腮帮放声大笑。

有一天，他们假装去马阿伊－马希乌狩猎，尽管他们没有狩猎许可证，按惯例，在狩猎前要做一个游戏，叫“猎人与猎物”，狩猎者看到猎物后，可以持枪追赶，穷追不舍，直至猎物筋疲力尽，这样狩猎者就可以上前抓捕猎物，然后对天鸣枪庆祝胜利。

游戏开始，当然是老富翁追瓦丽恩尕，瓦丽恩尕在前头绕着树往前跑，老富翁右手握手枪在后面追，因为瓦丽恩尕年轻，跑起来很轻快，不一会就将老富翁远远地甩在后头，然后在一片灌木丛中藏了起来，老富翁疲惫不堪，喘着粗气生气地喊着她，瓦丽恩尕闻声从树丛中跑了出来，假装很累，也不断喘着粗气表示再也跑不动了，老富翁赶了上来欣喜若狂地将她抓住，然后对天鸣示几枪，表示已胜利抓到猎物。现在换过来，瓦丽恩尕当狩猎者，老富翁当猎物，瓦丽恩尕手握手枪追赶老富翁，瓦丽恩尕一握上手枪，骤然心里就有一种快感，顿觉浑身是劲，飞快地跑过去，不一会就将老富翁抓住了，然后同样对天鸣枪，表示已抓到猎物。有一回，瓦丽恩尕确实是玩累了，还没有抓到老富翁，她想对天鸣枪庆祝胜利，但说来也巧，不知道是什么东西挂了一下她握枪的手，或许是树杈，子弹不偏不倚，打在离老富翁只有一英寸距离的一只已将怀有崽子的羚羊身上，羚羊应声倒下，当即死亡。

老富翁吓得浑身发抖，汗流浃背。瓦丽恩尕后悔不已，放声大哭，因为她从来没有杀过生。她哭着劝说老富翁不要再玩这种游戏了。老富翁皮笑肉不笑地对瓦丽恩尕说，这种游戏还未结束，还要继续玩。因为他看到瓦丽恩尕持枪追他手法还不老练，决定不要再由她追他了，还是由他来追她。

“如果万一你也有闪失呢？”瓦丽恩尕还在抹眼泪。

“不，不可能，我又不是你啰！”瓦丽恩尕听完老富翁这么一说破涕为笑。两人一起放声大笑。其实，老富翁非常喜欢这种游戏。

这个时候，老富翁已经在一家饭店预订了一个临湖的房间，吃完晚饭，早早就进房间睡觉了，然而，是睡觉还是共度良宵，共享床笫之欢呢？不说你也知道。第二天，瓦丽恩尕被老富翁匆匆送往伊乌莫罗格，在汽车站下了车，然后赶紧跑回家，和父母说不到两三分钟的话，又匆匆离开，跑回情人那里。情人又开着他的奔驰车直奔纳瓦沙，在那里他们又在另一家饭店安排了房间，继续他们的衾枕之欢。

然而，乐极生悲。一天早晨，瓦丽恩尕上学路过修女住宅区时，突然感到一阵眩晕，她马上坐了下去，以免摔倒，刚坐下，又感到一阵恶心，并开始呕吐。过了一会，当她觉得不再眩晕和恶心后，又像往常那样继续上学去。她开始时以为呕吐是因为吃东西不合适坏了肚子，但后来每天都这样，而且越来越厉害，还不停地吐酸水。每月很准时的月经突然间也没有了。她心急如焚，心里安慰自己“看下个月吧，也许会来”，可是到了下个月该来的时候，月经还是没有来。

这下子，瓦丽恩尕坐不住了，她惊恐万状。过去她也曾经听到过姑娘怀孕的事，但她万万没想到这事竟然轮到她头上。她知道对于女人来说怀孕是早晚的事，但她没有想到这么早就怀孕。

纸是包不住火的，瞒也瞒不住。她想无论如何必须先将怀孕的事告诉她的情人，因为是他答应要娶她的。这样或者他和老婆离婚，然后娶她，在教堂里堂堂正正地举行婚礼；或者如果不离婚的话，做他的情妇也可以。这样一想心里倒平静了许多。再则，她也看到了，现在的姑娘就是怀孕八个月，挺着大肚子，依然在众目睽睽之下在教堂里举行神圣的婚礼！有一个快要临产的姑娘在赶去教堂举行婚礼的路上突然分娩了。新郎和牧师站在教堂门口迎接新娘，但久等不来，后来知道新娘是不能来了，婚礼只好取消。然而瓦丽恩尕对情人充满期待，因此她对此事就不过于紧张。

周六的一天，老富翁和瓦丽恩尕像往常一样来纳瓦沙饭店共度周末，瓦丽恩尕鼓起勇气把这个秘密告诉了情人。情人一听大惊失色，猛然从座位上跳了起来，就像屁股突然被蜈蚣咬了一口那样，神色紧张地在她周围来回徘徊，没有不承认也没有吭声，甜言蜜语没有了，一夜无语。瓦丽恩尕躺在床上暗暗安慰自己，不要多想，不会有问题了，情人一定会信守诺言的。这一夜她甚至还美美地做了一个梦——她已彻底摆脱了学校、老师、书本、笔墨和没完没了考试的束缚，自由自在地和老富翁——她的丈夫一起享受着家庭的温馨，再也不用到咖啡馆或游乐场所到处游荡，再也没有上学的烦恼了。

第二天早晨，刚刚起床，老富翁一反常态，一席让她永世难忘如重磅炸弹般的恶语对着她劈头盖脸倾泻下来：“为什么你不会像其他女孩那样小心一些呢？为什么你不吃药？为什么不打针或用套呢？为什么你不早告诉我怀孕呢？嗯！我明白了，因为你根本就说不清到底是谁让你怀孕的！”

“我和你相处没有多久，不可能这么快就怀孕吧？是哪个野男人让你怀的孕？滚！现在就滚！找你的野男人去，让他娶你，或者到野外无人的地方把胎打了。我吗，我可以去学校再找一个没有像你那样多事的漂亮的小鲜肉，如果我喜欢，就娶她，等我老了的时候让她伺候我。这就是为什么我们白人老了总爱吃小羔羊，总喜欢找小鲜肉的原因。其实对于我，我只是想玩玩而已。”

老富翁的话如晴天霹雳，让瓦丽恩尕惊呆了，她撕心裂肺，欲哭无泪，不知道是要大哭一场，还是对天长啸，或者干什么！她呆若木鸡，脑子一片空白，就像一个傻子似的坐着一筹莫展。她觉得这个世界突然变了，五彩缤纷的世界已经消失了，原来宽阔平坦流光溢彩的大道变得狭窄，崎岖不平，一片黑暗。奔向天堂的坦途变成了通向地狱通道，蔚蓝迷人的生活海洋变成黑暗苦难的万丈深渊。往日踩过的花团锦簇的地毯原来布满荆棘。原来朝着天堂展翅飞翔的翅膀，已不再是翅膀，而是一条拉着她走向地狱的冰冷铁链。

瓦丽恩尕简直不知道她是如何到了纳库卢汽车站的，也不知道她是如何从葬送她青春的奔驰车上下来的，更不知道那个老富翁是如何在她下车后像逃命似的离开她的……一切的一切如幻如梦，她的灵魂似乎跌进了云雾深处。

瓦丽恩尕呆呆地看着她的“坟墓”在眼前若隐若现，但转瞬即逝，留下来的是一片黑暗。现在她形单影只，被无情地遗弃在无尽的黑夜当中，她的心在崎岖不平布满毒刺的道路上朝着通往地狱大门蹒跚着前行。

瓦丽恩尕不知不觉来到纳库卢汽车站，“然而，通往地狱的路是自愿选择的还是别人逼她的呢？”她站在车站旁边反复问自己。她神思恍惚,四处张望，一会望着艾多雷蒂大道，一会是阿米戈酒吧，一会是肯雅塔大街，一会又是商店……她昏昏然不知所为。

最后，她离开车站，穿过市场，走进一家叫恩杰罗饭店的酒吧，在靠窗的位子坐了下来，要了一杯茶，她想让自己怅然若失的心平静下来。“啊，我的上帝，现在我瓦丽恩尕该到哪里去呢？”她一次又一次默默地问自己。

瓦丽恩尕心里明白，她再也不能求姑妈、姑父、老师，甚至同班的同学们帮忙了，现在她在这个世界上已是孤身一人，举目无亲，想到这，她已无心喝茶，她站了起来，将钱压在桌上，离开了饭店。

她百无聊赖地回到 58 号小区的家，一进门，二话没说，冲进卧室，径直躺倒在床上，心乱如麻，欲哭无泪。她想起这些日子她那么痛苦，却没有一个人出来安慰她，更没有人会对她说："孩子，冷静些，会好的，路靠自己走。"她想尽量控制自己，不要让人看出她内心的痛苦，但越是这样就越痛苦。漫漫长夜，孤灯之下，形影相吊，不禁泪如雨下。她反复问自己："啊，我这个可怜的，我身上怀的这块肉，现在该怎么办呢？"没有人能帮她回答这个问题。

瓦丽恩尔想私下听听学校里同班女同学的意见，但她们都摆出一副事不关己高高挂起的态度，总给她打哈哈，觉得反正不是她们自己的不幸，与她们无关。还好，有一个好心的同学给她讲了一个故事，也算是一种同情；有一个姑娘想打掉自己肚子里的孩子，喝一种拌有茶、奎宁、阿司匹林和其他东西的饮料，结果不但没有打掉孩子，相反自己却疯了。瓦丽恩尔听完这个故事以后心事重重，思想负担更重了。这个世界上没有人能帮助她减轻这个负担，自己走的路，罪只能受。她考虑再三，决定先设法离开学校，躲得远远的，不要再在学校，在纳库卢，甚至在肯尼亚露面了。

有一天，她想起纳库卢有一名曾给许多姑娘做过人流的名医帕特尔大夫。

就在一个周六的早晨，她带着原来情人们给她的一分一厘积攒起来的钱，骗姑妈说要去学校借书，离开了家。

瓦丽恩尔独自一个人穿过米松格路来到兰迪斯大街，往常罗纳德–恩加拉大道是她上学必经之路，这次她不这样走了，而是绕道往城里走。上学时所做的美梦现在却变成了挥之不去的噩梦。她愁肠百结，痛苦万分。原来一个妙龄姑娘的美梦犹如花开花落，在雨季中匆匆盛开怒放，在旱季里瞬间败落凋谢了。

她沿着肯雅塔大街朝邮局和鹿头饭店走去，来到肯尼亚商业银行门口，停住了脚步，然后往左匆匆穿行莫伊大街，来到肯尼亚山书店，走进书店，东翻翻，西翻翻，装作看书，不一会便走出书店，站在书店门口，左右顾盼，犹如惊弓之鸟，当她确信没有熟人看见她时，才放心紧步朝帕特尔大夫诊所走去。此时她觉得全纳库卢的人好像都知道她要来这里干什么，紧张得心快要跳出来了。刚要踏进帕特尔大夫诊所大门，就发现有一个女人正从附近裁缝学校走出来，她是 58 号小区的邻居。瓦丽恩尕顿觉头皮发麻，全身发热，好像偷东西被人发现似的，不顾一切撒腿就跑。

又是一个周六，瓦丽恩尕决定去找一位曾在巴哈里小学和纳库卢全日制中学一起上过学的姑娘。这位姑娘在纳库卢全日制中学读到二年级就辍学了，改在纳库卢总医院的阿内希培训学校学护理。

瓦丽恩尕来到阿内希培训学校，很快就找到这位姑娘。昔日同窗相见格外亲热，天南地北聊了起来，从学校的老师聊到课堂，从同学聊到考试……瓦丽恩尕总想找机会和她说说她的麻烦事，可是话到嘴边又咽了回去，觉得难以启齿。只好随便问了问一些无关紧要的关于护理的问题，还说什么有机会也想学医之类。说完向姑娘道别，姑娘和她边走边聊，一直将她送到直通总统府的纳库卢–内罗毕大道。

瓦丽恩尕目送姑娘转身朝培训学校走去时，顿觉全身就像一摊烂泥，所有关节都不听使唤，快要倒下去了，此时她甚至想大声将那位姑娘喊回来，不要留下她一个人。

她就像一个喝得酩酊大醉的醉汉或者像抽大麻的吸毒者在通往内罗毕的大道旁摇摇晃晃地走着。她昏昏沉沉，麻木不仁，只朦胧觉得一辆辆车在她的身旁呼啸着飞奔而过。夜幕已经降临，城里的一切弥漫在幽蓝色的暮霭之中，路灯已点上，但她全然不觉。她浑浑噩噩，蹒跚着向前，不知路在何方。走着走着，突然和路边的一棵树撞个满怀，她疼痛难忍地喘着粗气紧贴着树站着。

她惨然四顾，突然发现她已经来到了去往巴哈提小学的那条道。她决定顺着这条路往前走去，沿着纳库卢高级中学的校园围墙，再往前，左转直奔孟纳加伊大坑。那是一个深不见底的大坑，当年曾经有一个印巴人开着车冲向大坑自杀身亡。瓦丽恩尕觉得这也是她现在的唯一选择。

过去，那还是在瓦丽恩尕孩提时代，常常听老人说那是一个妖怪们居住的地方，妖怪们常常在凌晨日出之前用斧头砍树烧火，年复一年，年年如此。据说，当年这位印巴人一跳进去就被正在砍树和在树上玩耍的妖怪们抓走了。

瓦丽恩尕不仅希望能像印巴人那样跳下去被妖怪马上抓走，而且希望妖怪能把她带到另一个世界，让她永远消失在纳库卢和人世间。可是她突然又想起在纳库卢高级中学里有一个游泳池，在那里了此残生比在茫茫黑夜中一个人就这样孤零零地死去要好。她沿着小道，黑暗中跌跌撞撞来到纳库卢高级中学门口，从面对巴哈提小学校的大门溜了进去。她穿过几排灯火通明教室，只见学生们正在明亮的灯光下潜心读书。她触景生情，痛苦万分，敦促自己赶紧离开，暗暗祈祷上帝千万不要让正在巡逻的保安或老师们碰见。

过去，在殖民主义统治时期，纳库卢高等学校是一所白人富家子弟的学校，独立以后政府将它改为高收费的男女混合寄宿学校，夜里学生们都要在教室里晚自习。因此瓦丽恩尕能见到一个个神情严肃的学生正在认真地复习功课。她穿过男生宿舍，朝后面的游泳池走去。自从她进了校园以来，一直没有遇见任何人，她觉得这是上帝在保佑她。

瓦丽恩尕在朝游泳池走去的路上穿过最后一排教室，这段路一片黑暗，因为路灯只能照到前面的几排。她摸黑来到游泳池旁，还来不及往下跳，就听到有个人在喊她："喂！你在那里干什么？为什么不在教室里待着？"

瓦丽恩尕一听顿觉毛骨悚然，觉得是孟讷加伊大坑的妖怪来抓她了。不过，真的有妖怪吗？后来她发现原来是学校巡逻的保安，他站在草丛中的黑暗处看着瓦丽恩尕，以为是学校的学生。瓦丽恩尕连自己也不敢相信当时自己能做出如此快速的反应，撒谎说："我是学校的客人，卡玛乌老师是我的兄弟，我来探亲看望他，就住在学校里，这会儿没有什么事，出来遛遛。"

"啊……嗯……"保安哼哼着正慢慢朝游泳池走了过来。瓦丽恩尕觉得保安不太相信她刚才的回答。因此，趁保安没有来到跟前，匆匆离开了游泳池，回头沿着来时的小道，紧步朝通往内罗毕的大道走去。

瓦丽恩尕在回 58 号小区家的路上，一直在想，这是不是天注定的呢，为什么自己担惊受怕的日子多于坦然从容的岁月？为什么自己的人生道路是如此多灾多难？难道还要继续承担这样沉重的压力吗？人生在世求的是什么呢？当生活受到百般磨难，对人生已经失去希望时，难道想结束自己的生命也这么难吗？瓦丽恩尕心灰意冷，颤颤巍巍地来到铁路岔口。

瓦丽恩尕此时又想起当初她和姑妈到孟讷加伊大坑附近山里种地走过这里，也就是在这里铁路的岔口上，她所见到的有人被火车碾死，粉身碎骨，面目全非的情景依然历历在目。当时，这个原来活生生的人就在火车的巨轮碾压下瞬间失去了生命的全部价值，好像从来没有来到过这个人世似的。瓦丽恩尕觉得这种没有痛苦，猛然间就能消失在苦难的人世间的死法，对她来说也许是再合适不过了。因此她决定第二天再到岔口来等着无情的火车带她永远离开这个人世。就在这个夜晚，她辗转反侧，一次又一次无限虔诚地对圣母玛利亚祷告：

啊，圣母玛利亚，
请听听我的祷告，
用耶稣的伤痕将我的灵魂抹弃，
抚平我心灵中的创伤，
接受我的请求吧，阿门。

这个夜晚，瓦丽恩尕的心慢慢平静下来。自从那位恩戈利卡老富翁让她怀孕以后，她痛定思痛，心反而平静了，她甚至低声吟唱那首往日心情轻松时唱的那首歌，不过现在唱是在悔恨和迷茫的时候唱的，听起来更像是一种绝唱：

宁静，内心的一种宁静，

为内心的宁静祈祷，
在您复活的时刻。
在您复活的时刻。

瓦丽恩尔觉得无须为复活自己的灵魂和肉体祈祷，需要祈祷的是自己能尽快在人世间的花名册除名。她盼望尽快在人世间消失，就像从未出生来到过人世那样。她希望死神能尽快将她带走，把她的名字在天上人间的阎王中彻底画掉。

让饥饿难忍的饿汉能果腹，
让疲惫不堪的人得到喘息，
让饥渴难熬的人能止渴，
让万劫不复的我得到安息。

第二天是礼拜天，姑妈和表姐妹约她上圣·罗莎丽教堂做早祷告。瓦丽恩尔托词没有去，说是留在家里给她们做饭。但瓦丽恩尔并没有做饭，而是干干净净洗了个澡，细心梳理了头发，穿戴得漂漂亮亮，好像要出一次远门似的。

上午十点半左右，瓦丽恩尔来到铁路岔口，她万念俱灰，目光呆滞，环视四周，周围空无一人。然而，无巧不成书，就在这时，那晚在纳库卢高等中学游泳池旁见到她的那位保安在岔口上突然碰见了她，两人都用略带惊讶的目光看着对方，无言。保安犹豫了一会，好像要和她说什么，但他没有开口，而是迈步朝 58 号小区的方向走去。

望着他那慢慢远去的背影，瓦丽恩尔默默想道：你再也不能阻止我了……你再也不可能阻止我想做的任何事情了……

就在这时火车自远而近呼啸着飞奔而来，瓦丽恩尔的心开始激烈地跳动，此时此地，她耳边好像传来一声声儿时常常听到的歌声：

呜……呜……奔向乌干达！

呜……呜……奔向乌干达！

呜……呜……奔向乌干达！

火车轰鸣声越来越近，瓦丽恩尕的心跳越来越激烈。

呜……呜……奔向乌干达！

呜……呜……奔向乌干达！

呜……呜……奔向乌干达！

火车冒着白烟，喘着血腥粗气，带着死亡的威胁，由远而近，呼啸而来，好像在呼喊着“再见吧，纳库卢！”

走……

走上前……

迎上去……

瞬间，瓦丽恩尕不顾一切猛冲过去，横躺在钢轨上，双眼紧闭，紧张地默默数着……一……二……三……

走……

走……

走吧……

……四……五……圣玛利亚怜悯我吧……

火车飞速而来，轰隆隆，地动山摇，车轮和钢轨的撞击声震耳欲聋，撼动着瓦丽恩尕那颗脆弱垂死的心……

走……

走……

走吧……

八……九……圣玛利亚……十……带我走……走……走……吧！……

突然间，一只强有力的手将她从钢轨上拉了出来，并将她重重地推倒在地，瞬间火车呼啸而过，朝着内罗毕的方向飞奔而去。她立即昏了过去。然而刺耳的汽笛依然在纳库卢的上空不断地回荡着，好像在愤怒地质问，瓦丽恩尔，来吧，为什么要逃避呢？

瓦丽恩尔不知道是谁救了她，也不知道是怎么把她送回 58 号小区家的。当她醒来时，睁眼一看发现自己正躺在床上，姑妈坐在床边，轻轻地摸着她的头，用无限悲痛和怜悯语气问她 ："怎么啦，孩子？"

瓦丽恩尔含着泪，用柔弱的声音将自己如何遭恩戈利卡老富翁凌辱的故事一枝一叶全部告诉了姑妈……

第六章

1

下午三点，瓦丽恩尕和戛图利亚回到山洞，继续观看现代盗贼和劫匪的比赛。他们以为来晚了，但当他们刚要进门，就看见穆瓦乌拉正倚着墙站在大门口旁边，看到瓦丽恩尕和戛图利亚过来，他赶紧迎了上去，好像正在等着他们。

“我还以为你们不回来了呢！”穆瓦乌拉说，话语中给人感觉好像是他心事重重。

“比赛已经开始了？”戛图利亚问。

“啊，没有，还没有开始！”

“穆图里他们在哪？”瓦丽恩尕问。

穆瓦乌拉没有回答，他站在他们中间，摊开双手，左右轻轻地按了一下他们的肩膀，好像在示意他们不要太张扬，然后带着他们来到大厅里一个不太显眼的角落里站着。他想说什么，但好像怕别人听见，因此左右看了看，看到旁边没有人注意他时，开始用急促的语气低声对他们说：“我们必须赶紧离开这里！”

“为什么呢？”戛图利亚和瓦丽恩尕异口同声地问。

“因为……因为这里将要发生一场混战……”

“昨晚，我的车拉来的这两个人，简直就是疯子，我其实是在自找麻烦。说实在的，昨晚在基内恩杰的时候我就怀疑瓦恩嘎丽和穆图里不是好人。今天早晨，如果是我，我就不会允许他们两人进入这么多重要人物和外国贵宾云集的地方。像瓦恩嘎丽和穆图里这样的人只能给那些重要人物带来麻烦……我在想，像他们这种人在场的肯定不只他们俩。”

“我们出去吃午饭时到底发生了什么事情？”戛图利亚问，“难道你们也想像那个瘦高个那样被驱逐出会场了吗？”

“瓦恩嘎丽和穆图里到哪去了？”瓦丽恩尔迫不及待地问，她希望尽快知道事情的真相，“这样天大的重要事情，你为什么要拐弯抹角，口气像变色龙那样变来变去呢？”

“那好吧，我就把事情全部告诉你们，听完后，我们可以商量商量，看看该怎么办。”穆瓦乌拉开始将事情发生的过程一五一十地告诉了他们。

2

“上午，主持人宣布会议结束后，你们走了。过了一会，我们也从洞里走了出来，相互议论着：‘走吧，我们去找点吃的，填填肚子。洞里吃的太贵，我们去耶路撒吧，吃烤肉去！’因此他们就一起坐我的三轮车来到耶路撒，我们找到了一家叫希尔顿的小烤肉店，名字很好听，但进去一看，真是脏乱差，垃圾满地，苍蝇满天飞。我们要了两磅肉，我和穆图里费用 AA 制，他付一半，我付一半。然后我们又来到后面的另一家小啤酒屋，肉没有烤好之前，先坐下喝啤酒，我要了图斯卡啤酒，穆图里要了一瓶白帽牌啤酒，瓦恩嘎丽则要了一瓶塔利诺牌啤酒，我们边喝边聊，穆图里先开口说话：‘我想接着穆瓦乌拉昨晚在三轮车里说的话题继续说下去。我不是吹，我见多识广，在这个世界上千奇百怪的事我见多了，我在我们的肯尼亚国内什么工作都干过，许多地方都去过，经历无数，在纳库卢一所学校里当保安时还救过一位想自杀的姑娘。当时天已经黑了，我就在游泳池附近巡逻，看到有一个姑娘正蹑手蹑脚来到游泳池边，惶恐不安地望着游泳池。我看她有些不正常，就问她这么晚了来这干什么，她骗我说，她的兄弟是学校的老师，她来看望他。说完就匆匆离开了。说来也巧，第二天我又遇见了她，当时她正神色紧张地站在铁路的岔口上，一看她那种神态就知道她想干什么。当时我是要到裂谷那边去玩，正好路过那里，开始没有留意，我一直往前走，当我走到离58号小区不远时，真是鬼使神差，我偶然一回头，看见事情不对头，因此就立刻回头拼命跑过去，在火车即将飞奔而过的那一刻，将她从死亡线上拉了出来，我还没有松手她就已经失去了知觉。我不知所措，慌乱之中在她的口袋里发现有一个信封，信封明明白白地写着她在58号小区家的地址，因此我就把她送回了家，然后就走了……你们知道吗，为什么我要提起这件事，因为在洞里从未有过的所见所闻给了我很大的触动。'"

戛图利亚和瓦丽恩尕互相用局促不安的眼神看着对方，心里各自在想，这事真是太神了！简直不可思议！

穆瓦乌拉继续说："后来瓦恩嘎丽也插嘴说：'啊，是真的吗，我们这块土地既出产盗贼又出产巫师？我有生以来从未见过像在洞里发生的那些怪事。'

"我没有吭声，因为我相信偷盗如果不是太过火不算是什么坏事，抢劫如果不引起众怒也不是什么坏事。"

"穆图里开始说话：'但你不觉得盗贼和劫匪比巫师更坏吗？'

"我不同意他的这种说法，我告诉他：'巫师比盗贼更坏，盗贼一般只偷你的财产，不偷你的心，留着心是可以再创造财富的。但是巫师是毁灭你的灵魂，让你不明不白死去，然后留下的财富让别人享用。盗贼偷的是财产，巫师偷的是灵魂和生命。'

"这时，用果木盘子盛着的烤肉送了上来，不要看店脏，但肉烤得真好，味道好极了，我拿起刀叉将烤肉切成一小片一小片，一边美滋滋地享受着一边听穆图里给我们讲盗贼和巫师的故事。

"很久很久以前，在一个村庄里，有一个无恶不作的盗贼，将整个村庄闹得鸡犬不宁，因为他非常狡猾，尽管累累作案，但就是抓不到他。话说就在同一个村庄，有一个让村民们谈虎色变的巫师，巫术很高明，远近闻名，远远超过著名的巫师咖弥厉。有一天，村里的长老们聚集在广场商量如何对付这个狡猾的盗贼，他们决定请巫师出面用符咒迷惑盗贼，然后将他置于死地。巫师被请来后，对长老们自吹说这只是小事一桩。因此头天晚上他就事先准备好了占卜用的迷幻药水，葫芦和坚果等其他一切用品，然后就睡觉去了。第二天早晨，他醒来时突然发现，他事先准备的占卜用品全被那位盗贼偷走了。巫师不服，又准备了一些占卜用品，但不管他如何用心防范，最终还是被那位盗贼偷走了。你猜巫师后来怎么办？他夹起尾巴，灰溜溜地从村里搬走了。就这样，不管巫师多么高明，盗贼对他依然累偷得手，逼得巫师不得不从村庄搬走，你说到底是巫师坏还是盗贼坏？听说盗贼连他母亲的东西都偷！他就像人们常说的那个无恶不作的白人。

“这时候瓦恩嘎丽开始说话，她说：‘但是，我认为，当今社会，盗贼比巫师更可恶更坏，他们竟然将外国人叫了进来偷盗掠夺自己的祖国母亲，然后再向这帮外国的江洋大盗乞讨一杯残羹剩饭。总而言之，盗贼和巫师都不是什么好东西，盗贼偷盗你的土地，你的房产，你的一切财富，这不等于将你置于死地吗？巫师尽管不直接偷盗你的财富，但他毁灭你的灵魂，要你的命，这不就等于偷盗和掠夺了你的一切财富吗？因此可以说盗贼就是巫师，巫师就是盗贼，他们是一丘之貉。基库尤人都对此深信不疑，因此对盗贼和巫师的惩罚古往今来一样严厉：用干芭蕉叶活活烧死或用毒蜂群咬后在山坡上滚死。’

“吃完肉喝完酒，我告诉他们俩说该回洞里了，不要迟到，因为我们还要参加下午那场比赛。

“没有想到，这个时候瓦恩嘎丽就像疯了似的大声说，她不回洞里了，她要去伊乌莫罗格的警察站。我问她：‘你去干什么？’她回答说：‘诺言就是债务。不能让这些盗贼劫匪们在洞里无法无天，更不能就这样没有事了！’我说：‘昨晚我们在聊天时，你就已经这样想的吗？’她说，她是有良心，忠于祖国的公民，她要去报案，有责任和警察一起铲除这些殃国祸民的盗贼劫匪。难道警察不会只是抓那些仅仅是在市场上抢女人的钱包，偷人五个先令，或者偷村里的几只鸡的小偷小摸，而不去抓那些偷盗和抢掠国家和人民财富的大盗吧？我尽力说服她不要这样做，我告诉她：‘你不要去搅乱他们的盛宴，你有足够的证据吗？瓦恩嘎丽，请记住，事情往往会发生意想不到的变化，有理会变成无理，原告会变成被告。’瓦恩嘎丽不同意我的看法，她说：‘如果人们见到盗贼劫匪偷盗抢劫时都保持沉默，或闭上眼睛，或转过脸去，视而不见，那么在我们这个国家里盗贼劫匪什么时候能绝迹呢？’我不想和她争论，让她去！傻子打官司永远会是悬而未决。如果傻子和精明人争论不休，人们会认为他们俩没有什么区别，都是傻子。人之命大注定！

“这个时候，穆图里没吭声，默默地听着我和瓦恩嘎丽的争论。你们都知道，常言道于无声处听惊雷，不在沉默中消亡，就在沉默中爆发。沉默中的穆图里终于爆发了。他突然对我说要和瓦恩嘎丽一起协助警察抓捕这帮盗贼劫匪时，当时我简直是不敢相信我的耳朵，你们很难想象我当时惊讶的程度！我没有好气地问他：‘你想怎么办？你要帮她？’他说他要到耶路撒城里，号召各处的工人和失业的人们跟着他到盗贼和劫匪举行比赛的山洞，让他们亲眼看看是谁盗窃和掠夺他们财富的，让他们知道他们的财富就是被这伙强盗掠夺走的，现在只有他们有权收回被他们偷盗和掠夺的财富。

“我又和穆图里争论起来：‘穆图里，你要当心不要被一个赶时髦的女人的突发奇想拖住你的后腿，否则你就会像是一个瘸脚的残疾人。你再看看那个穆雷夫·瓦·基尼亚库吉是如何像垃圾一样被扫出会场的吧，其实他也不是一个仅仅偷几个先令买点蛋糕解馋的小偷，留在洞里的也绝不会是偷鸡摸狗的小偷，他们都是大名鼎鼎、货真价实的大盗。因此不要去找他们的麻烦。’

“穆图里摇着头说：‘我不同意你的说法，基库尤人常说，睡着的人不要叫醒他，他醒了，你也就睡着了。瓦恩嘎丽说得对，看到国内盗贼横行，你却视而不见，这不是无形中在包庇和支持这帮盗贼劫匪吗？包庇盗贼的人与盗贼无异；偷鸡摸狗的穷小偷往往成了那些肆无忌惮偷盗和抢劫老百姓财富的富大盗的挡箭牌。基库尤人为什么这样说呢？因为我们经常看到的是那些披着麻袋片的穷小偷，他们贫困潦倒，衣不蔽体，饥寒交迫，因此我们往往不认为他们是偷。过去，基库尤人有这样一个习惯，即从不计较和驱赶那些因为饥渴跑到地里偷甘蔗然后原地坐下来大大方方啃甘蔗或者到番薯地里偷挖番薯然后旁若无人地点火烤着吃，吃完就走也不多拿的小偷。但是那些现代盗贼，他们不劳而获，窃夺农民辛辛苦苦耕种的粮食，还请来欧洲的所谓贵宾一起收获，然后将收获的粮食囤积在外国人的粮仓里，让那些耕种者活活饿死。更有甚者，他们还在光天化日之下强夺牧人的肥羊，就地在牧场里宰了吃，吃不完的，连吃带拿扬长而去。这些盗贼抢匪难道不更令人深恶痛绝吗？因此，过一会让我们看看洞里的热闹吧，看看盗贼劫匪被工人农民抓捕时那种腆着大肚像火鸡那样四处逃窜的狼狈相吧。穆瓦乌拉，难道我们还要等什么其他证据吗？不，赶晚不如赶早，蜂巢破了，蜜蜂就飞走了，赶早市，能早不晚，晚了，太阳一出来，菜就晒蔫了。

来，都来吧，
看看这场精彩的表演，
赶走妖魔鬼怪，
和它们的信徒们！
来，都来吧！

瓦恩嘎丽，你去警察站，我想，他们是不会理睬你的。但是，妈管不了儿，总有人管儿。你既然坚持这样，那你走你的，我走我的，我们各自有高招，目标是一致的，我们在洞里见。’

“穆图里讲完，双眼紧盯着我，好像希望我反驳他。我不想沉默认可，我也是男子汉，我也将双眼睁得滚圆盯着他，斩钉截铁地回答他：‘我绝不会去添乱。人往往口是心非，穆图里和瓦恩嘎丽，我劝你们不要去干预他们的事情，你们要知道，一进去就难以脱身了，就像俗话说的，白纸写黑字，写上了，就难以涂掉了。当然啰，盗贼不抓，他们就会继续去偷。’穆图里马上回答说：‘是的，是的，所以必须将所有的盗贼劫匪都抓起来，绳之以法，一个也不能漏……’

“这就是我为什么离开那两个疯子的原因。我想我必须赶紧赶回洞里，提前到这里来等你们，以便提醒你们不要不明不白地被卷进这场混乱之中。我给你们说这些是想告诉你们必须赶紧离开这里回内罗毕，我车里这点油已经足够带你们回内罗毕了。我还想找到姆韦雷利·瓦·穆基拉伊，提醒他并告诉其他人在警察和工人过来以前赶紧逃离现场。但穆图里和瓦恩嘎丽不想这样！”

穆瓦乌拉讲完这些故事后，惊骇失措地左顾右盼着，生怕警察和工人们会突然出现。穆图里和瓦恩嘎丽莫名地相互瞥了对方一眼，他们不知道穆瓦乌拉到底是什么意思，是同情还是赞赏他们的做法。

“没有事的，不用担心，”戛图利亚说，“我们进去吧，看看会发生什么事情。”

“你不认为我们最好还是提醒一下会场里的人吗？”穆瓦乌拉说。

“不，不行！”戛图利亚马上回应说，“我们最好不要有任何倾向，不倾向任何一方，我们只是旁观者。”

她们正朝洞里走去，瓦丽恩尕更是心事重重，心里想：“难怪他们说地球是圆的，这个世界真的太小了，没有想到在这又遇见曾经将她从死亡线上救出来的穆图里！穆图里到底是什么人呢？”当她们来到洞门口附近时，穆瓦乌拉突然从旁边用力拉了一下戛图利亚的袖口，俩人同时停住了脚步，瓦丽恩尕回头一看他们没有跟上来，就在洞门口等着他们。

穆瓦乌拉低声对戛图利亚说：“听着，尽管你说我们是旁观者，不偏向哪一方，但我还是要去参加比赛……”

“那就只剩下我和瓦丽恩尕是旁观者了？”戛图利亚问他时差点笑出来。

“是这样。”穆瓦乌拉说，“是你们自己想这样。”

“我们是去报案，还是留下来？”戛图利亚问他。

“我想要给他们露一手比他们更高超的偷盗抢劫技术和技巧。你看行吗？”穆瓦乌拉问戛图利亚，他语气缓和了下来，好像要得到他的允许似的。

“好，行……我不是告诉过你我是旁观者吗？如果有机会，你就参加，跳上舞台露一手，试试运气。如果想超过别人，除了你自己的才能以外，还得让外国人教你一招才行……不过我不给你出主意，你还是按你自己的想法做，主意你自己拿。”戛图利亚玩深沉，有意留一手。

穆瓦乌拉听完戛图利亚这么一说，心里倒是很受用，他和戛图利亚说话也热情起来……

“你说得对，我说还是像你那样有文化好。就像穆图里和瓦恩嘎丽总觉得我不行，其实是他们见识太少了，他们根本就不懂地球到底为什么会转。我觉得你呀，好像哪一方你都不袒护，话虽不多，但很中肯，说得我很爱听；话说回来，最重要的是做事得有能耐……我还是我行我素，不违背我的意愿，过去怎么做，现在就怎么做……你一定也记得昨晚我们在车上时姆韦雷利·瓦·穆基拉伊是怎么对我们说的……他真是一个有才能的人……”

姆韦雷利·瓦·穆基拉伊的陈述

“……白人曾用英文说，时间就是金钱，斯瓦希里语也是这么说的，时间就是金钱，所以我的陈述不想占用大家太多的时间。

“关于我的家庭么……我只有一个老婆，她的文化程度很高，受过良好的教育，有家庭经济学文凭。

“关于小情人，目前一个也没有，有时候寂寞了，我会勾引一两个白人或印度姑娘，对于女人，只要我喜欢，没有种族歧视。我认为，漂亮的女人没有年龄之分，没有种族之分，也没有国别之分，因为她们是公众情人。因此无论遇到欧裔姑娘，还是亚裔姑娘，只要是漂亮好玩，同时她也喜欢玩，我就不失时机地尽情和她寻欢作乐，这样彼此都得到满足，为什么不呢？

“关于孩子，我只有两个孩子，一男一女，我们也不想再要了。我觉得计划生育政策是很好的。生几个孩子，能不能养得起，做父母的应该有计划，不能像耗子那样生一大群，吃不好穿不好。我本人是国际计划生育协会成员，总部就在纽约，让我告诉你们，孩子的无计划增长是我们最大的敌人，人口的不断增长与我们自身的利益相违背，你们想想，假如这个世界由你和老婆来管，你懂我是什么意思吗？我的意思是，人口像蝗虫那样大量增长是对人类最人的威胁，这些人来到这个世界必然要吃，要穿，要住，如果这些人找不到工作，得不到吃的，买不起衣服，你看看，你能阻止他们不组织起来拿起刀枪来造我们这些吃足喝饱了的人的反吗？我们国际计划生育协会的一个职责是设法减少世界上民族间的冲突，尤其是那些偷盗和掠夺别人财富的人和被偷盗和掠夺财富的人之间的冲突。这就是我们这个协会为什么要坚持：要让穷人的妻子和我们这些人的妻子根据自己家里的能力——家里粮食的多少、财富的多寡或者薪水的多少来决定养多少孩子。一个人如果没有工作，没有任何收入，他怎么能娶妻生子呢？

“关于教育情况……这里我请大家原谅……如果谈到我受教育的情况，你们千万不要说我是在吹牛……我受过许多教育，我口袋里有三个文凭，或者说在我的脑袋里。你们不要用一个人的长相来衡量一个人的学识和特长，学识和特长与长相无关，名誉地位也与长相无关。一个人的聪明才智是天生的，不是从市场上买来的。如果有人不相信，我可以给他名片，在名片中你可以看到我的一大堆头衔：麦克雷雷大学经济管理学士，内罗毕大学公共关系学士，美国哈佛大学文硕士，英国皇家国际企业管理协会会员，最后一项不是学位，是职务，是授予的头衔。你们从我的名片中可以看出我的特长是经贸管理。这两门学科的知识全在我脑子里。尽管我这个人其貌不扬，但我说过学识和特长与长相无关。

“我不相信一切外国意识形态，但我赞成现代偷盗和抢劫的思想。但是，为了让你们了解我……”

还没有等他继续陈述，突然有一个人站起来打断了他的陈述。这个人今天早晨在从三轮车下来的人中间看见了姆韦雷利 · 瓦 · 穆基拉伊，他怀疑姆韦雷利 · 瓦 · 穆基拉伊是不是够资格参加这种最佳盗贼劫匪的选拔赛。

“主席先生，刚才发言人在台上滔滔不绝地给我们大家介绍了他口袋里的各种文凭，这太好了，因为盗窃和抢劫这一行也需要有文化的人。但是，主席先生，请记住，人总是拣好的说，这个发言人能不能先告诉我们，他开的是什么车？他老婆去逛市场和商店时开的是什么车？我们清楚，这牵涉到他的名声问题。至于他所讲的关于教育的故事我认为都是编造的。”

这个人说完坐了下来，在场的人对他报以热烈的掌声。

姆韦雷利 · 瓦 · 穆基拉伊不知道这个人今天早晨在他从三轮车下来时看见了他，他一下子蒙了，不知道该从何说起。好多人都在起哄，大声对他喊叫：“车！告诉我们你有多少辆车，让我们看看你的驾照……你的驾驶执照……”

“主席先生，”姆韦雷利 · 瓦 · 穆基拉伊回应说：“非常抱歉，刚才我没有谈到这个问题……我只有一辆标致 504，是一辆跑车，速度非常快！比箭还快……这辆车现在我老婆在用。我已经答应给她再买一辆载重量两吨的丰田海拉克斯，她可以开着去市场买菜或去商店购物。”

刚才站起来打断他发言的那个人再次打断他的讲话。

“主席先生，姆韦雷利先生能告诉我们开着这样一辆标致 504 老爷车来参加这次比赛在路上熄不熄火吗？”

会场上再次报以热烈的掌声。这掌声好像是对他一种鼓舞，鼓励他继续为难姆韦雷利。

“是的！他能告诉我们今天早晨是坐什么车到山洞里来的吗？昨天又是什么车将他带到伊乌莫罗格的吗？是不是开别人的车来的？主席先生，只有可怜的一辆车，并自吹比箭快的人能站在台上对着这些精英们自吹自己有比别人高超的偷盗抢劫的手段吗？我提议将他和他那些捡来的文凭一起扔出去，就像穆雷夫·瓦·基尼亚库吉那样，将他扔出去，扔得远远的……”

这个人说完重新坐了下来。姆韦雷利·瓦·穆基拉伊满头大汗，他从口袋里掏出手绢不断擦着脸，轻轻地咳了一声，清了清嗓子，睁大眼睛盯了一下在场的人们，然后坦然地提高嗓门开始回应说：

“主席先生，确实，我没有开我自己的车来……但是，主席先生，你是认识我的，甚至也认得我的车……我不是在内罗毕负责分发盛宴请柬的主要负责人之一吗？”

“嗯！姆韦雷利·瓦·穆基拉伊！”主持人打断他的话说，“对于你刚才说的，我要提醒你，车是一个人身份的象征，没有车就等于没有身份。连我自己也有这种体会，有一天我简直认不出我的老婆了……为什么？因为她走路来找我，将车放在家里了……如果说因为我老婆没有车，我连自己的老婆差点都认不出来了。那么你想想，你没有车，我能认出你来吗？让他们看看你的车证吧，比赛就可以继续进行了。”

“主席先生，”姆韦雷利极力为自己辩护说，“主席先生，我的车在基库尤坏掉了，我将它停在翁迪利饭店的外面，我刚才还给饭店打电话问他们我的车在不在饭店那里，他们说在。因此我只能坐穆瓦乌拉的三轮车到这里来了，不信你们可以问车主。我告诉你们我的车坏了，你们不要以为我在撒谎，也不要认为我出行只能坐三轮车。罗宾·穆瓦乌拉，请你站起来给他们说说……”

罗宾·穆瓦乌拉站了起来，姆韦雷利·瓦·穆基拉伊开始和他对话，两人一问一答，好像是法院在开始审理案件。

穆基拉伊：你叫什么名字？

穆瓦乌拉：罗宾·穆瓦乌拉，简称穆瓦乌拉。

穆基拉伊：你自己有一辆三轮车？

穆瓦乌拉：是的，我有一辆MMM333福特T牌三轮车，如果想听小道消息或者谣言，就来坐我的车……

穆基拉伊：你还记得昨晚发生的事吗？

穆瓦乌拉：是的，当然记得。

穆基拉伊：那就请你将我昨晚的情况如实地告诉在座的尊贵的客人们。

穆瓦乌拉：大约是在黄昏六点左右，我来到了基库尤附近的西贡纳高尔夫俱乐部，还没有到恩杰古伊尼，我就看见你站在公共汽车站旁边，这时候我车里有四位来自内罗毕的乘客。

穆基拉伊：当时我告诉过你我车坏了的事吗？

穆瓦乌拉：是的，你告诉我你的标致504坏在基库尤了，你把它放在翁迪利饭店附近，因此你就在路上徘徊，看看能不能尽快找到可以搭乘的车，以便能及时赶到比赛现场……

就在这时，又有一个人站起来说：主席先生，我们不是来听审案的，让姆韦雷利·瓦·穆基拉伊继续讲他的盗窃和抢劫的故事吧，他的面部表情已经越来越像标致504了，如果他真的没有这种车是不会这样的。说完坐了下来。

姆韦雷利·瓦·穆基拉伊听完这话紧张的情绪放松下来。

“感谢穆瓦乌拉，在场的贵宾们现在明白了，”他对穆瓦乌拉说，“现在你可以坐下了。”

但是罗宾·穆瓦乌拉并没有坐下，人们转过头用质疑的目光看着他。

“主席先生，外国贵宾们，长老们，”穆瓦乌拉继续说，“请允许我说一句，我也想参加这场比赛，热血男儿志在疆场，我要与精英们一比高低，决一雌雄。在我没有正式陈述以前，我想先告诉大家，其实我从事盗窃和抢劫的历史很长，在全国紧急状态以前我就已经开始了，首先我要提醒大家的是不要让一些节外生枝的事搅乱我们的这场盛宴。上午十点左右我找到姆韦雷利·瓦·穆基拉伊时，告诉他可能有两个人，一个是工人，一个看来像农民的女人，他们想来搅局，搅乱这场盛宴。他们很没有良心，其实他们是盛宴的策划人之一姆韦雷利·瓦·穆基拉伊送给他们的票，把他们请来的……”

好几个人突然站了出来，对此事指手画脚，议论纷纷。其中有一个人声音最大，大家听到他说，他们来到这洞里不是来讨论什么工人或农村乡巴佬的事，请穆瓦乌拉坐下去，不要再啰唆了，尽快让比赛继续进行。

穆瓦乌拉无可奈何地坐了下来，心想：“穆图里是坐他的车一起来的，现在不能把他捅出去。”尽管如此，他依然在想，虽然他们把他贬得一钱不值，但如果他把穆图里和瓦恩嘎丽的秘密捅出去，他也许还可以继续参赛，成为夺冠的明星，想到这，他的心情犹如天气阴转晴，开始又有了信心。他用三句谚语鼓励自己：乞丐不嫌富人屁臭；耐心才能抱得美人归；人在屋檐下，哪能不低头。

在场的许多人正竖起耳朵想继续听穆基拉伊讲下去，穆基拉伊看在眼里，紧绷着的脸也慢慢松懈了下来，脸上豆大的汗珠也消失了。

下面是姆韦雷利·瓦·穆基拉伊对于获得的麦克雷雷大学经济管理学士、内罗毕大学公共关系学士、美国哈佛大学汽车管理硕士、英国皇家国际企业管理协会会员等各种文凭和职务的陈述。

“我想从刚才被打断的话题接着继续说，对一个人的评价不一定要看他到底有多少辆车……关键在于他所拥有车的车型。大戏从开场锣鼓开始，大河从小溪开始，涓涓细流汇成无数小溪，无数小溪汇成用舟楫才能横渡的大河。我们所要关注的是一个人的信仰，也就是立场——关于现代偷盗和抢劫的立场……关于如何开发和剥削民族财富的立场。

“现代精英懂得怎么进行创新投资，也就是说他们能不断更新思维，增长才干，以获取越来越多的财富。这些精英们有智慧和能力获得利益的最大化，他们懂得利润率，更具体点说：今天你可以偷五个先令，明天，毫无疑义，你将可以偷更多，比如说十个先令，后天是十五个先令，大后天就是二十先令；

这就意味着你的偷盗和抢劫规模越来越大，就这样你的财富就会一天天快速增长，就像攀登天梯。利润是要与日俱增的，用英文说，创造条件，确保利润率不断攀升。这就是说你必须有智商和能力判断哪块土地是沃土，利润率不会低于昨天的水平或者原地踏步。那么，如果我们不无情地去剥削工人农民，到哪里去得到这块沃土呢？

“亲爱的朋友们，现代盗窃和抢劫有两种，一种是国内的，这些人是偷盗和抢劫的专家，专门大肆偷盗和抢劫本国工人农民的财富，无情地剥削他们的血汗。另一种是国际盗窃和抢劫，他们堂而皇之从一个国家来到另一个国家，无情偷盗和抢劫那个国家的老百姓财富，然后将剥削和掠夺来的财物转回国内，受益于本国，而让受盘剥的国家和人民生活在水深火热之中。这就是说，他们不仅仅偷盗和抢劫本国工人农民的财富，同时也偷盗抢劫别国工人农民的财富。这还不够，他们还会跨越国界，来到另一个国家，如此这般，重复一遍。这些国际盗窃抢劫精英们是地地道道的两面派，当今，他们在偷盗抢劫本国的工人农民的同时，又开始涉足非洲、亚洲和拉丁美洲，手段如出一辙，继续贪婪地偷盗和抢劫本地的工人农民，然后将盘剥来的财物转回国内囤积在仓库里。那些国内同伙们还和这些国际盗窃抢劫精英们相互勾结，不断给他们提供情报。有时候国际盗窃抢劫精英们还会在盘剥的国家建立基地和仓库，雇用本地的同伙做代理，看管他们偷盗抢劫来的财产。

“这就告诉我们，这些外国人来我们国家建基地，建仓库，他们本意就是用各种手段偷盗和抢劫我们的财富，然后送回美国、欧洲和日本。

“就我，姆韦雷利·瓦·穆基拉伊个人而言，我赞成上面所提到的第一种盗贼劫匪形式，这些偷盗和抢劫的精英和专家们在偷盗和抢掠本国人民的血汗后，他们只是将盘剥的财富留在国内享用。但是对于我所提到的第二种，即外国的盗窃抢劫精英，在我们当中某些人的帮助下疯狂掠夺老百姓的财富，雇用这些人帮他看管掠夺来的财富。我说，不，这样不行，一千个不行！

“我们本国的偷盗抢劫精英和专家们不一定同意外国的同行们抢劫偷盗我们国家老百姓的财富，然后又帮助他们将盘剥来的财富送往他们国家，受益于他们国家。给我们留下的是少得可怜的残羹剩饭，他们吃肉，我们啃骨头！

“为什么我这样说呢？”

“这里我就直截了当地给你们讲已经发生和将要发生的故事！你别看那些人文质彬彬地抽着雪茄叼着烟斗，其实他们狡猾得很。

“我，姆韦雷利·瓦·穆基拉伊完全是从剥削工人农民的血和汗中懂得了偷盗和抢劫的深刻含义的，用英文叫作资本主义。这就是说：老百姓种上庄稼，成熟了，该收获了，这时，有能耐的富人就来了……五个有能耐的富人吸吮着五十个劳动者的血和汗，这些手段我都学会了，我不需要任何人来教我。我坚信今天在座的各位都相信自己完全有能力在我们自己的国家建基地、建仓库，把我们偷盗抢劫老百姓血汗换来的财产存放在我们自己的仓库里。即我们给我们自己建，不需要任何外国人的帮助。心里有话，不吐不快，我想再说一遍，我的意思是我们可以自力更生，不让外国人来瓜分我们剥削老百姓血汗得来财物，我们要结束与外国人共享抢劫掠夺成果的做法。也就是说在偷盗抢劫了我们的老百姓或者说我们的奴隶用血汗换来的财富以后，不要以为外国人曾给我们留下残羹剩饭，我们就应该把所有我们偷盗抢劫来的财富送给他们，然后只留一点点给我们自己，其他一大部分我们还帮他们送回他们的国家！我们要问，为什么他们不允许我们到他们的国家去偷，然后将从他们那里偷盗和抢劫来的财物运回我们国内呢？为什么他们不让我们在他们国家建基地、建仓库呢？这样我们不就有话语权来决定如何分配我们偷盗抢劫他们国家人民血汗得来的财富，留一点点给他们，其余大部分我们运回国内，受益于我们的国家吗？

“因此最好我们自己偷盗自己，将偷盗财富留在我们国内，肥水不流外人田，这些被盗的财富就可以在国内造就十个百万富翁。这样一来我们就可以哄骗老百姓说：‘公民们，不要抱怨，当时外国人剥削你们，你们抱怨，你们坐卧不安！公民们，现在不同了，你们应该为用你们的血汗已经造就了本土的十个百万富翁而感到高兴。’

“我不善辞令，前面已经说过，没有更多要说了，主要是想说说我是如何与外国偷盗者在国内建立的银行进行抗争的。

“我从学校毕业以后，曾先后在许多家外国白人公司工作。在国内没有几家外国公司我没有工作过的，石油公司、医药公司、咖啡茶叶加工公司、贷款公司、旅游饭店、汽车销售公司以及几家农业公司都曾先后雇用过我，在这些公司中我当过销售经理，还当过人事经理，总之没有离开过公共关系这一行。

“但在这些公司中我从未进入过他们内部的决策层，例如公司的财务、分红、规划和宣传等从来不让我过问，这些涉及公司秘密的事情全由外国人自己掌控着。

“但是一遇到麻烦事，如工人为争取基本权利闹事啦，某议员为工人要求增加工资辩护啦，政府发布条例限制外国人的利益啦等，公司就让我代表外国人出面协调，为了让那些大人物不吭声，我就得给他们送大把大把的钱，或者给他们送厚礼，比如说房子。总之我要千方百计通过各种渠道，将成捆的钱和好酒送给大人物，让他们不吭声。这就是我日常的工作和生活。有时候外国人为装点自己，会在一些公开场合捐点小钱，钱和厚礼对平息事端就像耍魔术！

“有一天，我曾扪心自问，外国人雇用我是看中我个人能力呢，还是我的黑皮肤？他们是买我的能力呢，还是买我的肤色？有时候我更觉得他们是把我当作他们公司的一个大橱窗。从公司门口走过的公民们透过硕大的橱窗往往只看见我，而看不见外国人，他们就会误认为这家公司是本国公司，与公民利益相连。由此，他们也就对这些其实是外国人办的公司的偷盗掠夺感到释然。甚至心里还会暗暗鼓励自己：只要我们不被吸干，我们就有可能慢慢富起来。

“我告诉自己：一个国家的财富是靠劳动者的血汗积累起来的，没有劳动者的智慧和勤劳就没有财富。外国人给我们带来什么呢？他们带来的只是一点机器，也许还有一点资金，以支付工人头一个月的工资。这点工资就像一种投给猩猩的诱饵，诱骗它们，然后偷偷把它们的孩子抱走。他们的机器就像一个捕鼠器，工资就像诱饵，把诱饵挂在捕鼠器上，投器引鼠；或者说他们的机器就是钓鱼的鱼钩，工资就是鱼饵，把鱼饵勾在鱼钩上，引鱼上钩；他们的机器就像一部压榨机，无情地压榨工人的血汗。他们的银行就像一个无底的装钱的容器——葫芦、铁罐、鼓——他们的银行就是榨取老百姓血汗的工具。

“我曾问自己：姆韦雷利·瓦·穆基拉伊！你怎么能赞成那些外国人在压榨他们本国的老百姓后又来剥削我们的老百姓呢？难道你们那里就不能像外国人那样，先给老百姓一点甜头，然后就让老百姓心安理得地安于受压榨吗？难道只有外国人懂得怎么压榨和掠夺老白姓的财富吗？难道你，穆基拉伊就没有能力亲自吸吮你那里的老百姓血汗吗？你就不能制造一些产品或加工点什么产品，卖给老百姓，获取暴利吗？我们不要外国剥削者！我们国内自己就有剥削阶级！

“我发自内心地对着外国人大声喊叫：‘我们要和你们这些骗子斗争到底！我要让他们明白我们国内自己就有许多精通现代偷盗和抢劫术的能人。你们这些外国的盗贼劫匪迟早要滚回国，去偷盗抢劫你们自己的母亲！我要留下女人们的大腿自己玩。’

“我辞职了。但人穷气短，我不得不到一家外国银行借贷……以便我也能照样画葫芦，先给个人一点甜头，然后我用贷款买机器压榨他们的血汗！

“我开办了一家食品油加工厂，用野菜籽做原料。请你们耐心听我讲！不久问题就来了，这是我步入困境的开始，同时也是我认识世道险恶的开始；当我的食用油生产出来并推向市场，我发现外国人已经捷足先登，他们进口的食用油充斥了整个市场，更槽糕的是，为了压我的货，他们的油品开始降价。我心里明白，我，姆韦雷利 · 瓦 · 穆基拉伊，这样下去，非破产不可，我赶紧把工厂连同机器全都卖了，也都是这帮外国佬买走的！

“后来我开了一家生产润肤美白霜的工厂，它能将黑皮肤变成像白人那样白。我在想：‘既然外国人能生产这种玩意发财致富糟蹋我们妇女们的皮肤，为什么我不能干这种勾当也发财致富呢？’哎呀，我的妈呀！当我生产出来的产品投入市场时，我又发现外国人早已走在我前头，而且他们的同类产品价格都是甩卖价，非常低廉。眼前没有别的办法，只有破产，我又再次将工厂变卖给了那些外国人。

“我不死心，又办了一家避孕套生产厂，你懂我的意思吗，我觉得这种东西不用像药那样到处宣扬，当男人不想让女人怀孕的时候就必然想戴避孕套。哎！我能说什么呢？这件事使我极端的难堪，因为非洲的传统习惯，非洲的男人不喜欢戴这种橡皮的玩意，他们更喜欢赤裸裸地寻欢作乐。而习惯用避孕套的印度人和白人却往往喜欢购买他们公司从欧洲进口的产品。就这样，我的工厂又很快被外国人的工厂吞并了。

“因此，我不知道你们是怎么看我的，其实我已竭尽全力做了各种尝试，但都以失败告终，每走一步都会遭到国内那些外国人和他们工厂的非洲管理人员的强烈抵制。我用我的产品卖五个先令，他们的产品就卖三个先令，顾客当然要买便宜的啰；有时候他们打听到我要进口机器，就写信到他们国内，让他们不要卖给我。有时候他们卖给我的哪怕是旧设备，也要拖拖拉拉，故意延误时间，甚至一年多才能到货。至于我要进口的新机器，要么说没有货，就是有货，也要在途中拖延很长时间，乃至收到货，机器已经锈迹斑斑，成了废铁一堆。

“最后，我终于明白了，外国人压根就没有想过要放弃剥削我国劳动者，以喂饱他们产业的做法，他们认为劳动者血汗才是他们一切利润的源泉。我觉得最好还是暂时放弃开办工厂的做法。这算是遭挫折，被绊了一脚吧，但绊脚不等于跌倒，就是跌倒了，还可以爬起来再前进！

“后来我改为做外国人工厂的代理，专门批发外国人工厂加工的产品。这生意还是不错的，只出点力整理整理，包装包装，很快就卖出去，能挣不少钱。最近我还专卖进口服装、高度烈性酒、鞋和避孕药丸，所有的产品都是从欧洲进口的，然后我用批发价批发给零售商。

“如今，我依然在替外国厂主服务，而这些外国人依然日复一日在继续吸吮着工人的血汗，尽管如此，我还是希望有一天能将这帮外国佬彻底赶出我们的家园！

“主席先生，因此，当我接到请柬和信函，并要求我大力宣传这次盛宴的消息，以便促进和繁荣我国现代偷盗和抢劫技术时，我感到非常高兴。

“现在，请大家竖起耳朵，听我，姆韦雷利·瓦·穆基拉伊，讲讲长期以来隐藏在我心中的秘诀，这种秘诀有助于我们战胜所有西方国家。这种秘诀能使我们彻底砸烂套在我们脚上的铁锁链，也就是要在大家面前解开我的心结。长期以来我一直认为，我们必须建立一种真正的本土资本主义的坚实基础，这种资本主义与外国的意识形态毫无关系。

“你们看，我们国家有铁矿，也有炼铁工匠，冶炼生铁的工艺是世代相传的。在帝国主义者进入我国以前，我们的铁匠们凭他们娴熟的传统工艺技术冶炼生铁，然后用生铁锻造镰刀、锄头、长矛、斧头、串铃等铁制品。但这种工艺后来就失传了，有两个原因：炼铁工匠们认为这门传统工艺只为本地的老百姓服务，不愿意为尝到了吸吮工人血汗甜头的少数人卖命。另一个原因是外国人来了以后，为了让我们购买他们国家制造的铁制产品，不断地排挤和贬低我们的传统工艺，最终导致了这种工艺慢慢地消失。

“我认为：我们大家，不管是当官的还是普通百姓，不管是富人还是穷人，我们必须团结起来，复兴我们的铁器制造业，因为我们国内有既便宜又充足的技术力量和人力资源。

“你们不要相信那种我们国内没有铁矿的鬼话。我们国家有天然资源，不仅有铁矿，还有石油。尽管铁矿的储量可能不太丰富，但是我们可以采用回收技术，回收废钢铁，重新冶炼成可用钢铁。你知道日本是怎样成为工业强国的吗？难道日本有铁矿？

“不仅如此，我们工人的智慧也能生产外国工厂生产的各种优质钢，用优质钢制造各种车床，用各种车床制造火车、飞机、导弹、火箭……我们可以用火箭发射导弹，用火箭发射载人登月飞船，甚至太阳考察飞船，总而言之，人们再也不能对我们说三道四，指手画脚，外国人能造的，我们也能造。我们拥有足够的现代科学技术，我们不再受骗上当！

“因此，请大家想一想：肯尼亚的百万富翁，亿万富翁，超百万富翁，超亿万富翁，像日本那样，就是肯尼亚的民族工业资本家，他们都是利用工人的血汗通过冶炼铁矿石或者废铁回收，变废为宝发家的！现在你们还想要什么？朋友们！

“国内的偷盗专家们，我给你们指出一条出路，现在你们就带着各自高超的盗劫术回到你们家去偷盗抢劫你们的母亲吧！

“现在谁能夺冠呢？当然是姆韦雷利·瓦·穆基拉伊！因为他超凡脱俗，给我们传递了一种熔古今智慧为一炉的现代秘诀。

“我从来就是学有所用！这里我要用下面的呐喊结束我的讲话：盗窃和抢劫的专家们，都回到家去偷盗抢劫你们自己的母亲吧！这就是国与国之间的民主和平等！从现在开始直至永远。阿门！”

第七章

1

梦，真是白日做梦吗？戛图利亚狠狠地捏了一下大腿，看看疼不疼，当他觉得大腿很疼时，确信自己不是做梦。尽管如此，戛图利亚依然不敢相信刚才所见是真的。有时候人做完梦捏大腿也会疼痛，人有时会梦见自己死了，被埋了，然后魂游天堂或地狱。

戛图利亚瞧了一眼瓦丽恩尕，伸出手掐了掐她的手指头，觉得她也没有睡，因此戛图利亚确信他自己也没有睡。所以他在洞里见到的一切绝不是一个神经失常或者疟疾高烧病人做的噩梦。

这一天，戛图利亚记得很清楚，姆韦雷利·瓦·穆基拉伊陈述后，洞里顿时一片混乱，有些人热烈鼓掌，欢呼声不断，有些人怒气冲冲，有些人忧心忡忡，真是几家欢乐几家愁。女人们也不示弱，反应格外强烈，有的欣喜若狂，热烈欢呼，有的惴惴不安，大声喊叫。

2

头戴 USA 图标帽子的外国代表团团长第一个站起来说话。洞里在一片乱哄哄的嘈杂声中骤然安静了下来，人们开始侧耳静听。

“主席先生，就我而言，我谨代表我们这些来自国外的专家和精英们，对姆韦雷利·瓦·穆基拉伊刚才向我们投来的犹如榴弹炮似的谩骂感到惊讶和不安！我们不是来受谩骂和侮辱的。不！绝不是这样！我们是来非洲探讨如何加强美国、西欧和日本等这些发达国家的偷盗抢劫专家们和非洲国家的同行们合作的。不久前我们刚给这些国家的代表授过旗。我们这些发达国家的偷盗抢劫专家们从事偷盗和抢劫活动已经有很长的历史，有相当丰富的现代盗窃和抢劫经验。我们拥有保险公司、银行和仓库，用来囤积我们从世界各地偷盗和抢劫来的财富，你们看，连我们穿的服装都印上一捆捆的钞票，当今钞票是世界上工业和商业的主宰。钱是地球上偷盗抢劫部队的陆军元帅，钱是最高统帅，钱主宰整个世界。我们这次来是想物色几个人，加入我们的队伍，让他们了解我们内部的秘密，熟悉我们的情况，以便成为我们国际偷盗抢劫组织在你们国家的眼睛和耳朵。我们真没有想到来到伊乌莫罗格，所听到的竟然是那些稚气未消的政治说教；那些没有学会爬就想跑的小偷小摸讲故事；那些吃不到葡萄说葡萄酸，鼠目寸光的偷盗抢劫者谈经历。我们的来访是要让在座的同行们明白：普天下的偷盗抢劫者是一家，是同一战壕的战友，是同一阶层的兄弟，是有共同信仰不互相歧视的朋友。我们信仰自由，认可任何人有自由凭本事和能力偷盗和抢劫他人财富。这用英文叫作个人主动性和个人奋斗。为什么我们将它叫作自由世界就是这个道理，即在这个世界里每个人都有偷盗和抢劫的自由。我就不明白为什么姆韦雷利 · 瓦 · 穆基拉伊要把我们分割开来？说什么偷盗抢劫分为两种？偷盗就是偷盗，抢劫就是抢劫，哪有那么多种？为什么他要极力主张你们自己生产导弹和火箭呢？我们不远万里来到这里，和你们共同庆祝这个盛会，为什么你们还不信任我们呢？令人难以容忍的是姆韦雷利 · 瓦 · 穆基拉伊还用粗暴的语言辱骂我们，我们忍无可忍，我们决定提前离开此地，我们要把带来的皇冠和其他礼品全部如数带回国内，我们走了，既然你们这些肯尼亚人对姆韦利 · 瓦 · 穆基拉伊那么热情，那就让你们去抢劫他的铁矿吧！”

这位代表团团长说完，气冲冲地坐了下来。

3

在场的人听完他的话惊慌失措，场面顿时大乱。许多盗贼觉得这次痛失了良机，都用愤怒和鄙视的目光盯着姆韦雷利·瓦·穆基拉伊。

盛宴主持人再次站了起来，示意大家安静下来。他心情沉重地站在主席台上，用低沉的语气向外国人表示歉意，希望他们不要在意姆韦雷利·瓦·穆基拉伊的话。他告诉这些外国人说来洞里参加活动的每个人都希望有机会和这些偷盗和抢劫的精英在一起为繁荣世界各国的偷盗和抢劫事业而努力。姆韦雷利·瓦·穆基拉伊的所谓各国从事偷盗抢劫的同行们各自揉着大肚皮各干各的倡议，只是年轻人幼稚无知的想法。

他用上帝的名义保证，洞里所有的人不会有一个支持姆韦雷利·瓦·穆基拉伊的想法。主持人向外国人回顾了今天上午他在开幕式上的讲话中所举的各种例子……自由的旗帜可比作要出远门回国的那领主，他叫来仆人，把一部分钱财留给他们，其中一个人……主持人讲话霍然而止，他将目光转向那些外国盗贼，咧着嘴笑，露出了满口金牙，对他们说："尊贵的外国客人，我们从头到脚都是你们忠实的仆人。今天你们回来看看我们如何支配你们留下的财富，并肯定我们在平息那些小人物为争取所谓的自由所做的努力，这太好了。我还想告诉你们，今天我们依然在继续哄骗老百姓让他们确信，你们已经走了，已经回国了。这就是为什么我们不叫你们外国人白色盗贼的原因，我们称你们为朋友。因此我恳求你们回到座位去，继续耐心听我们国家其他偷盗抢劫专家们介绍偷盗和抢劫老百姓的技巧和才能。至于姆韦利·瓦·穆基拉伊这个人，你们不用担心，我们会好好处置他的。决定他的命运就在今天。我希望你能明白我的意思，现在唯一要等待的就是执行了。"

主持人说完坐了下来。团长表示完全理解，但他表示必须看看怎么执行。他说："正义不仅要去坚持，更重要的是要看怎么坚持。谢谢。"

洞里响起了雷鸣般的掌声，差点震塌洞里的屋顶和四壁。

4

戛图利亚捏着瓦丽恩尕的手不放，他依然觉得自己是在做梦。瓦丽恩尕也捏着戛图利亚的手，两个人默默地坐着各有所思，都觉得一旦松开对方的手，就会各自消失在洞里无边的黑暗之中。

戛图利亚脑子里始终放不下的只有一件事，他思绪万千，如烟的往事在脑海里若隐若现。骤然间，心中又产生了原来有过的要创作一首新歌曲的冲动。但是瓦丽恩尕心里的创伤令他很不安，然而使他更加坐卧不安的是瓦恩嘎丽和穆图里，他们各自去找警察和耶路撒民众的支持，现在怎么样呢？警察和民众会不会来呢？穆基拉伊讲完话会场引起的骚乱也令他担忧。他不是没有谴责偷盗和抢劫的规则吗？他只不过是提倡盗贼们回国偷盗。那为什么还会发生如此强烈的骚乱呢？如果像穆图里这样的人来了他们会说偷盗和抢劫是万恶不赦吗？！

此刻，他突然想最好告诉瓦丽恩尕马上逃离这里。他无意中瞥了穆瓦乌拉一眼，顿时莫名地产生一种胆怯和局促不安的感觉。

戛图利亚觉得穆瓦乌拉正在用一种咄咄逼人的眼光看着他。后来他发现不仅仅是穆瓦乌拉，他周围所有的人几乎都是这样。这个时候只见一个露着两个大獠牙像一只吃人的怪兽似的盗贼打着呵欠朝他和瓦丽恩尕这边走了过来。他心里想："确实，这种人就是吸干人血的怪物！得赶紧带着这个姑娘逃离这个地方。"

但又有另一个声音在悄悄告诉他，不要走，要等到最后一分钟，看看盛宴是怎么收场的，就不用再向别人打听了。不久前有一个巴哈提老人告诉过戛图利亚，人世间有专门吃人肉喝人血的怪物，他不相信！原来巴哈提那位老人的故事中所提到吃人怪物指的就是现在这帮家伙。

戛图利亚不自觉地摇着头，想驱赶脑海里不断困扰他的纷繁思绪。他把头转向主席台以避开周围人们向他投来的可怕的目光。

这时，他想起了姆韦雷利 · 瓦 · 穆基拉伊的陈述和在穆瓦乌拉三轮车上讲的那个故事，说有一个领主要出远门，临行前，把三个仆人叫到跟前，给每人留下一笔钱，第一个五十万，第二个二十万，第三个十万，过了一段时间，他从国外回来了，又把三位仆人叫到跟前问他们是怎么支配这些钱的，那个得到……

恩迪提卡 · 瓦 · 恩古恩吉的陈述

恩迪提卡 · 瓦 · 恩古恩吉身材高大，五大三粗，头大如灯笼，肚大如吊篮，金鱼般浮肿的双眼活像两个灯泡，好像造眼者还没来不及造好就因为有事匆匆离去似的。蓬乱的头发从中分开，在头顶上留下一条深深的沟。他身着黑色衬衣，外面套着一件破旧外套，后背开裂着犹如厕所里或垃圾堆里苍蝇的两片翅膀，外套前胸绣着一朵刺眼的白花，脖子上套着一条像裤腰带似的小小的领带，与他巨人般的身材极不相称。他口中念念有词，不断用双手轻轻地抚摸拍打着硕大的肚子。

“我不想多说，我不想像某些有高级文凭却坐着三轮车来这里的人那样冲动，就让他继续骂下去吧，反正闲着也闲着，不像我们这些专门从事偷盗和盗窃的人整天东奔西走！

“我的名字吗，我叫恩古恩吉 · 瓦 · 恩迪提卡，对不起，说错了，叫恩迪提卡 · 瓦 · 恩古恩吉。关于我的家庭，我只有一个老婆，但我的‘小甜心’却有无数个，我有两个嗜好，一个是喜欢玩年轻姑娘的大腿，灵魂健康；一个是喜欢美食，身体健康。你们看看我这样心宽体胖，心宽是因为我经常玩姑娘光滑的大腿，心情非常怡畅；体胖就是对美食的无穷欲望。

“关于我的车，没有多少，只有一辆奔驰，一辆英吉普，一辆沃尔沃，一辆标致604……我觉得罗列一长条车单没有意义。我去猎艳时，开的是奔驰车，开奔驰有派头，更能迷惑人，怎么说呢，朋友们！那些‘小鲜肉’一旦进了我的奔驰车，哈……哈！那还用说吗！我老婆用来买菜和逛商店的小篮子是菲亚特1600。最近她又嚷嚷说，每天只开这辆不过瘾，想再买一辆，因此我答应给她再买一辆马自达。

“孩子们外出常常骑马，他们的骑马术是在内罗毕骑术高级培训学校学的，是格罗根和德拉梅尔合办的一所私人学校。国家独立以前，这所学校是不许黑人就读的，哪怕就住在学校附近。前几天还有一些傻瓜在饭店和酒吧胆大妄为游说什么‘还我们自由！’[①]，我不知道这帮人要的是什么自由？每每我看到我的孩子骑着马进入我家院子大门或者我开着车在路上遇见他们时，孩子和白人孩子一样在马背上向我频频挥手并笑眯眯地大声喊‘爸爸！爸爸！’时，我心里感到无比的自豪和欣慰。这就是自……由！

“我所拥有的一切都源自现代偷盗和抢劫所得。如今我在恩杰罗、艾尔布贡、基塔雷拥有良田万顷，一到月底我就要给替我种田的雇工每人发七十五先令的工资，此外每天还有补贴，每周有一瓶脱脂奶。可是……你想到没有，这样他们也不知足，尾巴翘上了天，有一天他们竟然罢工要求增加工资。我就毫不留情将他们都开除了，后来我又很快在乡下招了工，你知道吗，乡下是我们雇工的仓库，乡下有丰富的人力资源。哈！哈！哈！是什么让我笑得这样开心？请原谅，让我擦一下眼泪。我真是哭笑不得，哈！哈！哈！要是你也会是这样，因为新招来的雇工，有一天竟然又造起反来了，他们手执长短刀和自制土枪喊叫着要为自由而斗争！你们知道，就是到这个时候，我毫不隐讳地对他们说：‘你们听着，现在，全国处于紧急状态，我们管着你们，以后独立了，自由到来时，我们依然管着你们！’他们吵闹着，大声对我说：‘你要是再胡说八道，我们就用子弹惩罚你！’可是今天国家独立了，当你

① 斯瓦希里语中“独立”和“自由”是同一个词。

看到他们在我办公室领工资，点头哈腰，摇头摆尾，简直就像狗一样时，想起当初他们气势汹汹那个样子，我就忍不住想笑。哈！哈！哈！……

“然而，现在这一切已成为历史。过去我们每个人都在各自不同的环境用不同的方法，各自所能地为自由而斗争，这样做难道有什么错吗？但是，朋友们，让我们忘掉过去吧，过去只是一场噩梦……现在，我们需要联合起来做三件事：掠夺，敲诈，侵占。一看到老百姓的财富就不要让它留下，你不去掠夺留给谁？

“我自己除了抢夺老百姓的财富，还专门做走私生意，简单点说，我专门走私贵重金属和豹子、狮子、狸猫等珍稀动物皮毛以及象牙、犀牛角、蛇毒等本地天上地下出产的实属人民的财产，我把它们走私到日本、香港以及德国等欧洲国家，生意很好，订单不断，收入丰厚，财源滚滚。走私生意之所以能得心应手，是因为那些经营旅游饭店或旅游产品的外国大老板懂得如何和海关官员打交道，如何欺骗他们，如何逃税。他们还熟悉通往欧洲的走私渠道。许多人都认为白人不会做走私生意，其实错了，他们精明得很！有时候当我听到有人在傲慢地提出要白人离开我们国家时，我就想……哎呀！我离题了，我应该继续谈那个有高学历但坐着三轮车来这里的那个人的事情……！

“我走私的其他产品还有盐、糖、咖啡、茶叶等。私下讲，阿明[1]的下台对我是很大的损失，在他当政期间，仅仅走私乌干达的咖啡就给我带来五千多万先令的收入。同时我还向阿拉伯国家和欧洲出口牛肉，我那艘停泊在莫巴萨港的大货轮就是专门做这种出口生意的。

“但我还有其他许许多多赚钱的生意，在丰收时节，我常常像白捡似的从农民手里收购稻谷，囤积起来，等到全国闹饥荒时，我再把这些稻谷卖给那些种植稻谷的农民，是卖还是剥削，你们不言自明。基图图·瓦·嘎塔恩古卢有一句话说得很好：人民的饥荒就是富人发财的良机！

① 时任乌干达总统。

“每年政府预算出台以前，我要尽我所能贿赂政府有关官员，弄清楚哪些东西要涨价，然后我就大量买进囤积在仓库里，新的价格一发布，我就将仓库囤积的东西全部高价倾销出去。

“但这样做也不全是行之有效，我记得有一年，有一个政府工作人员告诉我说，胡椒和胡椒粉要大幅度涨价，因此我就大量买进，囤积了足够全国人民用一年还要多的量。结果不但没有涨价，相反大幅度跌价，没有办法，我只好放一把火把所有的囤货化为灰烬。这件事给我很大的刺激，人往往只能知道过去，不能知道未来。现在事情已经过去，那也是一场噩梦……

“正如穆基拉伊所言，学问高没有用，学问不等于财富。就拿我来说，我甚至连小学也没有毕业。但是，我……嗯！我却雇用那些大学文科毕业生给我当文秘，这些学生有真才实学，也可靠，不像现在从内罗毕大学毕业的学生，他们虽有文凭，但空有其名。我的‘小甜心’们都是有大学文凭或剑桥大学学位的。所以说，姆韦雷利·瓦·穆基拉伊你就不要吹嘘你有什么文凭和高学问了。你可以用你这些文凭去找你的‘小蜜糖’，尤其是你迷恋的那些印度和白人姑娘，我呢，开着我豪华的奔驰车，看看我们谁找的漂亮姑娘多。学问算什么？朋友们！

“往往是学问多了就会变傻。现在我要问姆韦雷利·瓦·穆基拉伊你还有什么可说的呢？说什么我们可以去垃圾堆里捡废钢铁造三轮车，又说什么我们可以用现代偷盗抢劫技巧自己干自己的。我要问你，我们哪来的现代国际偷盗抢劫技巧？是从穆基拉伊的废钢铁垃圾堆里捡来的？还是从铁矿石里来的？穆基拉伊，你简直在开天大玩笑！

“我要重复有人说过的一句话：对于我们，如果要想有利可图，就必须和外国人合作！而且必须加强这种合作！尽管我没有那些捡到的文凭，但我也不笨，我最近也在经常考虑如何提高我们这些富裕阶层的生活质量。但如果不和外国人紧密合作，那就是一句空话，因为只有外国人才有现代化科学技术。因此我十分赞成有些人说的，要劝说外国人将技术转让给我们，或者支援我们一些日常中迫切需要的实用技术。

“我的陈述到此快要讲完了。你们知道，我之所以要与你们共享我这个想法，主要是想让你们知道，只有我才适合戴这顶众人顶礼膜拜的皇冠。

“啊，对了，我还有一件事想说说，一天晚上，我躺在床上，心里突然一阵冲动，觉得自己对富人长生不老有一种新的灵感。

“有一次，来自友好国家南非的伯纳德教授访问肯雅塔医院，给医生们做关于人体器官移植的报告，当时我正好在场，但我好像听天书似的，对他说的一点也不懂。

“我，恩迪提卡·瓦·恩古恩吉，凝视着囤积如山的财富，忧伤地问自己：有这么多的财富，我还能怎么样呢？我虽有良田万顷，但也只是日食三升，我与穷人有什么两样呢？我和穷人一样只有一张嘴，一个心，一个肚子，一根……我不说你们也知道是什么意思，再贫穷的男人也都有那么一根。

“我家财万贯，富甲一方，可以随意买足够一千人吃一天美味饭菜，但和其他人一样最多也只能吃一份；因为我有钱，可买一百套高档服装，但和其他人一样我一次只需要一件衬衣，一件外套，一条裤子；因为我有钱，我可以买上百个心脏，如果市场上有卖的话，但和其他人一样只需要一个心脏和一条命，因为我有钱，我一天可以睡十个美人，但不像当初那样总没有个够，现在，一天只睡上一个就已经筋疲力尽了。

“我只有一张嘴，一个肚子，一个心脏，一条命，一个小鸡鸡，穷人也不是一样吗，所以说富人和穷人没有什么两样，那么要问了，偷盗和抢劫那么多财富到底有什么用呢？

“后来我全明白了，我们这个国家需要有一个制造嘴、肚子、心脏和男人那东西的工厂，即只需要造器官，不需要造人体。这样我们就可以随意为一个人体植上两张嘴、两个肚子、两个心、两个男人的东西。一张嘴吃东西累了，一个肚子里食物塞满了，另一张嘴就开始工作，另一个肚子就把门打开。另外，像我这样年纪大的男人，要吃‘小鲜肉’就需要那两个东西，第一次吃完，发动机熄火了，紧接着我就启动第二台发动机，这台发动机熄火了，我又再启动第一台发动机，如此这般，彻夜云雨，天亮醒来时顿觉身心愉悦，心旷神怡。这正应了‘不倒翁’的说法。同时，人如果有两个心脏，他就有两条命，因此富人就可以长生不老，死亡对他来说只是一种传说。我们可以把死亡就像踢足球那样踢给穷人，然后用大把的钱买长生不老，这样也就应了另一个说法‘不老松’。

“这种灵感让我兴奋不已，但我没有那么急着告诉我夫人，女人嘴太快，会坏事，同时我也深知欲速则不达。

“后来我还是憋不住，将这种想法告诉了老婆，她先是非常高兴，跑过来紧紧地拥抱了我一下，亲切地用英语对我说‘我聪明的小达令！’，然后又抱着我的脸，给我两个深深的吻，一个吻我的眼睛，一个吻我的鼻子。尔后，她对我说，这个事如果能成功，那就太好了，因为连富人的老婆们也可以赶一下时髦，时下穷人和富人的女人们都一样被安排从事大规模的服装生产。如果所说的造器官的工厂能建立起来，那么我们富人的女人很快就会与穷人的女人们不一样！

“听完最后一句话，我惊慌失措。她要有两个女人的生殖器？我直截了当回答她说，我不在意你有两张嘴、两个肚子、两个心脏或者身体的其他器官，但是要那两个……不！不行！我告诉她这是无稽之谈。她反驳说，如果说她不能有，那我同样也不能有那两个东西！我没有好气地问她：‘你要女人的那两个东西干什么？’她反唇相讥问我：‘那你要男人的那两个东西干什么？如果你有两个，那我也要有两个，男女平等！’

“我火冒三丈，大声地对着她嚷嚷，那你就去欧洲和美国找这种男女平等吧，这里是非洲，我们是非洲人，因此就必须遵循非洲的传统，说完，狠狠给了她一记耳光，打得她抱头大哭，夜深人静，她大喊大叫……我怒不可遏，又打了她一记耳光，不偏不倚正打在她的腮帮上，当我正想打第三记耳光时，她举手投降了。她对我说，如果我想要，她同意我有两个，就是有十个、十几个也没有意见。她自己只要那个原装的就够了！

“啊，同胞们！想想看，结果是每个富人有两张嘴、两个肚子、两个男人的东西、两个心脏，因此也就有两条命！我们可以将死亡踢给穷人！我们可以用钱买长生不老！哈！哈！哈！

“把皇冠给我拿来吧，它终于找到主人了！”

第八章

1

瓦丽恩尕觉得再忍耐不下去了，洞里人们的讲话就像一根沉重的木头重重地压在她的胸口上，会场乌烟瘴气，空气中散发着像腐烂了的香蕉和人吃了豆后放出的臭屁那样难闻的臭味。她感到肠胃翻滚，直想吐。她对戛图利亚借口说要出去上洗手间朝洞外走去，其实她是要出去换换新鲜空气。

瓦丽恩尕来到洞外，绕到洞的后院，穿过一道玫瑰花篱笆，来到竖有高尔夫场地界标记的小灌木丛旁边，找了一块平坦柔软的草坪背靠一棵黑荆树坐了下来。她伸开双臂，紧闭双眼，深深地做了两三次深呼吸，想将压抑着她心里闷气排出来，轻松一下，然而谈何容易，昔日精神上饱受折磨的阴影依然挥之不去。

她坐在草坪上自言自语，后悔下午不该再回到洞里来，洞里盗贼们的陈词滥调，盗贼们的奇装异服，盗贼们的自吹自擂，一切的一切只能勾起她对不堪回首往事的回忆，想当初，老富翁让她怀孕后，她放弃了学业，回到家乡，生下了一名女孩。

啊，我的瓦姆布依……！

那个时候，瓦丽恩尕的父母已经从卡姆布鲁搬到伊乌莫罗格居住，又多生了几个孩子，尽管负担已经很重和不太情愿，但哺养幼小瓦姆布依的重担依然落到父母肩上，但他们从来没有埋怨过她，更没有打骂过她，也没有因为她想在铁路上自杀而奚落她，而是无限同情地安慰她说：

“先祖曾经说过，只有傻孩子才会吸吮着妈妈的奶头死去。瓦丽恩尕，你知道吗，有多少不会生孩子的女人盼望着自己能有一个孩子？孩子是上帝给男人和女人的特殊礼物，甚至是未婚的男女。有孩子不是罪过，不要自责，也不要总想不开！”长期以来，慈母温馨的话语一直在瓦丽恩尕耳边不断萦绕着。

生下孩子以后，瓦丽恩尕依然没有让父母少操心，她读函授大学，在家里整整学了一年，一年的学费都是父母负担的，一年下来终于考试及格，获得函授学校的毕业文凭。函授学校毕业后，她又到内罗毕学习文秘，学完文秘，她就开始在内罗毕到处找工作，后来终于在一家“顶尖建筑公司”找到一份文员的工作，但后来由于拒绝当老板基哈拉的小蜜被开除了。

瓦丽恩尕继续倚着高尔夫球场旁边的黑荆树坐着，浮想联翩，过去不幸的遭遇如烟似雾在脑海中匆匆掠过：被老板基哈拉开除……恋人约翰·基姆瓦纳……房东……流氓魔鬼天使……无家可归……内罗毕街头流浪……手提包失而复得……卡卡饭店汽车站……疯狂朝车轮冲去……被陌生人救起！

现在，救我的人在哪里？为什么他要给我假请柬？他本人为什么不来参加这场盛宴？

瓦丽恩尕突然间又觉得这一切很陌生，好像是多年前发生在别人身上的事。但当她想起昨天发生的事情时，恍然大悟，她明白了为什么昨晚她会和穆图里、瓦恩嘎丽、姆韦雷利·瓦·穆基拉伊偶然相遇，明白了他们为什么会同坐在穆瓦乌拉的三轮车上彼此还讲了许多故事，同时也明白了今天他们在洞里见面时好像是一见如故。她还想起了他们今天中午在耶路撒吃烤肉时，她怎么有那么大的勇气给戛图利亚讲她和恩戈利卡老富翁的故事，除了这位老兄，她的故事从来就没有给别人讲过。现在她又想到她卧轨自杀时将她从死亡线上救出来的人，他可能是穆图里吗？有那么巧，游泳池边那个保安也是穆图里？穆图里到底是什么人？是披着麻袋片的天使？在内罗毕将她从车轮底下救出来也是这位天使？嗯，给她那张假请柬也许就是他！

啊！不，这不可能！

凭他的相貌、穿戴和言谈举止，不可能是他干的！瓦丽恩尕自言自语：就是他自己不来参加这次盛宴，但他给了我请柬，让我有机会来洞里亲自目睹发生的怪事，也是一件好事，但我这辈子从未想过要豁出去支持这帮无恶不作的家伙如此挖国家的墙脚和掠夺剥削老百姓。突然她又想起了在耶路撒见到的不堪入目的情景：破旧棚屋……粪便横流，臭气熏天……同时又想起黄金山景象：豪华的屋宇……环境优美，空气清新……她又想起洞里情形：外国人可恶的相貌……盗贼们一张张丑陋的面孔。她暗暗问自己："如果现在穆图里和瓦恩嘎丽带着警察来了，洞里会怎么样呢？"

瓦丽恩尕自言自语："本国盗贼请外国盗贼来这里集会共商如何用现代盗窃术偷盗抢劫我们国家和百姓，这种怪事闻所未闻……这和家里的孩子请盗贼一起偷盗他妈妈有什么两样？……现在我终于明白了，为什么有人说有两个世界了……"

瓦丽恩尕正要往下想，突然又有一个声音对她说："……还有第三世界，一个革命的世界！"

2

瓦丽恩尕大吃一惊，徨彷四顾，周围空无一人。她如梦如幻，见到的只是眼前这片绿草如茵的草地在无声地向前延伸，一直到远处高尔夫球场的尽头。她惶恐不安，又困又累，想站起来，但两腿发软，站不起来。突然间，她顿觉惶恐和不安消失了，告诉自己说：无论如何，不能离开这里……她变得勇气十足，神情激动地大声喊道："你到底是谁？"

回声：我是游荡的神灵，我到处神游，广种智慧之树，结出的果子，让人吃完能明辨是非。

瓦丽恩尕：你是魔鬼？

回声：啊！是的，你以前不是常去教堂吗？纳库卢圣 · 罗莎丽教堂，不是吗？

瓦丽恩尕：所以？

回声：所以你就可以很快猜出我是谁了。

瓦丽恩尕：我不知道你是谁。

回声：你装得不知道我是谁，但你不是经常想将我钉在十字架上吗？

瓦丽恩尕：我真的不知道你是谁，你到底是谁呀？

回声：我不是告诉过你吗？我是游荡的神灵，我到处神游，广布智慧之果，让人能明辨是非吗？我是魔鬼同时又是判官。

瓦丽恩尕：魔鬼和判官？

回声：是的，心灵里的。

瓦丽恩尕：那，你来这里干什么？你是来给参赛的人们的心灵栽树的吗？

回声：那么，你是来干什么的呢？常在河边走哪有不湿鞋？

瓦丽恩尕：我只是来看看……

回声：看看和参加有什么不一样吗？

瓦丽恩尕：我的家乡就在伊乌莫罗格。

回声：你家乡就在这里又怎么样？

瓦丽恩尕：我的父亲，母亲……我的家……还能怎么样？

回声：你是信口开河，言行不一。

瓦丽恩尕：你还想说什么呢？难道我家不是伊乌莫罗格？

回声：不一会你就可以看到那些真的对家乡伊乌莫罗格有感情的人，看到家乡着火就会匆匆跑出去喊救，行为说明一切。

瓦丽恩尕：谁？他们是什么人？

回声：瓦恩嘎丽和穆图里，你不是认识他们吗？

瓦丽恩尕：我不也可以这样吗？

回声：因为你态度不冷也不热，不阴也不阳，你刚才说过只有两个世界。

瓦丽恩尕：我是听别人说的。

回声：你知道两个世界是什么意思吗？

瓦丽恩尕：两个世界？不知道！

回声：你不是说你念过书吗？

瓦丽恩尕：年轻时剑桥大学和东非教育学院是我梦寐以求的大学，我的目标是读通世界各门知识，攀登知识的最高峰，体会‘会当凌绝顶，一览众山小’的感觉。但很可怜，现在我这点文化连自己的肚子都填不饱，就更不用说养孩子了。

回声：函授教育也好，东非教育学院也好都是教育，关键在于教育方法，今天的教育方法是填鸭式，死记硬背，毕业出来的学生们根本就不知道群众的呼声和实际需求，简直就是瞎子和聋子。就像人们说的那样："啊喂！他们就是这样的人！是睁眼瞎，聋子的耳朵。因为他们听到看到学到的都是单一世界的事情。"你知道你是怎么说的，你说当今只有两个世界，盗和被盗，剥削和被剥削，掠夺和被掠夺！

瓦丽恩尕：你是谁？为什么总在重复我们昨晚在穆瓦乌拉三轮车上谈论的话题？这些话不是穆图里告诉过我们的吗？

回声：他们更能理解这些话的含义，因为他们一直在默默地忍受着被偷盗和掠夺。

瓦丽恩尕：穆图里被偷盗和掠夺过？为什么？他又不是富翁。

回声：刚才我是怎么和你说的呀？我说你有眼睛，却是睁眼瞎，你有耳朵却是聋子的耳朵。你所学的东西让你黑白不分，天地颠倒，好坏不分。

你问我，穆图里又不是富人，有什么可偷的呢？难道血汗不是财富吗？你学过吗，国家的财富是从哪里来的？难道是天上掉下来的？或者是资本家手里来的？

到山洞里来的所有的人都知道财富从何而来，哪里可以喝水不用自己费力；哪里能拦河筑坝，断水截流，留作自己灌溉。因此现在这些盗贼们正聚集在一起，毫不顾忌地交流偷盗抢劫经验，彼此分享偷盗谋略和技巧。

你不相信我吗？你不是也在洞里吗？就像我们说过的，你对他们在洞里的所作所为有什么看法呢？你听着，我告诉你，他们这些人是什么坏事都可以干出来的，他们怎么说就会怎么去做的。刚才我们在这里说话时，基梅恩德利·瓦·康尤安吉在主席台上已经吹得天翻地覆了。你听说过这个人吗？如果你在里面，就可以看到他长得怎么样了：他尖嘴猴腮，嘴尖如吸血的牛虻。两腮皱若初生婴儿，双脚粗似香蕉树，脖子短又粗。身着白衬衣，紧紧地勒着一枚领结，犹如两片苍蝇翅膀。

基梅恩德利的名字是在肯尼亚紧急状态时期起的，当时他残酷镇压工人农民，手段残忍至极。他曾经将一群男男女女赶到马路上，让他们躺下，然后开着英吉普从这些人身上辗过去，将这些无辜的百姓活活辗死。即将独立时，他很快爬上行政管理的高位，成为一位常务秘书长。同时他又替一些外国公司效劳，尤其是外国金融机构。现在他已成为拥有土地无数，进出口生意风生水起，偷盗抢劫的谋略出类拔萃的人物。

今天，也许这位基梅恩德利会夺冠，成为外国人重要的奴仆。他夺冠的优势在于他对如何掠夺劳动者的血汗了如指掌。他曾经毫不隐讳地对那些代表们说：“吸劳动者的血，喝劳动者的汗，抽劳动者的髓，要做好这三件事必须科技创新。”基梅恩德利的科技创新计划是成立一个科技研究园，首先用相当的时间来研究和试验他的计划，他觉得，要落实这种设想其实既复杂又简单。

基梅恩德利计划先是圈地，将土地四周用铁丝网围起来，就像殖民主义时期的拘留所，然后就像关牲畜一样把工人关在里面。最后在他们身上安一台机器，用来吸他们的血，喝他们的汗，抽他们的髓，从血管里吸他们的血，从脑子里抽他们的髓。然后将这三种东西当商品出口到国外，给外国人工厂做原料。他将从每一加仑血、每一加仑汗或者每一加仑骨髓的出口中获得一笔可观的收入……

瓦丽恩尕：那他将如何出口这些东西?

回声：他将建输血管道，然后用机器将血压进管道，由管道输往国外，就像输油管那样！为此他将成立一公司，这个公司的名字是：肯尼亚桑松人血人肉出口商。

瓦丽恩尕：为什么工人们不可以反对呢?

回声：那为什么你不能保护你的身体不受伤害呢?……不管怎么说，其实工人们对这一切一无所知……就是知道了，也许他们对此不会在乎……

瓦丽恩尕：为什么呢?

回声：因为基梅恩德利这种人绝不会像你想象的那样傻。基梅恩德利只告诉他们只有两个世界，吃人和被吃。因此工人们不知道还有第三个世界，那是一个推翻人吃人制度的革命的世界……工人们会一直认为只有吃人和被吃的两个世界……

瓦丽恩尕：他怎么愚弄他们呢?

回声：在研究园里，基梅恩德利将按照工人们宗教信仰倾向兴建教堂和清真寺，然后请来牧师，每周日，牧师们就会在布道中向他们灌输吸人血、喝人汗和抽人髓的思想，也就是吸吮工人血汗的制度，说什么这是上帝授予的，是拯救他们的灵魂。

然而《圣经》是这样说的：为痛苦祈祷，心灵就得到安慰；为饥渴祈祷，就会有温饱；为心灵宁静祈祷，就会见到上帝。每天须牢记四条清规戒律：

不要杀生，

不要骗人，

不要偷盗，

不要贪恋别人的财产。

因此他的研究园的主题歌是：

哪怕再哭泣和呻吟，
也都是你的罪过，
若不背上十字架，
就永远得不到安宁。

基梅恩德利还要给工人的孩子们办学校，从小就教育孩子们剥削和压迫天经地义，自盘古开天地以来亘古不变，现在任何人也改变不了……

学校给孩子们的教材是赞扬剥削压迫天经地义……

学校禁止孩子们对有关人身权利和剥削压迫提出质疑……

学校强迫孩子们像鹦鹉学舌那样只唱赞扬剥削压迫有理的歌曲……

接下来，基梅恩德利会兴建电影院和剧院，这是给富人的剥削压迫涂脂抹粉的场所。电影尽是一些宣扬剥削有理，心甘情愿乐于被剥削压迫的人物故事和画面。

与此同时，基梅恩德利还要办报纸，利用媒体舆论来压制那些敢于给剥削压迫唱反调的人；同时还要利用报纸给基梅恩德利这些人的剥削压迫行为歌功颂德……报纸的名字还没有定下来，其中《研究园时报》《研究园新闻周刊》等都是不错的选择。

基梅恩德利还将在研究园里为这些奴隶们建啤酒屋、饮酒俱乐部，供应烈性酒和查加、布萨、拉格牌等软饮料和各种啤酒，让这些傻瓜们在俱乐部中自得其乐，用饮料麻醉自己，不被基督教和穆斯林教疯了。

因此，教堂、清真寺、俱乐部，甚至唱诗斑，这一切就像变魔术那样不断冒出来，五花八门，花样百出，只为了一个目的，欺骗他们，软化他们的思想，改变他们的认知和立场，直至他们认为世界上再也没有比被基梅恩德利这些人奴役剥削更好的了，以致每个人都死心塌地甘愿当基梅恩德利这些人的奴隶，毫无怨言地替他卖命，哪怕就是死了也要死在他这块土地上，用尸体肥他的田。这种洗脑让这些奴隶们深信忠于他们就是忠于上帝，得罪他们就是得罪上帝。

为安全起见，基梅恩德利还将在研究园里设监狱、法庭和雇佣军，任何人如果反对研究园条例或者想逃跑就会受处罚，要被关进暗室或枪毙，将尸体喂鬣狗。

瓦丽恩尕：他们吃人？怎么可能？

回声：贾西恩塔……难道你忘了这是你们教堂的教义里说的吗……？

瓦丽恩尕：哪一条……？

回声：不是说，喝人血吃人肉是天经地义吗？你们自己拍三下胸口，扪心自问……是这样吗？

瓦丽恩尕：不……不……事情不是这样的。

回声：为什么不是这样呢？你没有忘记吧，你在纳库卢圣玛利教堂做完圣礼后，牧师常常给你们一片面包，然后说：感谢上帝给我们吃的……接着他会告诉你要顺从耶稣的旨意：

> 拿着吃吧，这是我的肉体，
> 吃吧，就这样，直至我归来，
> 耶稣，我的主，阿门。

然后，牧师会给你一杯红酒，告诉你要按照耶稣说的做：

> 喝吧，这是我的血，
> 喝吧，就这样做，直至我归来，
> 耶稣，我的主，阿门。

瓦丽恩尕：这只是宗教仪式，不是真的人吃人，这是庆祝开斋节一种象征性的仪式。

回声：什么是开斋节？

瓦丽恩尕：我也不知道，只知道这是犹太人和基督教堂里经常庆祝的节日之一。

回声：你不要怀疑……基梅恩德利他们只是按照基督教的做法照样画葫芦，他们都是虔诚的基督教徒。

瓦丽恩尕：这不是一回事。

回声：为什么不是一回事？同样，教义上不是说奴隶和奴隶主永远不是同一阶层的人吗？不是说对于那些被奴役的人，忍为贵，不要冤冤相报吗？不是说以牙还牙、以血还血的报复是大逆不道吗？

瓦丽恩尕：以牙还牙，以血还血？如果发生这样的暴力争斗和动乱，世界不就毁了吗？

回声：是的，一旦穷人要求还回牙，还回血时，就不可避免地会发生暴力争斗。你看看，当基梅恩德利之流用树杈挖穷人的眼睛，用鞭子抽打他们身体，用枪托敲断他们的门牙，这难道不是暴力吗？因此，你们不知道，一方面让恩古恩吉这些人继续剥削压迫穷人，骑在百万劳苦大众脖子上作威作福，而你们却每个礼拜天在大教堂或清真寺里祷告，聆听对奴隶的教诲：

你们听着，兄弟姐妹们；
你们不要再理睬那个坏蛋，
当有人打你右脸颊一记耳光时，
你要微笑着主动将左脸颊再转过去，
让他打第二记耳光，
如果有人要抢你的上衣，

你干脆主动脱掉给他。

看看你自己！当恩戈利卡的老富翁强占你的身体时，你说你没有为难他，你自己认为，连自己的青春年华都被夺走了，生命又有何意义，干脆都给他……

瓦丽恩尕：我还能怎么办呢？我是女人，很柔弱，当时既没有办法拒绝，也没有办法逃走，更没有人来帮我。

回声：你等谁帮助你呢？你能指望那些吹捧过你和伤害过你的男人来救你吗？你的问题在于你没有自信。你从来就不知道你是谁！你不是经常喜欢用你自己这朵艳丽的花去满足老板基哈拉们的需要吗？贾西恩塔·瓦丽恩尕，你好好看看你自己，你是多么年轻貌美，就是不用烧热了的铁梳子烫头发或用高级的化妆品奥蜜打扮自己，你依然光彩照人，你俊秀妩媚，身材窈窕，黑色的皮肤散发着诱人的光泽，双眼闪闪发亮犹如天上闪烁的星星，一头美丽的秀发若银河飞瀑，微微泛红的两颊堪比两个熟透了的黑莓。你知道吗，你的身体和容貌就是你的财富。不要整天愁眉苦脸，阳光些吧，你要知道，多少男人会对你垂涎欲滴，多少男人会拜倒在你的石榴裙下。

瓦丽恩尕：现在，我该怎么办呢？

回声：来，来，跟着我，我带你到伊乌臬罗格的山之巅，让你一览脚下五彩缤纷的世界……来吧，跟着我，我要让你看看百花和绿树环抱的彩虹般的一栋栋豪宅：我要带你去绿草如茵，柔软如地毯的高尔夫球场走一走；我要带你到夜总会享受那连天上飞鸟都被吸引的余音绕梁的靡靡之音；我要让你看看有一个男人开着车在宽阔的柏油马路上缓缓遛着，一边得意地晃动着身体，一边抚摸着旁边的美人。这一切的一切我都可以给你……

瓦丽恩尕：你把这一切给我……？

回声：是的，我给你这一切，如果你对我服服帖帖，把心给我。

瓦丽恩尕：你是谁？你叫什么名字？

回声：压迫，剥削，诈骗，抢劫。那些惯于掠夺他人财富、囤积居奇的人们都崇拜我，把你的灵魂给我，我给你保存着，你不会后悔的。

瓦丽恩尕：那些在洞里吹嘘自己偷盗和抢劫如何高明的人，也是给你唱赞歌吗？

回声：他们？这帮人都是我的追随者。他们的盗劫抢劫的技巧都是我教他们的。首先他们将灵魂全献给了我，让我保存着。这样我就会知道他们过去做了些什么，现在在做什么，明天，后天，乃至以后若干年他们想要做什么。把灵魂献给我吧，为什么还犹豫不决呢？

瓦丽恩尕:滚你的吧，离我远远的，撒旦！把你的花招送给你的追随者吧。我把灵魂送给你，那我不就成了一个空壳了吗？

回声：到现在你还不相信我？今天你在洞里的所见所闻还不足够吗？你难道没有在洞里？

瓦丽恩尕：是的！

回声：你没有听过穆韦雷利·瓦·穆基拉伊的陈述吗？

瓦丽恩尕：是说要盗贼劫匪们各干各的那个人吗？

回声：是的，就是说不要再支持外国人偷盗自己国家的那个人。你昨晚不是和他同在一辆车里吗？

瓦丽恩尕：是的，我必须承认，他的陈述让我吃惊，因为昨晚他在姆瓦乌拉的三轮车里也曾经讲过有一个领主要出远门，给他的仆人各留下五十万,二十万和……

回声:另一个是十万。我知道这个寓言故事,在《圣经》里读过,我是《圣经》的热心读者。天底下没有什么事能隐瞒得了我的。创世之初我就在天上，我和上帝是孪生兄弟，他是天堂的主宰，我是地狱的主宰。人间是我和上帝之间的战场——争夺人心的战场。

瓦丽恩尕：口说无凭，你怎么才能让我相信你呢？

回声：今天我要准备好接受穆韦雷利·瓦·穆基拉伊，他将被那些想讨好我的人杀死后扔到我的地狱里来。

瓦丽恩尕：你说什么？为什么要杀他？

回声：我们在这人世间再也见不到穆韦雷利·瓦·穆基拉伊了，因为今天就要行刑了。

瓦丽恩尕：谁杀他？在哪儿杀？

回声：他自己说的话害了他。他不是说要各国的盗贼劫匪自己十自己的吗？说什么在我们这里盗贼劫匪偷盗来的财富不能分给外国人，还说什么所有的盗贼劫匪回去偷盗自己的母亲去。来自美国、西欧、日本的外国同伙听完勃然大怒，立即反问他："难道不是我们把现代盗窃抢劫的技术带到你们这里来的吗？难道不是我们教你们学会了现代盗窃抢劫术的吗？难道不是我们投入资金支持你们开始从事现代盗窃和抢劫的吗？现在不是因为你们还不能自立，我们必须帮扶着你们再走一程吗？穆韦雷利·瓦·穆基拉伊不是厚颜无耻地说让我们卷起铺盖走人，留下女人的大腿让他自己玩吗？真是冒天下之大不韪！"后来，大家一致同意要杀掉穆韦雷利·瓦·穆基拉伊，将他作为供品献给外国人，安抚外国人的心，不要让他们将资金撤走或少撤一点。穆韦雷利·瓦·穆基拉伊今天就要被……

瓦丽恩尕：被谁？

回声：罗宾·穆瓦乌拉。

瓦丽恩尕：穆瓦乌拉？是那位开三轮车的穆瓦乌拉，还是其他同名的人？

回声：就是他和他的魔鬼天使团伙。

瓦丽恩尕：魔鬼天使？穆瓦乌拉？怎么会是这样呢？这真是怪事中的怪事。他们就是那些把我赶出杰利乔出租屋的地痞吗？

回声：这有什么大惊小怪的呢？你以为穆瓦乌拉不会这样干？冷静点吧，他早就开始干这一行了。他是从全国处于紧急状态时开始的，当时他是一个比辣椒还要毒辣的叛国贼，他是裂谷地区一个叫尼亚恩圭丘白人领导的暗杀小组成员。在加入白人领导的暗杀小组以前，他原是以基梅恩德利为首的暗杀小组的成员，就是刚才在洞里吹嘘自己的那个人。穆瓦乌拉当时专门暗杀“茅茅运动”成员，每杀一个人头，白人就奖赏他五个先令。那个时期，他就像一只贪婪的鬣狗，天黑就出洞，到处寻找猎物，以杀茅茅分子为名，无论是男女老少，见人就杀，反正茅茅分子脸上也没有记号，到天亮他就提着人头去向尼亚恩圭丘领赏。实际上，他开的那辆三轮车就是尼亚恩圭丘赏给他的。你想想，那个时候，每杀一个人头，赏他五先令，他都能接受了，那么现在基梅恩德利答应赏他一辆车，他能不同意吗？

瓦丽恩尕：我不信，我全不相信！我已经连着四个晚上没有睡好觉了，为什么你在我想好好睡一觉时要告诉我这样一个让人揪心的消息呢？

回声：因为……因为，我要给你找个工作。

瓦丽恩尕：工作？什么工作？在哪里？

回声：在纳库卢的恩戈利卡。

瓦丽恩尕：不！不！离我远点，撒旦……

3

瓦丽恩尕突然从梦中惊醒，全身发抖，浑身是汗。

“你怎么啦？原来你在这里睡着啦？我到处找你。”戛图利亚对瓦丽恩尕说。

当瓦丽恩尕睁开眼看到戛图利亚正坐在她身边的那一刻，心里骤然产生一种从未有过的欣慰。

“嗯！因为太累了，刚才一靠树坐下，一下子就睡着了。”瓦丽恩尕打着哈欠告诉戛图利亚说，说着站了起来，继续打着哈欠看了看周围，“我昨晚一夜也没有睡着，回到家里和我妈话说多了，神经很兴奋……”

“昨天在路上的时间太长了，穆瓦乌拉的三轮车就像乌龟爬似的。”戛图利亚说。

瓦丽恩尕本想将刚才做的怪梦告诉戛图利亚，但又打住了，她心里想，梦毕竟是梦，谁没有做过噩梦。

“盛宴结束了吗？”瓦丽恩尕问戛图利亚，她强装笑容，克制着自己想尽快忘掉刚才的噩梦。

“没有！我们走吧，离开这里！洞里那把火已经点燃。”戛图利亚又用英文催促她，“我们走！”

“什么？”瓦丽恩尕惊恐地问。

“洞里一片混乱。”戛图利亚神情严肃地告诉瓦丽恩尕，“警察来了！”

“警察把基图图和加思卡他们抓起来了吗？”瓦丽恩尕着急地问，“如果是这样就太好了！”

“没有……”戛图利亚低声对瓦丽恩尕说，“警察把瓦恩嘎丽抓起来了！”

“把瓦恩嘎丽抓起来了？不是她去叫警察的吗？”瓦丽恩尕问。

“是的，瓦恩嘎丽的错在于回去找她丢失的羊，碰巧遇到了偷羊的同伙。”戛图利亚生气地说，“我刚刚看到警察将她这位黑色玛利亚的手扣起来塞进警车里去了！……”

“但是，为什么要抓她呢？”瓦丽恩尕伤感地问。

“原因是说她散布谣言和敌意，在一个致力于和平和稳定的国家种下仇恨和冲突的种子。”

瓦丽恩尕又想起在梦里听到的那些话。

“什么和平？”瓦丽恩尕问，“谁的和平？难道穷人要求讨回血债，国家的和平就被破坏了吗？”

瓦丽恩尕的质问深深地刺痛了戛图利亚的心。他忍不住将事情的原委就像开闸放水那样全部放了出来："你当时要是在洞里，就会亲眼看到伊乌莫罗格的警察是如何对付手无寸铁的弱者的……他们一手握警棍，一手拿着盾牌，荷枪实弹如临大敌，在一位叫嘎孔龙的警官带领下来到洞里……这种场面如果不是我亲眼见到，谁说我都不会信，碰巧这一切全让我看见了……警察来时，基梅恩德利从容地从主席台走了下来……"

"你停一下，"瓦丽恩尕打断了他的话说，"你说谁？是基梅恩德利·瓦·康尤安吉？你说的确有其人还是在说梦话？"

"我要是在做梦就好了。"戛图利亚回答说，"就是那个基梅恩德利·瓦·康尤安吉。但很难说清楚他到底是人还是一个怪物，又长又尖的嘴唇周围长满了毛，活像一条蠕虫。就是这位其貌不扬的基梅恩德利在主席台上先是自吹自擂，吹嘘自己如何富有，然后又说什么他要在他的土地上建立科技研究园，研究如何将工人像奴隶那样关进研究园里，剥削他们的血和汗，将工人的血汗通过输送管道出口到欧洲，同时用工人们的尸体肥他和欧洲朋友的田。突然，我发现会场的人们一个个激动地张着大嘴，用贪婪和对人的血肉充满饥渴的目光盯着我。我毛骨悚然，全身发抖，绝望地欲夺路而逃……"

"让我坐下来吧。"瓦丽恩尕用颤抖的声音说，"我快支撑不住了，全身无力，两腿发软。"

他们在草地上坐了下来，戛图利亚继续往下讲。

"就在这个时候，警察来了。瓦恩嘎丽带着嘎孔龙警官先走进洞里。我告诉你，我从来没有见过一个女人像她那样威风凛凛，神气十足。她大步流星地走上舞台，首先用一团火般咄咄逼人的眼光横扫了一下会场，会场顿时安静了下来，然后她扯着嗓子大声喊道：'你们听着，剥削我们农民，使我们缺衣少食、居无住所的正是你们在座这些人，你们是魔鬼的同类。将他们的手脚铐起来，投进牢房，让他们去遗臭万年……这就是将父辈和爱国者们传承下的历史遗产出卖给外国人的败类们的下场！'

“我怎么对你说呢？洞里所有的人好像一下子都惊呆了，瓦恩嘎丽的话就像磁铁那样将他们牢牢吸在座位上，一个个呆若木鸡，场面一片死寂。此时的瓦恩嘎丽神采奕奕地站在主席台上，美若天仙。啊，是的，站在主席台上的她就像一位稚气刚消的妙龄少女！我不知道是她的勇气使她显得如此年轻妙美还是她本来就天生丽质。她那铿锵有力的声音就像一位尊严的法官在法庭里审案！

“就在这时，只见主持人站了起来朝正在从惊慌失措中冷静下来的警官嘎孔龙走过去。‘怎么回事，警官嘎孔龙先生？这是政变还是什么？’主持人怒气冲冲地问他。嘎孔龙匆忙站了起来，毕恭毕敬地给他敬了个礼，他脸带惧色，用颤抖的声音语无伦次地对他说：‘抱歉！确实对不起，我不知道你们的人在这里聚会，我还以为是那些恩杰卢卡的小偷小摸偷到你头上了，或者是砸了我们外宾的银行了，因为这个女人向我报告说盗窃和抢劫我们国家财产的所有的盗贼劫匪都在这里聚会，彼此吹嘘自己的盗窃抢劫技术如何高明，比赛谁技高一筹。因此你们必须明白我们来这里不是我的过错，再则，昨天我接到内罗毕的电话说有一个女人报告了他们一个非常重要和紧急的抢劫信息，要我赶紧处理一下，因此这个女人来找我们时……’

“‘不用客气！’主持人打断他的话说，‘这些我们以后再聊，现在重要的是先要弄清楚是谁在和我们作对，制造混乱，破坏我们的活动；是谁扰乱社会治安，挑起我们和外国人之间的矛盾。一粒老鼠屎坏了一锅汤。有的人还胡说什么各国偷盗同行回国去各偷各的……说什么要和那些自诩学问高的人比个高低……他的行为让我们在来自世界各地的客人面前很尴尬……嘎孔龙警官，现在就看你的啦，事情是明摆着的……实在让人气愤，你想怎么做就怎么做，然后再回来与我们的外宾一起举杯同庆……’

“这时，嘎孔龙二话没说，立即吹了一长声哨子，哨声刚落，手执警棍和长枪短炮的警察蜂拥而至。嘎孔龙命令他们将瓦恩嘎丽抓起来，警察们闻声冲上舞台，扭住瓦恩嘎丽双手，咔嚓一声给她戴上手铐。尽管形势突变，但她依然毫不畏惧，镇定自若地对警察吼道：‘原来你们也是外国人的看门狗，我真的把你们这帮为了一己之利就出卖国家利益的家伙看走了眼！’说完，她大声地唱了起来。警察举起警棍劈头盖脸地朝她打了过来，还不断朝她吐口水，让她住嘴，但她依然不停地唱着：

若闻，铛、铛，阵阵响声！
请不要认为是雷雨声，
那是我们农民们沸腾的热血，
在为祖国的解放而流血牺牲！

警察簇拥着她连推带拉将她往洞外推赶，她高举戴手铐的双手，边走边唱，手铐犹如英雄脖子上的项链，在灯光下闪烁着傲人的亮光。瓦恩嘎丽，我们的民族女英雄……！”

戛图利亚说着突然停了下来，好像瓦恩嘎丽正在他面前唱着歌。

“瓦恩嘎丽，我们的民族女英雄！”戛图利亚喃喃地不断重复着，“当时，我依然坐在座位上，眼前突发事件让我不知所措，这时我看见嘎孔龙回到了洞里，口中念念有词：‘疯女人，疯女人，真是疯了。’他说着来到原来主持人坐的座位和外国人坐在一起，开始在威士忌酒的频频碰杯中说着笑着。这个时候，姆韦雷利 · 瓦 · 穆基拉伊站了起来，要求对早些时候主持人对他的攻击进行辩护，遭到了拒绝。他转身朝坐着的罗宾·穆瓦乌拉走去，气呼呼地站在他面前，对穆瓦乌拉说今晚要坐他的三轮车回家，在绿色彩虹饭店上车，并答应在车费方面不会亏待他。

“姆韦雷利 · 瓦 · 穆基拉伊正往外走时，停住了脚步，悲痛地对我说：‘你看看，相信这样的女人是多么危险！千万不要再给猪戴珍珠项链了！’

“没有等我回答，他就头也不回地走出去了。我心里无名火一直往外冒，马上追上去，想顶他几句，说不好我们就要打起来了，可是当我来到洞口时，就再也找不着他了。

“我站在门口，正在想着他到底上哪去时，突然看到基梅恩德利·瓦·康尤安吉和罗宾·穆瓦乌拉正从洞里走了出来，他们边走边聊，就像两个多年的挚交，只听基梅恩德利说：‘是的，我看出来了……我一见到你……就想起在我们加入尼亚恩圭丘的团队以前我们曾经在一起干过的……’然后他们走到旁边一僻静处继续聊时我就再也听不清楚了；但我站在顺风处，他们的话断断续续随风飘来，我隐约可以听见：……魔鬼天使……个体商贩……其中一个……今天……晚上……打电话……是的，他们要在路上和你碰头……基内尼耶……我不想再听下去了，我只是想能尽快找到你，赶紧离开这里，因为发生的一切我都看见了！”

戛图利亚没有再吭声。瓦丽恩尕想到洞里所发生的一切和她梦见的一模一样时，心里怦怦直跳。她想，这也许不是梦，是冥冥之中对她的一种暗示？

“穆图里他们现在怎么样？”瓦丽恩尕问戛图利亚。

“穆图里没有到，我就出来了。”戛图利亚回答说。

“他要是来了，不也被抓起来吗？”瓦丽恩尕问。

“我也不知道……我对眼前的一切已经说不清了。”戛图利亚说，“我的思绪乱如麻，什么也说不清……”

不仅是戛图利亚，瓦丽恩尕此时也是心急如焚，她心里暗暗问自己：“我要不要把刚才的梦告诉戛图利亚呢？我怎么才能帮穆图里解脱困境，不会像瓦恩嘎丽那样被抓呢？我怎么才能帮姆韦雷利·瓦·穆基拉伊免遭杀身之祸，不会惨遭穆瓦乌拉和他的魔鬼天使杀害呢？我怎么才能让他们相信我梦里所见都是真的呢？”

瓦丽恩尕决定还是不把她做梦的事告诉戛图利亚，她想最好还是先找到姆韦雷利·瓦·穆基拉伊，告诉他晚上不要坐穆瓦乌拉的三轮车。但她觉得现在最要紧的是要尽快见到穆图里，劝他不要进洞里去。

“走吧，我们去等穆图里，提醒他现在的危险处境！”瓦丽恩尕敦促戛图利亚说，“咱们必须赶紧走，晚了，穆图里就会像瓦恩嘎丽那样被投进监狱了。”

4

戛图利亚和瓦丽恩尕抄近道朝耶路撒赶去，但他们心里各自承载着多少的不安和焦虑！

戛图利亚隐约看到了瓦恩嘎丽戴着手铐脚镣无辜地被投进监狱的情景。

瓦丽恩尕耳边似乎又听到了姆韦雷利·瓦·穆基拉伊在讲故事：一个富翁出远门给三个仆人各留下一笔钱，后来又回来检查他们如何钱生钱……那个只得十万的仆人说：“先生，我发现你太贪婪了，你坐享其成，不劳而获……”

瓦丽恩尕突然停住了脚步，拉了拉身旁戛图利亚的袖口。戛图利亚也停了下来，问瓦丽恩尕：“什么意思？”

“你听听吧，有人在唱一首新歌！”瓦丽恩尕告诉戛图利亚。

第九章

1

夕阳西下，如剑似矛的万道霞光将西边的天宇映衬得金光灿灿，给伊乌莫罗格黄金山和周围的一草一木染上一层厚厚的橘黄色。瓦丽恩尕和戛图利亚站在绿草如茵的伊乌莫罗格高尔夫场上，面朝耶路撒，倾听着隐约从不远处传来的阵阵歌声：

出来吧，都出来，
亲眼看看他们精彩的表演，
一起赶走魔鬼和他们的信徒！
出来吧，都出来！

“我猜想这是穆图里他们唱的。”戛图利亚说。

“我们赶紧走。”瓦丽恩尕说着，紧步下山朝歌声的方向走去，歌声越来越清晰：

出来吧，都出来，
亲眼看看他们精彩的表演，
一起赶走魔鬼和他们的信徒！
出来吧，都出来！

转眼间，瓦丽恩尕和戛图利亚已经站在伊乌莫罗格城里的大街旁边。然而，眼前的情景简直让他们惊呆了，只见长蛇阵般的男男女女和小孩们的游行队伍正沿着大街浩浩荡荡朝山洞开去。孩子边追逐嬉闹边和大人们一起唱着那首歌。

“啊，我的天哪！你看这队伍有多长！”戛图利亚惊讶地说。

“是不是穆图里将耶路撒所有的人都集中起来了？”瓦丽恩尕问。

“不知道，也许是，这样我们就可以见到穆图里了！”

“我们就站在这里等他，也许他能看见我们。”瓦丽恩尕说。

“就是我们现在告诉他警察抓人的事也为时已晚。”戛图利亚说。

他们满怀着能看见穆图里的希望，站在路边注视着不断从身边穿过的游行队伍，人们或身着布满补丁五颜六色的褴褛衣衫，或着麻袋片，或光着脚，踏着口哨、大号和长笛的伴奏声，边走边唱。但是，同时还有另一个穿戴整齐的小队伍——白色的衬衫，灰色的长裤，褐色的外套。

瓦丽恩尕的心开始紧张起来，她不敢相信这会是真的，好像自己又回到梦里那样。

“你看，你看！”瓦丽恩尕指着那个小队伍对戛图利亚说。

“谁？什么？”戛图利亚着急地问她，“穆图里？”

“看看昨晚那个人！看见了吧，昨天那个人！”瓦丽恩尕说话的声音就像在吟唱。

“是谁呀？”

“就那个在卡卡饭店车站给我假请柬的人，你看见了吗？”

“在哪儿呢？”

“就在那些穿戴整齐的人当中那个留着山羊胡子的人！”

“等一会！”戛图利亚说，“我认识那个人！”

“他是谁？”瓦丽恩尕问。

“是一个大学生。”

“大学生？”

“他是伊乌莫罗格大学学生会的主席。”

“那他为什么也在队伍里？”瓦丽恩尕问。

“也许他们是一起的！”戛图利亚回答说。

“现在看来，姆韦雷利·瓦·穆基拉伊所说的是对的，学生们的请柬写着的是‘这是魔鬼的盛宴’，是吗？”瓦丽恩尕问。

她打开手提包，从里面掏出两张请柬，一张是学生给的，一张是姆韦雷利·瓦·穆基拉伊给的。她仔细对比了一下，好像是刚刚拿到似的，然后又放回了自己的手提包。

“现在我知道是什么人将请柬放进我在大学的邮箱了。”戛图利亚说着轻轻地点着头，好像一切都明白了。

他们焦虑不安地继续注视着从身边走过的游行队伍，只见人们举着各式各样的标语牌：

我们拒绝偷盗抢劫；我们的贫穷是他们的财富；盗贼和巫师是一对孪生兄弟；劳动者们已经给他们准备好了绞索；最大的偷盗是什么？是剥削劳动者的汗水；最大的抢劫是什么？是吸吮爱国者的热血……

标语内容各式各样，他们应接不暇，没有来得及看清，游行队伍就已经从他们身边匆匆穿过。那些没有举标语牌的人，肩上却扛着一根根木棍，就像扛着枪。

“这真像一支武装队伍！”戛图利亚说。

瓦丽恩尕想到工人农民们即将对洞里的盗贼劫匪开战时，乐得心花怒放，放声大笑。

这时候，游行队伍大部分已经过去了，还没有看见穆图里。瓦丽恩尕对戛图利亚说：“穆图里也许不在游行队伍里吧？”

2

瓦丽恩尕说话间，穆图里突然看见了他们，他走出队伍，朝他们站立的地方迅步跑了过来，一见到他们，就迫不及待将他那边所发生的一切竹筒倒豆子似的告诉了他们：

“你们不觉得离开洞里太早了吗？其实洞里的斗争刚刚开始。你想失去把吸血鬼们从山洞里赶出去的难得机会吗？你们看，我们的爱国者们就像忠实的士兵，在被剥削压迫的人民大众的感召下，正迈着坚实的步伐奔赴战场。我回到耶路撒时，人们已经整装待发，我只是做了一点点该做的事而已。你们所看到的那个穿戴整齐的队伍是伊乌莫罗格周围中学和大学的学生。哎呀，这真是太棒了！这是一件轰动全国的大事，它将永载史册！今天我，穆图里·瓦·卡波尼亚–马伊索尼终于看到了学生和工人们站起来的一天。他们和耶路撒的市民们联合起来向无恶不作的盗贼劫匪和外国同伙们吹起了战斗的号角。当时我向他们通报了盗贼劫匪们在洞里集结，相互吹嘘他们的盗窃技术如何超群，手段如何比同伙更阴险毒辣，如何和外国盗匪互相勾结，剥削掠夺我们老百姓的血汗时，听到的人无不义愤填膺，一个个摩拳擦掌。我带着他们边走边唱，游遍了耶路撒大街小巷，加入我们队伍的人越来越多，汇成一个浩浩荡荡的游行队伍。来吧，加入我们的行列，学生们也都觉悟了，他们听到了爱国者的呼声，他们见到了和爱国者们一起战斗的曙光，来吧，吹起你们的号角，让我们共同欢呼这不寻常的一天！瓦恩嘎丽来了没有？”

“只有我们在这等你！”戛图利亚告诉穆图里。

“为什么，瓦恩嘎丽呢？”

“瓦恩嘎丽被警察抓走了。”瓦丽恩尕说。

“被抓走了？”

“是的，莫须有的罪名。”

“她在哪里被抓的？在洞里？”

“是的！”瓦丽恩尕回答说。

穆图里听完心里非常难过，他用悲怆的声音说：“我是一个工人，我深知这些警察是和那些盗贼劫匪站在一起的，他们动不动就说维护社会治安，但他们所说的治安，是保护富人的治安，是惩治饥寒交迫的穷人的治安。你见过警察抓过富人吗？人们要问，到底是谁种下了仇恨和动乱的种子？这就是我原要让瓦恩嘎丽亲自来洞里看看的原因，这样她对‘你见过警察抓过富人吗？’就不会有疑问了。”

“听着，”戛图利亚快人快语，“我们是来告诉你，甚至连你也有可能被抓，伊乌莫罗格警察局头目现在就在洞里。”

“你们干得很出色！”穆图里神情严肃地说，“你告诉我的消息使我感到惊讶，同时也让我高兴，我们只是昨晚在三轮车上见了一面，今天你们就来救我，我很感动。但我不想跑，我们都不会跑。告诉我，我们能跑到哪里去？我相信，如果我们面对枪口和棍棒就畏惧了，国内的偷盗和抢劫就永远不会消失。我们必须毫不畏惧地和这些盗贼劫匪进行斗争，为了取得斗争的胜利，只有一条路，那就是将工人农民和一切有觉悟正直的人们紧密团结在一起。如今学生们也勇敢地站出来了，他们都开始明白所学的知识应该为谁服务了。朋友们，你们也走出来吧，带着你们的学识和智慧加入我们的行列，这是唯一的出路！”

3

穆图里说完，转身离去，跑回自己的队伍。

瓦丽恩尕和戛图利亚彼此看了一眼，穆图里的话让他们心潮澎湃，他们激动地握了握手，表示将响应穆图里的号召。

今天中午，瓦丽恩尕、戛图利亚在耶路撒的啤酒屋一起吃烤肉时，他们还没有想到会与这些身穿麻袋片、扛着棍棒和大标语牌去向洞里的盗贼劫匪进行斗争的人们站在一起。

此前，他们对洞里那些盗贼劫匪们谈什么并不在意，觉得这些事与他们自己没有关系，偷盗和抢劫在世界上都是普遍存在的，因此也就没有把他们放在心上。可是现在，消灭盗贼劫匪是广大劳苦大众的共同呼声，每个人只有一个选择、一条路，只有鬣狗才选择两条路。

在这之前，每人都认为自己是这场闹剧的观众，是旁观者。可是现在，消灭盗贼劫匪是大家的共同目标，它召唤着人们加入振兴国家的行列，每一个爱国者都不能袖手旁观。

“那么我们这些脑力劳动者应该站在哪一边呢？”戛图利亚心里问自己，“我们是和劳动者站在一起，还是和寄生虫站在一起？是与工人农民在一起，还是和剥削者站在一起？或者是像鬣狗那样给自己留两条路？”

瓦丽恩尕同样也暗暗问自己：“像我这样的普通文员应该站在哪一边呢？我干的是给老板基哈拉打字、写报表的文书工作，我应在这潮流中站在哪一边呢？是和工人农民站在一起呢，还是和富人资本家站在一起？我们是什么人呢？我们的双手：我们用我们的手为他打印文件和信件，我们的手变成了老板的手，我们的能力成了老板的能力；我们的脑袋：老板基哈拉不喜欢手下的姑娘有独立的思维，更不喜欢不听话或者对他干坏事说三道四，希望对他言听计从。总之，老板永远是对的！只能将你想法和委屈藏起来，藏在你手指头上，最好藏在你的大腿里！我们的人格：老板基哈拉在家里和老婆吵架后，回到办公室就把气撒到我们头上，变本加厉地虐待我们，糟蹋我们；在外边生意不如意，回到办公室，也是把我们当出气筒，动辄对我们破口大骂，骂得再难听我们也不敢还口，因为我们没有底气，也没有退路！我们的大腿：我们这些被基哈拉雇用的女孩，除了极少数外，多数在上班前就像一只只被送往屠宰场待宰的羔羊，一个个轮流着要先让他玩玩大腿……上班后，老板更是随心所欲，想要就得给，如果想保住这份工作，你就得同意。这对我们这些雇员到底有什么好处？”

瓦丽恩尕的心久久难以平静，一连串的问题在脑海里不断地翻滚，问题的答案只有她心里明白，因为是她亲身经历了捍卫人格的斗争！

4

瓦丽恩尕和戛图利亚回到洞里时，会场已是一片狼藉，来自耶路撒的爱国者们将整个山洞围得水泄不通，人们情绪激昂，高唱着歌曲：

出来吧，都出来，
亲眼看看他们精彩的表演，
一起赶走魔鬼和他们的信徒！
出来吧，都出来！

洞口更是一片混乱，那些大肚皮盗贼劫匪争先恐后你推我挤着冲出大门，丑态百出。那些先挤出来的人一出洞口就不顾一切地四处逃窜，不停地向上帝祷告，河马般肥胖的身躯，肚子先行，跑起来摇摇晃晃，在身后扬起一阵尘埃。那些没有肚子负担的盗贼劫匪，凭着轻快的身躯，纷纷跳窗而逃，速度之快堪比子弹飞，他们一边在前面跑，工人们一边在后面追。

瓦丽恩尕站在洞口，看不清外围发生的一切。只见洞外乱哄哄，一片吵闹喊叫声。在那些住泥土房鸽子窝的耶路撒穷人们的围追堵截下，黄金山匪巢里的盗贼劫匪如鸟兽散，各自仓皇逃命。突然，瓦丽恩尕看到基图图·瓦·嘎塔恩古卢和恩迪提卡·瓦·恩古恩吉被追上去的泥腿子们用拐杖打得鬼哭狼嚎。他们喘着粗气，惊恐万状，汗如雨季的倾盆大雨，像两只怀崽的蜘蛛，双手抱头，佝偻着腰一跛一摆地朝停车场逃去。

四散逃窜的盗贼劫匪，为了尽快逃命，他们扔掉外套、鞋帽、领带、腰带和其他一切能减轻身上负担的物品，地上一片狼藉。瓦丽恩尕不禁捧腹大笑，周围的人们欢呼雀跃，嬉笑怒骂声连成一片。

然而，就在这时，欢呼声怒骂声突然停了下来，周围一片沉寂，气氛越来越紧张。会场保安站成一道人墙保护着外国盗贼从洞里走出来，刹那间，爱国者们的仇恨和怒气犹如火山爆发，手执铁棍、木棍、拐杖，呼喊着朝外国盗贼们冲过去，步步逼近他们，此时一个本地蟊贼突然掏出手枪想朝人群开火，说时迟那时快，有人冲了上去顶起他手中的枪，子弹瞬间朝空中飞去。群情激昂，人群继续喊叫着朝盗贼冲去，喊声响彻云霄。

美国、西欧和日本的七名盗贼劫匪只受了点轻伤，他们衣冠不整，披头散发，在保安和司机的帮助下乘机迅速逃离现场，因为他们的车就停在附近，司机已打着发动机随时待发，外国盗贼劫匪们带着恐惧和懊丧，像一只只鸵鸟逃之夭夭。树倒猢狲散，洞里变得空空荡荡。

5

爱国者们聚集在洞门口等待着领队讲话作指示。穆图里·瓦·卡波尼亚·马伊索尼首先站了出来说："同胞们，今天在这里的人，都是同一阶级的战友，属于工人阶级！同胞们！刚才精彩的场面，你们大家都看见了，那些聚集在洞里吹嘘剥削和掠夺我们血汗的手段多么高明，挺着大肚皮但生不出孩子的盗贼，他们肚子大不生孩子不是因为有什么毛病，而是我们血和汗把他们的肚子填满了。而我们工人阶级，建好房他们住，我们自己却住无居所，风餐露宿；我们缝好衣服他们穿，而我们却衣不蔽体，只穿麻袋片；我们种好粮他们吃，我们却忍饥挨饿；我们建好学校供他们孩子上学，而我们的孩子却流浪街头捡垃圾充饥……从今天开始，我们要理直气壮地说：不！我们不再是别人做饭炒菜的锅了，因为往往连饭是否熟或菜是否咸淡都不能尝一口。”

穆图里讲完站到了一边，会场上响起经久不息的热烈掌声。女人们“啰！啰！啰！”抑扬顿挫的赞扬声此起彼落。

接下来讲话的是学生领袖。瓦丽恩尕一见到他，顿觉脑子里轰的一声，一阵激动，这怎么可能呢？是穆图里在纳库卢将她从火车轮子底下救了出来，又怎么会是这位即将讲话的学生在她想自杀时将她从内罗毕的公共汽车车轮底下救出来呢？瓦丽恩尕细心打量着他，发现这个留着小山羊胡子的年轻人和救她的人长得一模一样。

“同胞们，我们都是伊乌莫罗格学校的学生，我们坚决支持工人农民一切为反对现代盗贼劫匪的斗争。伊乌莫罗格的工人们在得到盗贼劫匪们在洞里集会的消息时，通知了我们学生会，得到通知后，我们就想：‘我们怎么配合工人们的斗争呢？’我们就印了一张说是由魔鬼组织的盛宴请柬，提醒大家这是一次魔鬼的盛宴。同学们，让我们团结起来全力支持工人们的正义斗争。我们要把我们的学识和智慧贡献给我们的祖国，这是何等伟大而光荣的历史使命！现在，有什么事情还能比这更有意义的呢？我们学生都要参加这场驱逐魔鬼及其信徒们的伟大斗争！”

会场上为他热情洋溢的讲话再次响起长时间热烈的掌声。

下面一个讲话的是一位伊乌莫罗格的工人领袖，他身穿长袍，头戴三角帽，讲话前他先脱掉帽子，露出头上根根白发。

“首先我要感谢学生们，是他们以令人钦佩的勇气参加了我们这场斗争，年轻人是国家的希望，如果我们的年轻人在这场斗争中退缩了，国家还能有希望吗？谁来保家？谁来卫国？同时我还要感谢伊乌莫罗格和内罗毕支持我们的所有人。在这里我只说一句话，问一个问题。目前在我们这个国家有两个阵营，一个是资本家阵营，一个是工人阶级阵营，你站在哪一边？你信仰什么？因为每一个阵营都有它自己的信仰，资本家和帝国主义者的信仰是：

最好是咬一口马上松口，
这样谁也不知道是谁咬的，
最好是从背后捅一刀，
又假惺惺地去安慰他，然后说你善良！
最好是晚上把他房子烧了，
翌日晨去表示同情，然后说你仁慈！
最好是你偷了他五个先令，
改日又送给他一把盐，然后说你大方！
然而，如果咬着不松口，
不用甜言蜜语哄骗被你偷的人，
抢了人家的钱后不给一把盐。
那就有你瞧的了！
傻瓜聪明起来比谁都难对付。
如果他们觉醒了，
反过来你就要拍他的马屁，
他们会比我们有过之而无不及，
他们会用宗教的外衣伪装自己，
他们会超过我们。

工人阶级的信仰是：

坚信全世界工人阶级是一家，
绝不允许因宗教、种族、肤色差异将我们分开！

坚信团结就是力量，分裂就是软弱，

我们必须联合起来，

联合就是坚强的中流砥柱，

我们决心与现代殖民主义斗争到底，

因为它是资本主义最后的顽固堡垒！

同胞们，让我们共同为工人阶级唱赞歌吧！”

他起了个头，大家一起跟着齐声唱了起来，千百个声音汇在一起，如山鸣海啸，在空中回旋着，震撼着大地。此时，瓦丽恩尕突然觉得有人在身后轻轻地拉了一下她的衣服，回头一看，发现是穆图里叫她。她点了点头，跟着他来到洞后面一个僻静的地方。

“你看！”穆图里说着，好像是读懂了她心里隐藏着的一切秘密似的，眼睛紧盯着瓦丽恩尕。

“我这里有个小东西，希望你能替我保存到明天。”

“什么小东西？”瓦丽恩尕问。

“一个能冒烟冒火的小铁管。”穆图里目光灼灼地望着瓦丽恩尕。

“为什么不可以呢？”瓦丽恩尕心里在想。

“好吧，如果你明天能取走，我就答应你。”瓦丽恩尕回答说。

“没有时间了，我有事要赶紧告诉你，”穆图里开始说，“昨晚在坐三轮车时见到了你，后来我又在洞里整整观察了你一天，觉得你是一个值得我们工人信赖的人。当时，我和戛图利亚分开后，就来到了这些人中间，和他们在一起加入驱逐这些盗贼劫匪的斗争行列。你看到人民团结起来的力量了吧？这些盗贼手里都有枪，但他们在组织起来的广大人民面前，他们不敢用，只有那个叫基阿哈胡·瓦·加思卡的盗贼胆大妄为，在我追赶他们时曾试图向我开枪，但刚一举枪，我就闪电般冲过去朝他举枪的手击一猛拳，拳起枪落，基阿哈胡痛苦地叫了一声，扔下枪掉头就跑。我低头捡起这支差点要我命的手枪，就是这支很小巧玲珑的手枪，小到可以放在口袋里，也可以抓在手心上，你看，闪闪发亮，这就是我们工人的智慧！这些武器在工人手里就可以用来自卫……可是，它却落在盗贼手里……这些武器必须掌握在工人手里，工人们可以用来推翻殖民主义者统治，解放我们祖国，保护人民生命财产，保卫国家独立与自由！等一等……让我为此祈祷……事情还会更糟……拿着这把手枪……藏在你的手提包里……明天上午十点我们在伊乌莫罗格的公共汽车站见，记住，千万不能把枪的事告诉任何人，更不能让人看……就连戛图利亚也不能说……这些人尽管有学问，但他们不知道应该站在哪一边！他们常常左右摇摆，随大流，在人生的道路上摇摆不定就像一辆晃晃荡荡行驶在路上的破车。现在你可以走了，一切小心，这枪就是你将来参加工人阶级盛宴的请柬……”

穆图里将手枪交给了瓦丽恩尕后转身想走，瓦丽恩尕惶恐不安地接过沉甸甸的手枪，心激烈跳动，全身发抖。可没过多久，她就觉得恐惧和不安正在慢慢地消失，顿觉有一股热流正在体内涌动，她变得浑身是胆，雄赳赳，任何危险都能对付。她叫住了穆图里没让他走，她想问穆图里她在纳库卢铁道上想自杀被救的事，但话到嘴边又咽了下去，改口问：“在你离开前能告诉我你是什么人吗？”

“我？”穆图里说，“我是内罗毕工人秘密组织的代表，其他的你就不要多问了，我在组织里工作。照顾好你自己，记住，你并不孤立……再见！”

瓦丽恩尕带着穆图里的秘密又回到了戛图利亚身边。过了一会儿，她觉得最好带着这个秘密马上回家。

工人们还在继续唱着歌……

瓦丽恩尕告诉穆图利亚天快黑了，她想先回家，因为太累了。

戛图利亚听完脸一沉，露出了不悦的神色，他原想带瓦丽恩尕回家，这样一来就不可能了，他又找不出要陪她回家的理由，因此只好说：“我想留下来看看事情的结尾，但是明天我怎么才能见到你呢？”他用英语说。

他们说好第二天十二点在阳光饭店咖啡厅见面，但她突然想唱戛图利亚创作的那首“黎明前割礼之歌”：

现在你看到我了吧！
现在你看到我了吧！
天将破晓，黎明已来临，
生与死对我都一样，
天将破晓，黎明已来临！

瓦丽恩尕转身朝家走时，心里感到一阵轻松，她想找一辆三轮车，但马上又想起穆瓦乌拉三轮车和正处于危险中的姆韦雷利·瓦·穆基拉伊。她觉得最好先乘三轮车去绿色彩虹饭店找他，劝他晚上不要坐穆瓦乌拉的三轮车。

瓦丽恩尕也说不清到底为什么要这样做，但她觉得两次想自杀都有陌生人相救，她心里有一种感恩的想法。此时此刻，她突然又想起了做过的梦，是梦还是一种冥冥之中的暗示？瓦丽恩尕不止一次问自己，听到的声音是真的呢，还是一种幻觉？

啊！不，那是魔鬼的声音，那是一种诱惑。尽管这种声音是在告诉她好多事情都是真的，并向她指明前路应该怎么走，怎么才能避免走弯路，避开人间邪恶。但是，却怂恿她沿着一条铺满鲜花和红地毯的大路去寻觅自我！怂恿她为了钱可以再出卖肉体！同时还怂恿她出卖灵魂，让灵魂一去不复返。仅仅是为了钱？天哪！不！她已经重重地摔过一跤了，已经够了。都是骗人的鬼话。瓦丽恩尕坚信只有穆图里让她保守的这个秘密才能给她力量和勇气，而凭着这种力量和勇气就一定能够战胜一切妖魔鬼怪和人世间的各种诱惑。

还没有到绿色彩虹饭店，就见到有两辆载满荷枪实弹士兵的大卡车正朝山洞开去，卡车后头是三辆火炮高昂的大坦克。啊，我的天哪！马上洞里就要血流成河了，瓦丽恩尕焦虑万分地想，她想着洞外集会的工人们；想着穆图里；想着戛图利亚；想着所有人的生命。最后当想到她正肩负秘密使命时，紧步朝着绿色彩虹饭店走去。

红日西沉，周围笼罩在一片烟雾中。

瓦丽恩尕飞快走着，心里在不断琢磨着眼前发生的一切，不知不觉已经到了姆韦雷利·瓦·穆基拉伊住的绿色彩虹饭店。

“你要找姆韦雷利·瓦·穆基拉伊？”前台接待员好像没有听清楚刚才瓦丽恩尕说的。

“是的。”

“他刚离开，退房还不到五分钟。”

“他怎么走的？”瓦丽恩尕问。

“他叫了一辆车牌是 MMM333 福特 T 的三轮车走的，我从未见过有三轮车贴着那么多怪诞的标语：如果你想听谣言和小道消息，请坐我的三轮车；如果你想听真正的流言蜚语……”

瓦丽恩尕离开前台时，想起服务员刚才说的话心里直想笑。

“现在，我该怎么办呢？”瓦丽恩尕心急如焚，不断地问自己。

突然，她觉得头皮发麻，全身血液好像快要凝固了。整个伊乌莫罗格枪声四起，处处传来令人胆战心惊的枪炮声和人们的惊叫声……

6

第二天，她按照和穆图里说好的时间来到内罗毕公共汽车站。

穆图里没有来！她又来到戛图利亚住的阳光饭店，心情很沉重，一路上，无论是耶路撒还是伊乌莫罗格，人们到处都在谈论着黄金山洞里的魔鬼盛宴以及当场的伤亡情况，有的说死了二十多个人，有的说死了五十人，有人则说死了一百人，但不管怎么说，有一条消息是可靠的，那就是在嘎孔龙的带领下，警察向工人开枪，大开杀戒，还抓捕了许多人。

戛图利亚告诉她的才是准确真实的消息。

“有五名工人被警察杀害，工人杀死了两名警察，双方都有很多人受伤。”

“穆图里呢？”瓦丽恩尔心里又急又难过。

“穆图里？他……和学生领袖……被抓捕……工人领袖幸免，有人把他藏了起来……现在就在郊外……但他们依然在追捕他。”

瓦丽恩尔怅然若失地沉默着，好像是一位刚刚失去孩子的母亲。她和戛图利亚坐在阳光饭店咖啡店的外边的座位上，各有所思，送上来的茶他们也无心喝，早已凉了。

瓦丽恩尔还没有开口，戛图利亚就侧了一下身，对瓦丽恩尔低声说：“让我生气的是伊乌莫罗格电台对五名工人不幸遇难只字不提，只播两名警察和姆韦雷利·瓦·穆基拉伊的死讯！”

“姆韦雷利·瓦·穆基拉伊？”

“是的，广播电台说昨晚他在去内罗毕的路上在基内尼耶出车祸身亡的……”

“那，穆瓦乌拉呢？”瓦丽恩尔焦急地问。

“他没有死……他逃过了一劫……！”

第十章

1

又是一个周六，自从瓦丽恩尕在伊乌莫罗格高尔夫球场拒绝魔鬼的诱惑至今转眼间又两年过去了，那次造成人员伤亡和给人们心灵带来创伤的“魔鬼盛宴”也整整两年过去了，两年来戛图利亚和瓦丽恩尕的生活也都发生了巨大的变化。

两年了……

我该从何说起呢？时至今日，我是不是应该将隐藏在心里的秘密说出来呢？戛图利亚不断地在问自己。

他不知道如何来评判自己。

羚羊不恨追捕它的人，它恨的是设圈套暗算它的人。

但当时我也在纳库卢，是我亲自耳闻目睹的。既然自己已经是看到了听到了，怎么能睁眼说瞎话，而不承认呢？现实存在的东西怎么能回避呢？

我明白了，我全明白了，我怎么才能理顺那支离破碎的记忆呢？

你看，已经两年过去了……

或者，事过境迁，过去就让它过去吧！生活犹如万花筒不断变化着，连我自己也在不断发生着变化。

现在，过来吧，朋友，过来……跟着我，我带你们看看瓦丽恩尕走过的路，沿着她的脚印一步步往前，用我们心里的眼睛去看看她所看到的一切，用我们心里的耳朵去听听她所听到的一切，这样我们就不会匆忙地只是根据谣传和恶意攻击对事情做出草率的判断。

真理面前，谎言和恶意攻击不攻自破。

太好了，朋友。

事情本来就应是这样。

就这样，来吧，上帝赐予的和平！

赶紧，朋友，你们也是有正义感的人，赶紧，赶集赶早不赶晚，否则太阳就会把新鲜蔬菜晒蔫了！

2

她就是瓦丽恩尕！

现在她住在内罗毕恩加拉区的一个叫马拉罗的公寓里。这是一栋七层建筑，她就住在第四层的一个小单间里。房东为了出租，把所有楼层的房间都隔成一小间一小间，在这样狭小的空间里睡觉的地方和做饭的地方都挤在一起，奇怪的是，条件这样差的出租房竟然供不应求。

楼下有许多外国石油公司的加油站，附近不远的穆朗加大道两旁还有许多小吃店和食品店。马拉罗公寓地处马路的交汇处，马路上车水马龙，汽车的轰鸣声日夜不断，尤其夜里，吵得令人难以入睡。

然而，瓦丽恩尕却不在乎这一切，她已习惯了这种嘈杂的环境，汽车的喧闹声已经成了她生活的一部分。

她正为国家的复兴而忘我工作！

今天的瓦丽恩尕已经不是两年前的瓦丽恩尕；

今天的瓦丽恩尕不再是只会用十个指头打字，其他什么都不会了；

今天的瓦丽恩尕已不再为吸引他人眼球和满足人们对白皮肤的追求，只知道涂脂抹粉，用奥蜜和雪花膏涂抹自己了；

今天的瓦丽恩尕已不再认为自杀是摆脱人生苦难的唯一选择了；

啊，今天的瓦丽恩尕已不再是昨天的瓦丽恩尕了！

今天的瓦丽恩尕已不再是别人餐桌上或窗台上的花瓶；也不再是饱受摧残

凋零褪色被人扔进垃圾堆里的残花败柳了；

瓦丽恩尕要自食其力，用自己辛勤的劳动赢回自己的人格和尊严。

要干净就得洗澡，要钓鱼就得到河里去，英雄是经过战斗洗礼产生的，舞蹈家是千锤百炼造就的！

瓦丽恩尕不怕吃苦……真的，她乐意用自己的双手从事艰苦的劳动，尽管在体力上和精神上受苦受累，但痛苦和劳累过后是一种愉悦。

就拿这个周六来说，瓦丽恩尕早早就起床了，她匆匆点着小煤油炉烧水泡茶，在水没有开以前，她先洗脸，照着镜子梳头，她的头发又长又黑，现在她再也不用烫红了的铁梳子烫发将头发烫得红红的了……而是用手绢将长长的秀发收起，在后脑勺打上一个漂亮的蝴蝶结，显得俊秀飘逸……丰满修长的身材，下身穿时髦的褪色蓝色牛仔裤，上身着白色卡其衬衣，素雅大方，活脱脱一个美人坯子！

瓦丽恩尕脱下工作服，打开衣柜，取出明天周日要穿的衣服，她把这些衣服放进旅行箱里，准备明天回家乡伊乌莫罗格看望父母。还要顺路去纳库卢看望戛图利亚的父母。

这两次外出也不影响她正常的工作，今天她要到城里一家汽车修理店给一辆车换发动机，而且必须在下午一点以前换完。

如今，瓦丽恩尕已是一名小有名气的机械师！

她喝完早茶，拿出女孩用的小坤包，打开小坤包，看看有没有少了什么东西——梳子、搽脸油、镜子、手绢，还有一把拧螺丝的小扳手，为什么有小扳手呢，因为太匆忙，拿错了。啊，对了，还有穆图里让她保存的小手枪也在小包里，这把小手枪真的太小巧了，不知内情的人还以为那是小孩的玩具呢。

做完这一切，她拎着小坤包准备出门，刚走到门口，她突然想起方位仪忘了拿……她又回头走进房间把放在窗台上的方位仪放进小坤包里，这是她必须随身带的物品，平时她习惯于将方位仪像笔那样别在上衣的口袋里。现在这台方位仪和小手枪已成了她日常保护自己的护身符。

她走出家门，沿着恩加拉大路向前，进入小道经过西坛电影院，越过肯尼亚河，再顺着格罗岗路往前来到滨河路，朝位于滨河路和托姆–姆波亚交汇处靠近穆纽亚大街的汽车修理厂走去，不一会便来到了修理厂。

瓦丽恩尕身着时髦的褪色的蓝色牛仔裤、白色卡其衬衣、豆绿色的外套走在大街上，仪态万方，每走一步都有不少人驻足回首。她不仅仅有这些合身的衣服，她还添置了其他许多量身定做或根据自己身材买的衣服，这些素雅大方的服装无论布料、颜色、格式都是她精心挑选的，非常适合她那修长丰满的身材。

着装反映人的性格，她不仅着装发生了变化，人的精神面貌也发生了巨大的变化。

现在，由于对人生目标的不懈追求，对完美人性的信仰和实现目标的勇气，瓦丽恩尕走起路来铿锵有力，充满自信；水灵的双眼放着异彩。是的，既然追求、信仰、勇气能使人通过自力更生获得成功，那么在我们自己的国家里还有必要左顾右盼裹足不前吗？啊，瓦丽恩尕，一个完美的黑美人！她业精于勤，善动脑，在业务、智力和心灵上近乎完美无缺，瓦丽恩尕已是一位名副其实的工人。

不认识她的人根本猜不出眼前这位秀丽的姑娘会是一名熟练的柴汽油汽车和内燃机机师，在那些瞧不起女人智商和能力的人眼里，瓦丽恩尕绝不可能是一名组装、调试、锻焊、铸造的专家。

更多的人只相信无论是姑娘还是妇女，充其量只能是为男人劈开大腿，在家里做做饭，叠被铺床。然而，我们这位瓦丽恩尕哪能甘当这种女人，她毫不含糊地表示：身体是她的，大腿是她的，脑袋是她的，怎么使用，何时使用，要与事业和时机同步。不能由躯体左右她的人生。这就是瓦丽恩尕为什么辞职不当雇员的原因。她再也不会给老板基哈拉当雇员打字写信件了，再也不用忍气吞声了，说什么如果要想当雇员，就必须在饭店里先和老板喝酒睡上五分钟，见鬼去吧！

瓦丽恩尕后来到理工专科学校学习机械工程专业，这是她在上纳库卢全日制中学时的梦想，是在恩戈利卡的白人老富翁走进她的生活，引诱她玩当猎人和猎物的游戏以前的梦想。学业快到了二年级时，她就已经开始在学校的一个锻造车间实习了，实习的主要内容是如何锻造和铸造铁制品，专门和冶炼出来的铁水打交道，这可是一个磨炼人意志的工作，常常是铁水刚一出炉，灼热的火花光芒四射，烤灼着人体，然后还要在车床上捶打加工，一天下来全身像散了架似的，尤其在铸造模型时，通红的铁水往往将她全身烤得灼热难忍……尽管如此，每当瓦丽恩尕想起是她亲手铸造的各种铁制工艺为民众的生计和人性的完美做点贡献时，心里感到无限的欣慰和自豪。

更令她高兴的是她开始能用所学到的知识和技能在汽车修理厂里熟练地拆装柴汽油发动机，尽管柴汽油刺鼻难闻，但她觉得柴汽油的味道比香水还要香；车间里机器震耳的轰隆声和工人们高谈阔论声在她听来就像一曲雄浑的交响曲。啊，在车间里，音乐和技术真是完美的结合。

现在，瓦丽恩尕在理工专科学校机械工程专业已学完了两年的课程，还有一年就可以毕业了。

进入理工学校的头一年她学习很吃力，同班的男同学们都笑话她，但后来实习时看到她吃苦耐劳也能和他们一样举起沉重的铁锤锻铁；看到她也能挥汗如雨和他们一起在高炉旁操作；看到她工作从不挑挑拣拣，拈轻怕重时，对她的耻笑就越来越少了。出乎男生意料的是，一年级期末考试她在全班二十五名同学中竟名列前四名，这一下子，男生们就再也不敢耻笑她了，相反越来越尊重她。

学习时，她经济非常困难，同班同学中多数有公司雇主的赞助，负责他们的学费和其他学习用度，但她没有，原来在“顶尖建筑公司”打工时一分一厘积存的那点钱根本就不够交学费、租房子和吃饭。

正在揭不开锅的时候，戛图利亚主动表示要替她交学费付房租，但瓦丽恩尕拒绝了他的好意。自食其力就是自力更生。幸运的是后来戛图利亚帮她找到了一份临时工的工作，到发廊里给人编编发型，或者给大学里的学生打打毕业论文。

说实在的，在学习的头一年里，瓦丽恩尕没有睡过一天安稳觉，也没有时间喘口气好好休息一下，在学校里，她要上课读书做作业，不上课时，她要去发廊做临时工，挣钱交学费付房租，不做临时工时她又要去恩加拉的肯尼亚武术馆学柔道和武术，瓦丽恩尕认为女孩子为自身安全必须学会一套防身术。

第二学年，瓦丽恩尕的经济压力就没有那么大了。因为她开始有了一份正式的工作，在穆纽亚大街附近的一家叫穆韦霍托的汽车修理厂当修理工。

瓦丽恩尕永远不会忘记那一天：那天是周五，下午两点左右，她路过修理厂，所谓修理厂其实就是一块草地，当时她已饥肠辘辘，见到有几个人正在草地上修车，心想是不是可以去问问是否让她也来这里打工修车，挣点小钱。这几个技工听完放声大笑，其中一个正打开货车盖弯下腰准备修车的人直起腰来用鄙视的眼光看了她一眼，寻思着用什么语言来讽刺她，就对她说：“我说呀，姑娘，你可以到夜总会去卖啤酒，我这里可没有唱机伴唱，让你扭动着短裙吸引男人。”人穷志短，底气不足，因为有求于他们，她只好压住内心的怒火，心平气和地说：“啊！我可不是要来这里跳舞扭动裙子吸引男人的，我是来找工作。”

一个正躺在货车底部的修理工听到他们的对话，伸出头来大声地用不屑一顾的口气对她说：“那好，要是有能耐，你过来，拆开这台发动机看看有什么毛病，已经折腾了我们一整天了。”

瓦丽恩尕暗暗鼓励自己不要害怕，万事开头难，但只要有信心……一下子勇气就上来了，她变得气势逼人，不让须眉，站着没有挪步，用使唤的语气对修理工说：“没有必要拆发动机，先点火！将发动机打着。”瓦丽恩尕走过去细心观察开始运转的发动机。这时技工们和路人都围了上来看女人挑战男人的热闹。瓦丽恩尕低头在发动机下面寻找着什么，突然看见了地上有一根像筷子那样的树枝，她捡起来在车上敲了几下除去灰尘，然后将树枝的一头顶着发动机，另一头放在自己耳朵里细心地听，好像医生将听诊器放在病人的胸口测心跳那样。在场的人都不明白她在干什么。瓦丽恩尕用树枝在发动机的不同部位不断地查听着，突然发现第三气缸转动声音异常，她停了下来，将树枝递给了那位修理工，让他听听。修理工按她说的接过树枝也开始听了起来。这时有些围观的人笑话他说，怎么会这样蠢，听一个疯女人胡说八道，有谁检查发动机用树枝呢？

瓦丽恩尕问修理工听到什么没有，修理工扭扭捏捏地回答说："……听到一种机器的刮磨声。"瓦丽恩尕问他："那么你觉得毛病在哪里呢？"人们都屏住呼吸，目光注视着修理工没有吭声。

那个刚才还自吹是内行的修理工此时咬着嘴唇，一句话也说不出来，用求助的眼光望着围观的人，但在这种特殊的考试面前，谁也没有站出来替他解围。他低下头，羞愧难当地回答说："我不知道！"

瓦丽恩尕告诉他说："发动机有刮磨声的原因主要是连接曲轴的一颗螺丝松动了。"此话一出，围观的人顿时报以热烈的掌声。人们开始散去，有些人不断地摇着头说："啰！啰！从来都没有看到这种情形，原来我们的女人们也有这样大的本事！"

就这样，心服口服的修理工们都欢迎她加入他们的行列，还破例同意她在没有买到修理工具以前先用他们的。

从这一天开始，她也就成了修理工们的朋友，工人们越来越发现好像没有什么问题能难倒她，越是这样，工人们就越尊重她。

有一天，有人送来一辆车让他们检修，当他看到走过来打开前盖准备检修的是女孩时，脸上露出惊疑神色。可细细一看，发现这姑娘长得漂亮可人，就马上换了一副面孔，开始对她热情起来，并频频没话找话撩她，不止一次找机会蹭一蹭她那高耸迷人的乳房。瓦丽恩尕抬起头来，用严厉的目光瞪了他一眼，用不愠不怒的口气对他说：“我是工人，我在工作，我不喜欢工作时开玩笑，希望你尊重我，也尊重我的工作，我的胸部与工作没有关系，我的容貌也与工作没有关系！”这个人以为她是在开玩笑，和其他女人一样是假装正经，因此依然轻佻地不时蹭蹭她的乳房，还得寸进尺开始摸她的屁股……

“喂！我说什么来的？”瓦丽恩尕决定教训他一下，说话间，她突然如闪电般一转身，冷不防飞脚朝他肚子踢过去，同时又朝他胸口击一猛拳，猛然间的拳打脚踢将他打得两眼直冒金花，重重跌倒在地，并不断向瓦丽恩尕求饶说：“对不起！对不起！”说着迅速爬起来，从瓦丽恩尕手中夺过钥匙，钻进车里，打着发动机，灰溜溜地像离弦之箭逃离现场。

瓦丽恩尕的声名鹊起，她的动人故事在周围远近不断地传颂着，修理工同行们对她的尊重有增无减，对她的聪颖、勤奋和勇敢赞不绝口。

啊，瓦丽恩尕！真是好样的，有志气！

修理工们在一起修车，每个月劳动报酬归个人，但到了月底，每个人必须拿出一定数量的劳动所得作为公积金，用部分公积金来缴纳内罗毕市政的土地税和支付其他集体开销，同时，如果他们当中有人突然遇到困难，他或她可以临时向公积金拆借，以解燃眉之急。每位技工按劳取酬，根据每人的技能、勤奋和工作快慢，多劳多得。如果有人活多，忙不过来，可以分流一些给活少的，共同获利。他们组成这样一个企业，自己雇用自己，尽管不能发财致富，但无衣食住之忧，温饱基本没有问题。

就这样，在学校念书的第二年里，瓦丽恩尕将时间安排得紧紧的，要么在理工专科学校上课，要么在家里复习功课，要么在穆韦霍托汽车修理厂打工修车。

又是一个周六，瓦丽恩尕要去修理厂将手头的活干完，然后回伊乌莫罗格。

瓦丽恩尕来到附近的一家小咖啡馆取工作服，她每天下班时都将工作服寄存在这里，常来这里喝茶或咖啡的工人们都认识她，常常和她开开玩笑，不过这些玩笑都是善意的，是出自对她的尊重。

瓦丽恩尕在小咖啡馆里换好工作服，把手提包和放工作服的小箱子都留在咖啡馆里，然后走出咖啡馆，穿过马路，朝修理厂走去。

修理厂就在前面……不知怎的，还没有到，她的心就开始激烈地跳动起来，她远远就看到工人们都默默地站着，谁也没有说话，一个个愁眉苦脸，好像死了孩子似的。这是怎么啦，大清早的！

瓦丽恩尕开始是紧步向前，后又是小跑过去。

“怎么啦，你们为什么这样一个个哭丧着脸？”

“你不要问了，伙计！”

“不，请告诉我！”

“这块地皮被卖掉了……”

“谁卖的？”

“还不是市政！”

“卖给谁？这可是我们赖以生存的土地！”

“是那位叫基哈拉的老板和那几个来自美国、德国和日本的外国人合伙买的。”

“老板基哈拉？”

“是他？”

“差不多整个内罗毕都要属于他的了，美其名曰，要发展旅游业，说要在这块地上建一个旅游饭店。”

“嗯，这样我们的女人给外国人出卖肉体又有地方了。”

“他为什么不敢说是要建一个现代妓女制造厂呢！”

“你说得对，这种场所叫夜总会也好，叫饭店也好，叫什么名都一样，换汤不换药。建这种场所都是为了招揽本地妇女当妓女，专为外国人服务的。”

“这不又是给外国人搜掠奴隶吗？”

基哈拉老板？魔鬼盛宴？西方客人？银行？现在又是旅游？一个又一个的谜团在瓦丽恩尕的脑海里匆匆掠过，心里产生一种莫名的不安。突然她又想起了瓦恩嘎丽、穆图里和那位学生领袖，他们什么时候才能从牢笼里出来呢？她越想越生气。

“这真是，老猫不在家，耗子成大王。逃出狼窝又落入了虎口。”一位工人自言自语说。

“如果我们就这样忍耐，不反抗，让他们就这样砍掉我们的手脚，天理何在？”瓦丽恩尕悲愤地回答他说。

同时，一股强烈的反抗怒火在瓦丽恩尕心里熊熊燃烧。

3

就在这一天的下午，戛图利亚开着红色丰田卡罗拉小车和瓦丽恩尕一起去伊乌莫罗格，他们准备在那里过一夜，第二天去纳库卢。

他们是要去见瓦丽恩尕的父母，告诉父母他们就要结婚了。

戛图利亚身着灰色长裤、白色衬衣和褐色外套，显得潇洒英俊。瓦丽恩尕不再穿往日在恩加拉家里穿的褪色蓝色牛仔裤和卡其衬衣了，特意穿上一件富有民族特色带红白小花边的白色长裙，秀美的长发编了一个传统的田埂式发型[1]，显得姣美而不造作，漂亮而不俗气。

在这样漂亮的姑娘面前有谁还能认出她就是早上那位穿着褪色破旧牛仔裤的瓦丽恩尕吗？有谁能想到这样漂亮的姑娘还是一个柔道和武术的高手呢？又有谁知道这样漂亮的姑娘还是一位出色的枪

① 非洲妇女喜欢将头发编成各种各样的发型，有田埂式、树杈式、水渠式等，田埂式就是将长发从头顶到后脖子编成平行的一道道，形状似一道道田埂。

手呢？

戛图利亚含情脉脉地看着瓦丽恩尕。他们之间的爱情已是瓜熟蒂落，水到渠成，他心里幸福地想道：“再过两个月，瓦丽恩尕就是我的妻子了！”想到这，他的心儿在悄悄激烈地跳动，全身热血沸腾……骤然想起了一首歌：

喜悦，就是出征的恋人在克敌制胜，收复山河，胜利归来，手执长矛盾牌，站在门口，多情地喊了一声姑娘，献上心里纯洁的爱，而让姑娘的心激烈跳动的那一刻；

喜悦，就是恋人从远处打水归来或从地里收获粮食果蔬回来，来到门口，多情地喊了一声哥，让小伙子的心兴奋地跳个不停的那一刻；

喜悦，就是姑娘和小伙子这对恋人爱情已经瓜熟蒂落，忘情拥抱，两颗炽热的心为信守诺言而共同激烈地跳动的时刻；

喜悦，就是小伙子姑娘约会，把各自的情愫传递给对方，热血沸腾，各自在想，爱情已经成熟，水到渠成，“我们该怎么办呢？”的那种令人炫目和期盼的时刻。

热恋中的情侣在这个时刻，双方谁说话听起来都会动听如奏乐；谈话就像在朗诵优美的诗篇……在去伊乌莫罗格的路上，俩人还互猜着与爱情有关的谜语，彼此间情意绵绵的话语已经把各自撩得春心萌动，难以自已。

当初，戛图利亚的梦想是创作一部诗情并茂、热情讴歌新时代的大型史诗，但苦于主题不明确，素材不足。自从他参加了魔鬼的盛宴后，觉得一切已胸有成竹……现在素材已经有了，他可以开始创作一部以歌颂祖国为主题的大型史诗了。“祖国颂”大型史诗创作马上就开始，而且今天就开始。俗话说：“今天就说今天，不要等明天，说明天就是假的”。他决定在创作史诗这个未竟事业完成之前不再做别的，不再创作教堂唱诗班里其他乐曲，这次在瓦丽恩尕父母面前也不提他们的婚事……

自从他那时坐下来开始创作到现在，整整两年过去了，回首过去的两年，他足不出户，不见访客，一直把自己关在家里。但设想易，动手难，万事开头更难，事情还刚开始就已经困难重重，但他用蚂蚁啃骨头的精神攻克了一道道难关，最后终于如愿以偿，成功创作了这首他梦寐以求的大型史诗，好事成双，经过两年的感情煎熬后，又重新赢得了瓦丽恩尕的芳心，征得她的同意，他给父亲修书一封，告诉他父亲，多年来流离颠沛，自己就像一只被人遗忘的羔羊。近日思乡情迫，决定重返故里，将心上人和史诗创作成果带回家，请为我们祈祷。

父亲很快就给他回信说：“我唯一的宝贝儿子，你想回家而且要父亲为你祈祷，这是多么美好的事情，我那丰厚的家产正等待着一个有现代管理经验的人来管理。快回来吧，我可以给你们量身定做最好的结婚礼服，给你们戴上最漂亮的金戒指，宰杀最肥的牛犊，共同庆祝你灵魂和肉体的再生，因为你曾经是一具行尸走肉，现在复活了，我曾经失掉了你，现在又失而复得。把你的恋人一起带回来，让我们一起庆祝这一天！上帝已经听见了我们的呼唤……”

“因此明天要为你宰最肥的牛犊，是吗？”瓦丽恩尕问戛图利亚。

“是的，何止一头，他有肥牛无数……！”戛图利亚说着大笑了起来，“他在信中称我为唯一的宝贝儿子，他不想想，当初他在外面大把挥霍，声色犬马，寻欢作乐，放纵自己时曾把我当作多余的负担。我相信他会为此而追悔一辈子，会永远向上帝赎罪，祈祷我尽快回家，让我不要在外面继续把我心中的珍珠撒给那些蠢猪们。”

“他会认为你还没有成熟，会把珍珠撒给猪吗？”

“我不在乎他怎么认为，一旦他见到我把你带回来，他一定会喜出望外，欣喜若狂！”

“他欣喜若狂是因为我呢，还是因为你的史诗作品？”瓦丽恩尕说着，眼神带着幸福的微笑。

“怎么能将你这样的绝世美人和史诗相提并论呢？”戛图利亚假装有些生气地反问道。

“也许你自己不知道你是多么的娴雅动人。魔鬼盛宴以后，就像女大十八变那样，无论是精神还是身材都发生了令人妒羡的变化，黝黑的皮肤又细软又亮丽，扑哧扑哧的双眼如星星闪烁，微微泛红的面颊娇艳妩媚，就像熟透了的两个红苹果，如瀑的秀发黝黑撩人，银铃般的声音如百鸟争鸣……啊！瓦丽恩尕，我的心肝宝贝，你是我史诗中的灵魂……”戛图利亚的话让瓦丽恩尕感到震惊，一道阴影掠过心头，脸上笑容蓦然消失，两年前她听说过的话，为什么现在又从戛图利亚的嘴里冒出来呢？两年前在梦里的话……瓦丽恩尕不想让戛图利亚知道她情绪的突然变化，也不想继续听他那些听厌了的奉承话，她极力想改变话题。

“再给我说说你创作史诗的情况吧！”她假装想知道他创作时的更多细节，“真没有想到你的创作需要两年的时间。”

“这首史诗讲述的是国家大事吗？它需要百人合唱和管弦乐队伴奏吗？记住，你必须标明哪个声部配什么乐器。歌中有歌，曲中有曲，歌曲协调一致，听起来才和谐优美！”

“亲爱的，史诗中必然是曲中有曲，歌中有歌！说实在的如果我不遇见你，没有你的爱给我的心插上飞翔的翅膀，我真不知道我是否能完成这部史诗的创作，每当我坐在屋里静静地搞创作时，你的爱就会悄悄流入我的心田……”

戛图利亚将史诗看成是送给瓦丽恩尕订婚的戒指，将在纳库卢当着她父母亲的面将戒指亲手给她戴上。戛图利亚还想在史诗创作完成后，将它编印成册，作为礼品送给瓦丽恩尕的父亲，同时他还决定史诗的首场演出要在他和瓦丽恩尕的婚礼之夜隆重举行。明天将是他们兰桂齐芬、喜结良缘的第一场演出，在明晚的庆祝仪式上他将把有二百页的史诗——他两年辛勤劳动的丰硕成果，郑重地亲手送给瓦丽恩尕。

“我是问你创作史诗的情况，不是问你我脸蛋怎么样。”瓦丽恩尕极力回避谈婚姻的问题。

戛图利亚耐心详尽地向瓦丽恩尕介绍史诗的创作过程和遇到的难题，还简要地向她介绍这部有二百页的史诗内容，但两年的心血和如此长篇的史诗，用一句两句话或一两分钟怎么能说得清楚呢？

在戛图利亚的创作思维中，他重新构思出多声部和谐配合的完美场景，不同的声部随着乐曲的节拍，有分有合，犹如奔腾的河水，绕过群山，穿过平原，川流不息地汇入无垠的大海；伴着不同乐曲的节奏，各声部相互呼应，配合默契，优美动听，赏心悦耳，犹如天籁之音。在他的作品中，巧妙地利用各具特色的民族乐器，熟练地安排什么时候哪些乐器上，什么时候哪些乐器下，什么时候需要什么乐器独奏，什么时候需要合奏，彼此紧密配合，珠联璧合；此外，戛图利亚还让歌唱和乐器的演奏完美结合，浑然一体，让观众的情绪与演出情节上下互动——高潮时观众欣喜若狂，形喜于色；低潮时如歌如泣，怅然若失；观众看到卖国贼的卑劣行径怒不可遏，欲拂袖离去；观众看到英雄们为祖国解放浴血奋战，胜利归来，心潮澎湃，奋手高呼，欢呼雀跃……戛图利亚要通过史诗的演出唤起全体肯尼亚公民对祖国的无限热爱！

回顾着创作的过程和史诗不寻常的内容，戛图利亚的心如万马奔腾，久久不能平静。史诗中的各个场景和乐曲在他脑海里不断闪现，好像彼此在相互竞争着，看谁赢了，看谁能在舞台上占优势。戛图利亚在开着红色丰田车去伊乌莫罗格的路上，神思飞越，史诗的歌声和演奏声依然在他的耳边不断地萦绕着……

第一乐章

帝国主义者入侵前

我们的传统乐器声

吉康迪葫芦
单弦琴
鼓和长笛
敲击乐器
弦乐器
吹奏乐器
撞击乐器

妇女们载歌载舞，在林中空地上
男人们在猜谜语，在灌木丛中
儿童们在讲故事，在野地里玩土
年轻人们在祈祷，在平整土地
年轻妇女们在调解纠纷，在种植庄稼
男孩女孩们在参加成年仪式，在庄稼地耕作
群众在举行生育衍养仪式，在保护谷子驱赶鸟
人民在庆祝国家再生，载歌载舞收获胜利果实
启蒙教育　收割　放牧
婚礼　建造房子
葬礼　炼铁　捏制陶罐
阵阵鼓声，年轻人的口号声
为了捍卫财产，赶走吸血者！
挥动长矛和盾牌
英雄们的欢呼声

第二乐章

外国人的嘈杂声
帝国主义者的声音
雷鸣般的鼓声
嘹亮的号角声

他们在霸占了我们土地后
接着就是偷盗和掠夺我们的血汗：
我们的财富
我们的牲口
我们的收获
我们的工厂
我们的矿产
将我们沦为奴隶
他们的士兵烧杀抢掠
反对外国侵略者的斗争如火如荼
爱国者们的欢呼声
胜利的号角声
长角号声
鼓声
长笛声
外国士兵仓皇逃跑声
爱国者胜利之歌

基库尤人、科伊塔雷人、米吉提利利、戛克雷人的歌声

第三乐章

外国人油滑、虚伪的声音
鼓声
长笛声
钢琴声
风琴声
基督教唱诗班歌声

他们得到他们的忠诚 ：

酋长　　外国人　　目标：
主教　　神父　　财富
资本家　　巫师　　手段：
出卖国家灵魂者　　当权者　　制造分裂
武装士兵　　埋下敌对种子

帝国主义者的旗帜

文化的较量
人民当了俘虏
国家四分五裂
革命活动被禁止
年轻人被剥夺武装

现在他们手无寸铁
帝国主义士兵的声音
爱国者镣铐的声音

第四乐章

奴隶们的呻吟声
钢琴声
吉他声
萨克管声
号角和鼓声
奴隶们采茶声
奴隶们摘咖啡豆声
奴隶们摘棉花声
奴隶们砍甘蔗声
奴隶们割麦声
奴隶工厂里的苦力声

第五乐章

新的解放祖国战斗召唤声
号角声
长角号声
鼓声
长笛声

胜利欢呼声

英雄胜利归来声

茅茅欢呼声

革命者欢呼声

工人农民革命大团结欢呼声……

这些就是戛图利亚想要向瓦丽恩尕介绍的史诗中的各个乐章。他还想向瓦丽恩尕介绍各种传统乐器，这些乐器曾经鼓舞着广大工人农民前仆后继，为将祖国从被奴役压迫中解放出来而浴血奋战……同时还想向瓦丽恩尕介绍创作非洲乐曲是如何的困难，比起欧洲来，非洲的乐曲还不够发达，彼此差距很大，因此在创作时，乐曲中音符依然必须沿用外国的。

突然戛图利亚发现瓦丽恩尕对他的讲述心不在焉。

“你怎么啦？”戛图利亚问。

“你提到工人农民时，我突然想起了穆图里、瓦恩嘎丽……和……其他……”

“学生领袖？”

“是的，学生领袖！”

“哪一天你才能把这三个人忘了呢？”戛图利亚怅然若失地问。

“工人，农民，爱国者，三圣一体多么的圣洁伟大！”瓦丽恩尕赞叹，她停顿了一下继续说，“不……我不可能忘掉他们……不会忘掉他们出庭的情景，不会忘记他们被审讯的场面……我的天哪，我绝不会忘记三圣……和……”

4

审判当天，伊乌莫罗格城里万人空巷，民众们几乎都奔法庭去了。法庭里席无虚座，泾渭分明，分两边坐着两种人，一边是基哈阿胡·瓦·加思卡、基

图图 · 瓦 · 嘎塔恩古卢、恩迪提卡 · 瓦 · 恩古恩吉、基梅恩德利 · 瓦 · 康尤安吉和其他许多参加过魔鬼盛宴的盗贼们。另一边坐着工人、农民、学生 、小商贩。法官是一个外国人，身穿血色法官服，在高高的审判席上正襟危坐，书记员坐在一旁，一边当翻译一边胡乱地做着记录。

穆图里、瓦恩嘎丽、学生领袖由全副武装的狱警和警察押送着来到法庭，坐在被告席上，他们被指控在伊乌莫罗格高尔夫球场附近聚众闹事，破坏私营商人聚会，造成七人死亡，犯了故意扰乱社会治安罪。

当时，伊乌莫罗格警察所还传唤了戛图利亚和瓦丽恩尕，要求他们作为目击证人提供证词，被他们拒绝了。原告是基图图、基哈阿胡一伙和警察，他们其实是要 MMM333 福特牌 T 三轮车车主穆瓦乌拉出庭作证。

穆瓦乌拉的所谓证词是周六那一天他的三轮车在内罗毕接了两个客人，穆图里和瓦恩嘎丽，从一开始他就觉得这两个人不可靠。尤其是瓦恩嘎丽坐完车不付钱，还说什么肯尼亚全国一切都应该免费，穆图里和她一唱一和，最后连车费也是他替她付的。还有，从内罗毕到伊乌莫罗格一路上他们一直在聊工人农民联合起来的事，说什么现在所需要的是大学生们所提倡的共产主义。他还听瓦恩嘎丽吹嘘可以蒙骗内罗毕和伊乌莫罗格的警察让他们相信是盗贼劫匪们在山洞里秘密集会，让警察们来捣毁他们的集会。穆瓦乌拉亲耳听穆图里说，要去召集工人农民破坏那场盛宴。

穆瓦乌拉最后说这些人还有一个同伙叫姆韦雷利 · 瓦 · 穆基拉伊，就是这个人在车里一路上沉默不语，但都是装的，是一种阴谋，因为最后就是他给了穆图里和瓦恩嘎丽洞里盛宴请柬。当他知道洞里将要发生大动乱时，他却躲得远远的，因此他找他要租三轮车当晚逃离现场……不幸的是车在基内尼耶出了车祸……姆韦雷利 · 瓦 · 穆基拉伊当场身亡，车也彻底报废了……他奇迹般逃过一劫，幸免一死……

穆瓦乌拉刚讲完一半的证词，就有人递给公诉人一个条子，公诉人看了看条子，然后走到法官身旁，和他低语了几句后，法官马上宣布公诉人已经撤诉，因此穆图里、瓦恩嘎丽和学生被无罪释放。在场的许多人目瞪口呆，没有明白是怎么回事，是根据哪条法律宣布无罪释放时，参加庭审的工人农民和学生们中响起一片热烈的欢呼声。

瓦丽恩尕快步走上前和他们一一握手，热烈拥抱，一起被簇拥着走出法庭门口。

刚走出法庭，庭外让人意想不到的情形简直让瓦丽恩尕差点昏过去，只见整个法庭都被荷枪实弹的士兵们包围了，周围甚至还有坦克。穆图里、瓦恩嘎丽和学生领袖刚踏出门口，就有持枪的士兵走了上来，给他们戴上手铐。

两周过后，人们才知道穆图里、瓦恩嘎丽和学生领袖被投进了监狱，又过了一个月，穆瓦乌拉买了三辆新的三轮车，新成立了一个公司，名字叫"麻烦与舒适三轮车现代运输有限公司"。公司经理之一是魔鬼盛宴的主持人，另一位是基梅恩德利 · 瓦 · 康尤安吉。

5

"他们还活着吗？"瓦丽恩尕问戛图利亚。

"他们好像被放逐到恩贡戛森林里去了。"

"谁知道？"戛图利亚一边开着红色丰田车一边漫不经心地回答说，"我们等一等吧，等到十二月十二日也许他们会和其他普通犯人一起被释放。"

"阿门！我多么希望能这样！"瓦丽恩尕虔诚地说，"那一天，将是真正的史诗乐曲在我灵魂中回荡的时候！"

第十一章

1

日月星辰，时光如流水，自那次魔鬼盛宴以来转眼间两年过去了，两年来伊乌莫罗格涛声依旧，黄金山还是那个黄金山，原来划分的两个区依然是那两个区。然而人们不难发现属黄金山的那个区正在不断发展和向周围扩展，大量的财富和资金源源不断地流入这个地区，一栋栋房柱包金和波斯地毯铺地的豪华别墅在风景如画的山区如雨后春笋不断冒了出来，在这些豪宅里配以金床银床已是司空见惯，不足为奇。来伊乌莫罗格地区开办公司的各国商人一个个接踵而来，各种名牌汽车充斥了伊乌莫罗格的市场和道路。银行和保险公司等金融机构触目可见，世界闻名的美国芝加哥银行和纽约银行也在繁华地区设立了总部和大仓库，一个个摩拳擦掌，准备疯狂敛财。

耶路撒地区也在不断向外扩展，成片的残破不堪的贫民窟，冒黑烟的外国工厂，污水横溢的污水沟，粪便横流的臭水沟，在耶路撒地区与日俱增，地区不断扩大，就连离伊乌莫罗格很远的村庄，包括瓦丽恩尔父母居住的恩戛恩德西阿村也差不多要被吞并了。卖一种叫恩加利库玛啤酒的，卖橘子的，卖香蕉的，卖淫的挤满耶路撒大街两边的一间间破旧小屋，工人、无业游民和普通老百姓穷得叮当响。在耶路撒有无数这样又小又脏的小商店。

这些小店都是黄金山的资本家们租给他们的，他们只是来收收租金，但他们多数都是通过中介和流氓来处理这些事情。如今，魔鬼天使的流氓们甚至在耶路撒设有他们的分部。

瓦丽恩尔的父母虽说是住在耶路撒，但他们居住的地方依然叫恩戛恩德西阿村，父母一家的生活比过去要好一点，他们的住房相对要大一些，因为瓦丽恩尔当文员时，将它改建了。与此同时，她在汽车修理厂打工时那点不多的收入已经可以支付孩子的吃穿和交学费。

现在，耶路撒和戛恩德西阿村是戛图利亚和瓦丽恩尕都向往的地方。

2

一个周日，下午五点，瓦丽恩尕的爸爸不在家，女儿瓦姆布依和孩子们都出去玩了，只有妈妈在家。

瓦丽恩尕和戛图利亚把将要结婚的消息告诉了妈妈。妈妈咳嗽了一下，身上带有黑白印花的衣服尽管脏了点，但还算利落。听到他们要结婚的消息，高兴地用指头沾了一下口水，涂抹在胸口上，表示赞成。但她依然不太放心，心里有一个问题想问他们：

“这个问题我想问你，瓦丽恩尕，你当着这个年轻人的面回答我的问题以便他能听见。这件事是现在的姑娘们不能理解的。你现在就告诉这个年轻人，你已经有一个快到割礼年龄的女儿，如果她也要像其他成年人那样参加割礼怎么办？”

“你是说如果我的小女儿瓦姆布依也要参加割礼是吗？”瓦丽恩尕笑着对母亲说，“其实这已经不是什么秘密了，我已经把这一切告诉了戛图利亚，两年前他来参加魔鬼盛宴期间已见过她，许多人都说她和戛图利亚长得很像，有血缘关系，只要戛图利亚不老，以后我们还要给她要一个同胞妹妹呢！”

“你说得对，瓦丽恩尕，”瓦丽恩尕的母亲爽快地回答说，“看起来他们真的长得很像。”

“同一血缘是什么意思？”戛图利亚有些生气地问，“长得像又是什么意思？孩子就是孩子，我们都是同一娘胎的孩子，我们的娘就是我们的祖国肯尼亚。”

“年轻人，你说得很对！”瓦丽恩尕的母亲说，“愿上帝祈福你们，愿你们好好耕耘这块肥沃的土地！当今的姑娘说什么为了男的更爱她，甚至把亲生的婴儿扔在茅坑里，或者抛弃在垃圾桶里，罪过！”

“有一次甚至连我自己都想悬梁自尽，”瓦丽恩尕说，“是因为当时老富翁逼我打胎，我拒绝了，被他踢了一脚。后来还因为穆图里他们被扣押，使我对社会感到绝望，一气之下，我曾卧轨自杀。”

“只有傻瓜才会吸吮死去的母亲的奶头。”瓦丽恩尕的母亲说，“年轻往往很无知。”

“忘掉它吧！”戛图利亚极力想让瓦丽恩尕忘掉这令人伤心的往事，“事情已经过去，忘掉它吧！”

“放心好了，我再也不会像过去那样想起来就悲恸欲绝，睡不着觉了。”瓦丽恩尕笑着说，“当时如果我嫁给那个老富翁，今天我到哪儿去找像你这样的年轻的丈夫呢？”

“钱不是一切，”瓦丽恩尕的母亲说，“不管是年纪大的，还是年纪小的，重要的是生活在这个人世上能不能给你带来幸福。瓦丽恩尕，我做饭去了，你为什么不带戛图利亚到伊乌莫罗格去转转呢？去吧，回来时就可以见到你爸爸了，你可以将你们的想法给你爸爸讲讲！”

“好的，谢谢妈妈。”戛图利亚说着站了起来，“那次魔鬼盛宴以来，我还没有来过伊乌莫罗格呢！”

3

戛图利亚和瓦丽恩尕说是要吸吸新鲜空气，戛图利亚开着车来到黄金山，将车停在山脚下的大路旁，他们下了车沿着林荫道漫步到伊乌莫罗格黄金山绿色公园，公园里满目苍翠，绿草茵茵，树木葱茏，遮天蔽日，犹如一把把阳伞。已是黄昏时节，夕阳西下，落日的余晖将这里的一草一木照得金灿灿，多姿多彩，喜人耳目。

他们登上了一个小山包，只见脚下不远处是一个大农庄，这个农庄专门种小麦和燕麦，为酿一种叫丁盖塔-百威啤酒提供原料。

他们肩并肩站在小山包之巅，极目远眺，面对连绵群山，怡情地欣赏着山区周围的一切，此时的戛图利亚和瓦丽恩尕已经从爱情激情中冷静了下来。

“我很高兴听了你刚才在家里说的那些话。”瓦丽恩尕开口说。

“我说了什么话？我说的话多了。”戛图利亚问。

“你说姑娘怀孕不是罪过，有了孩子也不是灾难。”瓦丽恩尕接着回答说。

“我不是告诉过你忘掉过去吗？”戛图利亚安慰她说，“我们要心情愉快，过好每一天。今天我们已顺利跨过了第一道门槛，你妈妈同意了我们的婚事，还为我们的幸福祈祷。现在我心里充满了感激和喜悦，有你妈妈老人家祈福，有谁能比我更幸福呢？我已经如愿以偿,完成了我梦寐以求的史诗音乐的创作，现在上帝又赐给我你这个貌美绝伦的美人！”

“你的陈述就像那些在伊乌莫罗格洞里盗贼们陈述那样，巧舌如簧！”瓦丽恩尕说完放声大笑，“等等吧，别人也要给你唱赞歌了。”

“我说的都是心里话，是真的。我心里充满幸福和喜悦的赞歌。你认为，除了像小河流水那样无尽的幸福，我还要等什么呢？”

“我读不懂你心中的那封情书。”瓦丽恩尕回答着极力控制着自己不要笑出声来，突然她又想起了老板基哈拉在办公室里对她说的话，“告诉我你还等什么，只要你能让我高兴，像小河流水长流不断，我怎么能离开你呢？”

“我等待着明天爸爸对我们的祝福。”戛图利亚说。

“你长得像你爸爸妈妈吗？”瓦丽恩尕问戛图利亚，“你是长得像你爸还是像你妈？”

瓦丽恩尕头一回问这个问题，戛图利亚真不知道怎么回答才好。戛图利亚感到难以启齿，因为他父母曾是外国人的仆人，一切生活习俗礼节都仿照外国人，说什么外国人的习俗就是上帝的习俗。直至现在，戛图利亚依然没有把握说他的父母是否能接受瓦丽恩尕，尤其是当他们知道她已经有了一个别人的孩子时。但他心里主意已定，不管父母接受不接受，瓦丽恩尕就是他的新娘。反过来，他也没有把握瓦丽恩尕到底能不能接受他父母，明天见到他父母的那些她厌烦的外国繁文缛节时，她会看不起他们吗？会放弃结婚的想法吗？

这就是戛图利亚不想让瓦丽恩尕看发给朋友的请柬的原因，尤其是他父亲所列的受邀客人的名单。请柬是用金色的字印的，周边镶着金色小花。然而让戛图利亚更难为情的是请柬里还附有穿什么服装的要求和哪些礼品店可以买到礼品的说明。

盛宴！盛宴！

恩戈利卡神圣果园

希斯帕尼奥拉·格林韦·吉塔西先生和夫人荣幸地邀请___ 先生／和女士／小姐／博士／教授／议员阁下 ____ 出席欢迎犬子戛图利亚·吉塔西硕士携未婚妻荣归故里的盛宴。日期 ____ 日，星期天，时间下午两点开始。

着装：男士黑色西装

女士：长裙，帽子，手套

如果在意送礼，可以到下列贵宾店购买：

伊乌莫罗格的男女礼品伦敦店；

内罗毕巴黎一览店

纳库卢罗马妇女贵宾店

我仰望圣山，她是我力量的源泉。

戴维圣诗[1]

戛图利亚一想到请柬里所提到的事情，就想哭，没有比全盘照搬外国人的习俗和礼节更令他难堪的

① 引自《圣经·旧约》的诗篇。

了，这简直就是鹦鹉学舌！就是因为这样才不想让瓦丽恩尕看请柬和回答吞吞吐吐的。

“你忘了你父母长得什么样啦？为什么你回答问题吞吞吐吐呢？”瓦丽恩尕紧接着问。

“闭上眼吧，等到明天下午你就知道了。”戛图利亚好像在和她开玩笑，“到了那个时候，你一睁开眼，你想有谁会对你匍匐在地吗？是戛图利亚的父母。到时候你就会知道一切顾虑都是多余的……”

戛图利亚说着伸出手紧紧搂住瓦丽恩尕的腰，瓦丽恩尕同时温柔地将头靠在戛图利亚的肩膀上。

“不……明天……明天，黎明早点降临吧，让我们与早起的鸟儿共享清新的晨露。”瓦丽恩尕说着心中变得沉重了起来，万千思绪已插上了羽翼飞向远方。

她神思飞跃，一时间，两行泪水竟不自觉顺着两颊流了下来，犹如朝阳之下，两滴晶莹的露珠在熟透了的苹果光滑的表面上慢慢往下滴，然而，现在是夕阳西下，夜幕即将降临。

“你又怎么啦？亲爱的。”戛图利亚的心一阵紧缩，“为什么你突然间又心事重重呢？我只是给你开玩笑，你为什么要生我的气呢？”

4

“我怎么对你说呢，不是这样的，不要太在意我的眼泪，我就是这样一个人，多愁善感，有时不由自主，无缘无故就会掉眼泪……今天通知我们说必须马上从汽车修理厂那块地上搬出去，我不是告诉过你吗？”

“你们那个修理厂？要你们搬走？谁要用那块地？”

“就是那个基哈拉老板和他新成立的‘旅游者天堂开发公司’。”

“就是那位你拒绝和他上床开除了你的那位老板吗？”

“是的，还有他的那些要我在大庭广众之下脱光衣服的外国狐朋狗友……”瓦丽恩尕说着突然想起了姆韦雷利·瓦·穆基拉伊在魔鬼盛宴上所举的例子，就学着牧师的声调说，“……因此，先知的话一定会得到应验，人越富有，他得到的就越多，也就越富有……”

“……越贫穷，就越被富人掠夺，直至一无所有，穷人的财富是属于富人的。”戛图利亚也学着法官的语气说。

戛图利亚说完和瓦丽恩尕一起放声大笑。然后是各自沉默着思考着什么，大概只过了那么一分钟，瓦丽恩尕心里又开始紧张起来。

“我曾告诉过你我在上纳库卢全日制中学时经常做的那个梦，你还记得吗？”

“魔鬼被一群穿麻袋片的人钉死在十字架上？”

“是的，记得……三天后又被一群西装革履的人从十字架上救了下来……”

“是的……然后是匍匐在地，对它顶礼膜拜，口中念念有词‘罪过！罪过！’……我记得……你告诉过我。但我希望你也没有忘记我曾给你说过的，许多教堂的墙壁和门窗上都挂着许许多多的画，让人看完后夜里直做噩梦。现在你为什么要问我这些问题呢？”戛图利亚说完望着瓦丽恩尕。

“因为，昨晚我又做这个梦了。你知道吗，我这几天已经很少上教堂了，昨晚做的梦很特别，和原来做的不一样，昨晚我梦见那些西装革履的人没有等到第三天，他们再也不是偷偷摸摸，而是在坦克和大炮的保护下，大摇大摆地来到钉着魔鬼的十字架旁，把魔鬼从十字架上放了下来，并开始为它唱赞歌……”

“那么，那些穿破麻袋片的人呢？”戛图利亚问，“当他们遇见了这些人时，他们怎么办呢？”

“我没有看清楚……好像逃到森林里去了，一边逃还一边唱着歌，唱什么我没有听清楚，梦还没有结束我就突然惊醒了……”

“你不要再为噩梦心神不定了，”戛图利亚想让瓦丽恩尕的情绪安定下来，“你不是两年前就见过工人农民和学生到法庭旁听对穆图里他们的审判时，被坦克驱赶的场面了吗？你梦见坦克是因为你早想到我们今天要来伊乌莫罗格黄金山……”

“真的，有可能是这样！”瓦丽恩尕说着，心情由阴转晴，“为什么你不设一个窗口给人解梦呢，这样你也许还可以挣点钱。”

“我称自己为解梦专家戛图利亚？……专为人解梦，尤其破解噩梦……此外，作为医学专家，我还能治百病，如有不适，欢迎来找专家戛图利亚！……在爱情方面如遇到问题，也欢迎来找我戛图利亚……还有么……过去的成绩斐然……是我第一个预测到早晨朝阳从东方升起，黄昏夕阳从西边落下！”戛图利亚的话惹得瓦丽恩尕放声大笑。

5

众所周知，爱者无惧，爱不畏艰险，爱不怕魔鬼，爱不在乎昨天前天，爱只在乎明天后天，坚韧不拔一步步走下去，直至幸福的明天……戛图利亚和瓦丽恩尕幸福就要始于明天……

“如果不是因为要把我们赶出修理厂那块地和做噩梦，我现在不会轻易掉眼泪。”瓦丽恩尕告诉戛图利亚说。

“擦擦你的眼泪吧。”戛图利亚对瓦丽恩尕说。

“今天是很难擦干了，”瓦丽恩尕说，“因为现在我是悲喜交集。”

“什么意思？”

“自从我想自杀到现在，还没有回过纳库卢。我告诉过你，纳库卢曾经是给我带来无尽苦难的地方，但明天它却变成了我企盼幸福的地方……”

“有什么不好吗？”戛图利亚问，“明天的纳库卢将是对过去的纳库卢的一种报复。”戛图利亚铿锵有力的回答给了瓦丽恩尕很大的安慰和鼓舞。

“是的，纳库卢是苦难和幸福的交汇点……”

“阿门！阿门……”

“快擦干你的眼泪吧，纳库卢本来就是一个充满奇迹的地方。福兮祸所伏，苦尽甘来，你为什么不擦眼泪呢？那就让我用爱来给你擦吧……”

“真是说谎专家！”瓦丽恩尕破涕为笑，多情地用手轻轻地推了一下想亲吻她的戛图利亚，“你这外国式的亲吻习惯在哪儿学的？嗯，原来你还没有放弃国外那一套！”

“我说，你是想要非洲式的亲吻吗？”戛图利亚微笑着慢慢朝瓦丽恩尕靠近，而瓦丽恩尕则一边慢慢地往后退一边和戛图利亚说着话。“好吧，亲吻，说悄悄话……就等到我们在爱情温床上的那一刻吧……”戛图利亚说着开始和瓦丽恩尕一起吟诵《圣经》中的一首诗：

戛图利亚：

我现在拥抱着你，
我现在拥抱着你，
你是否觉得我抱得太紧？

瓦丽恩尕：

你现在拥抱着我，
你现在拥抱着我，
这种感觉好极了，
抱紧点，不要松手。

戛图利亚：

跳舞吧，我们双双把家还，
跳舞吧，我们双双把家还，
啊，我的爱，
不能让我寒夜独守空房！

戛图利亚吟诵到最后一句时，抢先一步走过去忘情地拥抱瓦丽恩尕。

“是谁教你吟诵这首诗的？”瓦丽恩尕推开他问道。

“是纳库卢巴哈提的一个老人教的，我曾向你提起过他。那个老人还给我讲过有一个叫恩吉恩古利的资本家曾将他的心卖给了一个恶魔，自己只剩下一个空躯壳的故事。”戛图利亚说。

“但他没有告诉你在整个山区笼罩着黑暗时，用歌曲可以唤起民众驱除邪恶吗？”

“你没有听说过吗，黑暗最适合不会跳舞的人？”

我要在黑暗中跳舞
我要在黑暗中跳舞
哎喂，我亲爱的瓦丽恩尕……！

阳光下舞者，已经名花有主。

“走吧，你这个淘气鬼！”瓦丽恩尕笑着对戛图利亚说，“天已经黑了，你没有看见吗，草地上已有雾水。”

“你过来！”戛图利亚将她拉了过来并对着她耳朵小声说，“草地是上帝温馨的床，黑暗是上帝柔软的毯子！”

第十二章

1

周日的早晨，戛图利亚去接瓦丽恩尕，突然出现在他面前的瓦丽恩尕一身靓丽娇艳的打扮，令戛图利亚眼睛一亮，简直认不出她来了。

只见瓦丽恩尕一身基库尤传统服装——褐色的长裙一角穿过左腋与右肩另一角相接，用两根小花别针联结，左肩露出柔美的肌肤。长裙从右肩膀一直垂落到脚后跟，左右两边开口处，两个小花别针将它装点成两朵花。腰间系着一根白色丝质腰带，腰带在腰左侧打一个结，一端飘落到脚后跟与脚上豹子皮鞋相映衬，脖子戴着白红蓝三色串珠编成的项链，五彩的项链同时也装点着美丽的酥胸，耳垂戴着用玉米秆雕成的两个大耳环，一头又长又黑的飘逸的秀发，显得娴雅大方，绝顶美丽。

“啊，基库尤的长裙这么漂亮！”这就是戛图利亚反应过来后的头一句话。

“比我还漂亮吗？如果这样我马上脱掉！”瓦丽恩尕开玩笑说。

“如玉的肌肤是用香水做的。”戛图利亚也开玩笑说，“但是香水不是肌肤……就像老婆是衣服……但衣服不是老婆一样。”

“有时候，打扮后的感觉也不是太好，挺别扭的……”瓦丽恩尕略带伤感地说。

“为什么？”戛图利亚很想知道。

“现在不是用香水项链打扮的时候，重要的是要在情感上和身体上做好准备。”

“是因为……？”

“因为正面临着另一场新的斗争。”

“那是以后的事，”戛图利亚回答说，“今天就是今天，要过好每一天……你今天就不要脱这身衣服了……新旧文化之间的斗争是一场异乎寻常的斗争。”

戛图利亚说着又唱了起来，瓦丽恩尕和着……

戛图利亚：

如果天堂近在咫尺，
我要对姑娘提起公诉，
美丽肌肤是上帝免费所赐，
为何要用奥蜜抹涂？

瓦丽恩尕：

小伙子快点一起走，
赶快向法庭提起公诉，
眼睛是上帝免费所赐，
为何只欣赏外国？

他们唱着互相开着玩笑回到丰田车里，车轻快地在回纳库卢的路上奔驰着，一切焦虑和忧愁已随风飘去。

戛图利亚开着车，一路上频频地用眼瞥瓦丽恩尕，不厌其烦地夸她的长裙和项链如何美丽。瓦丽恩尕听烦了，制止他说："握紧方向盘，开好你的车，亲爱的，你要像那辆三轮车那样再出车祸吗？"

"人世间，生命如浮云，"戛图利亚说，"如若今天我们出了车祸，我会兴奋无比，因为你穿着这一身优雅的服装站在天堂门口，掌管钥匙的天使会马上为你敞开大门，你进去，我这个有罪之人也有幸趁机和你一起进去，在主的脚下，我们永远在一起。"

"人世间是我家，我不是匆匆过客，也不是浮云，小心开你的车，我还没有像过去那样急于奔天堂！”

“你说得对，但你的世界就是我的天堂，我不断地注视着你，是因为你的美丽让我百看不厌！”

他们走走停停，在奈瓦萨和吉乌吉乌都停了车，在这里喝喝茶，在那里喝喝饮料，以消磨时间，等待下午两点尽快到来。

戛图利亚并没有生瓦丽恩尔的气，他看着瓦丽恩尔身上飘逸的长裙，脖子上漂亮的项链，耳朵上独特的耳垂，脚上轻盈的豹子皮鞋，肩上小巧玲珑的挎包，轻盈地漫步在大路上，心里充满喜悦和激情，不仅仅戛图利亚如此，就连路人也对她频频回首。

“你们看，多么俊美的女人！”有人远远评论说。

“你看，传统的东西是可以传承和发扬的，多么年轻貌美呀！见到她，哪有人不驻足回眸的？”

他们坐在车里，戛图利亚又重复刚才他们的话：

“他们说出了一个简单的道理，即没有一件传统的东西我们肯尼亚人民不能传承和发展的——我们的建筑艺术，我们的歌曲创作，我们的演唱方法，我们的剧作，我们的文学，我们的技术，乃至我们国家的经济。姆韦雷利·瓦·穆基拉伊在洞里陈述时说的话是对的，尽管他赞成偷盗抢劫和剥削，但有些话他确实说得不错：我们不一定要亦步亦趋地跟着外国人转，这样我们就不会在自己的土地上像瞎子那样被人牵着鼻子走。比如，尽管我们自己可以创作和演唱民族歌曲，但我们唱的却是外国人创作的外国歌曲！”

“你的史诗将开启肯尼亚音乐创作的一场革命。”瓦丽恩尔赞扬戛图利亚说，接着又伸出大拇指喊了一声，“戛图利亚，高！”

“你别给我戴高帽子，我可不是政治家。”戛图利亚接着回答说，“革命？你的话使我想起了俄罗斯的著名作曲家斯特拉文斯基在他写的一本叫《音乐之诗》的书中说，在音乐创作中没有什么革命，作曲家只不过是在前人作品的基础上增加点什么或者修改点什么。然而，正如你说的，我们肯尼亚年轻人应该成为照亮肯尼亚发展之路的火炬。你就是一个很好的例子，你学会了机械工程，这是非常重要的一步，是照亮年青一代的姑娘们挖掘潜能之路的火炬……”

这时，就在一刻，瓦丽恩尕突然觉得不是戛图利亚在说话，而是理工专科学校老师在上课时讲授汽油发动机工作原理的声音……

瓦丽恩尕从戛图利亚怒气冲冲的说话声中惊醒。

“……你今天又怎么啦？其实，我们妇女们的学识和潜能一直被奴化了，她们一直只能为老板们打字，在饮酒俱乐部里当侍者，或在国内无处不有的外国人夜总会的床上……有些人还厚颜无耻地说，如果我们的妇女经常当外国人的床上用品，外国人在回国后就会赞扬我们的妇女热情，床上功夫好。简直是恬不知耻，这到底是赞扬还是污蔑？”

“这种事何止是外国人，”瓦丽恩尕回答说，“就连你们这些肯尼亚的男人也是这样，在你们眼里女人只能在家做饭和满足你们男人们的欲望……有一天，我给一群小伙子说我的愿望是设计和制造一种小型的机动车，以减轻农村妇女的负担，这种小车可以利用地球上取之不尽的能源太阳能。这些小伙子们听完放声大笑。为什么不相信呢？难道你们忘记了我们肯尼亚的妇女们在反对英国侵略者的茅茅运动中还制造过枪支弹药吗？简直是井底之蛙！如果你们男人甚至那些你们所说的外国人不这样蔑视和压迫我们，我不会这样生气……”

“不要紧，不要紧。”戛图利亚说着想让她的心平静下来，“让我们相信这是事情变得越来越好的开端。”他的话充满着对国家在某一天会发生翻天覆地变化的期待。

戛图利亚这时突然想起了父亲的那张邀请客人参加盛宴的请柬，想起请柬中对应邀客人的着装要求，他心里一阵紧缩，他想着当他爸爸妈妈看到瓦丽恩尕的那一身打扮，会是多么的惊讶。

戛图利亚心里暗暗好笑，他想让瓦丽恩尕看看那张请柬，可马上又变卦了。

开场锣鼓总是热闹的，但过后就不知道了。他想要有信心，但自己有信心必须让瓦丽恩尕也有信心。

“但愿是这样！”瓦丽恩尕说完沉默了片刻，又突然改变语气说，“不，不能这样，无论如何我们不能就这样只是希望和被动地顺其自然……为什么不可以通过我们自己的努力来实现我们的愿望呢？”

“好，就按你说的做！”戛图利亚说。

“好，一言为定。”瓦丽恩尕说。

“背叛传统是一场革命。”戛图利亚回应说。

“新世界的新篇章！”瓦丽恩尕说。

“说得好！”戛图利亚提高声调说，同时加大油门，汽车快速前进。

2

实际上他们在去纳库卢的一路上非常愉快。

路上他们经过拉纳提时也很愉快。

红色丰田车抄小道奔恩戈利卡的一路上也很愉快。

真的，一路上直至走进吉塔西先生夫妇的恩戈利卡神圣果园家门，一直都很高兴……

这些你们都知道了，还用我多说吗？

3

毋庸置疑，戛图利亚和瓦丽恩尕开着红色的丰田车一路走来直至将车停在停满了车的院子里一直心情不错。下车后脚踏进家门，瓦丽恩尕一眼就认出在场的有两年前在伊乌莫罗格魔鬼盛宴见到的基哈阿胡 · 瓦 · 加思卡、基图图 · 瓦 · 嘎塔恩古卢、恩迪提卡·瓦·恩古恩吉、基梅恩德利·瓦·康尤安吉和新三轮车运输有限公司的罗宾·穆瓦乌拉，穆瓦乌拉是用崭新的三轮车带外国客人来赴宴的。

眼前的一切，简直让瓦丽恩尕不敢相信自己的眼睛，怀疑自己眼睛有错觉。当她看到戛图利亚的叔叔和婶婶也在场时，才确信眼前的一切不是幻觉，也不是在做梦。

4

你想说什么？难道这一切不可能吗？……给我勇气吧，让我把真相告诉你，你开口呀，你说话呀？

5

接下来所发生的一切简直就是一个传奇故事，不在场的人是不会相信的，直至现在说起来许多人依然不相信……你们开口呀，鼓励我一下，让我有勇气将这个令人难以置信的故事告诉你们，给我点鼓励……

6

话说戛图利亚和瓦丽恩尕刚刚踏进院里，就受到了身穿白色条纹灰色长裤、黑色外套，头戴尖帽、手戴白手套的用人们的热烈迎接。在用人的引领下，穿过院里夹道欢迎热烈鼓掌的人群，径直朝父亲和长老们入座的客厅走去，让未婚妻在没有别人碰她手前先见父亲，向父亲请安，当然，作为一家之长的父亲必须先见独生儿子和他的未婚妻，这是时下的习俗。

应邀参加盛宴的客人，男士们身着白色衬衣、黑色外套，配黑色领带，女士们身着各式华丽的裙子，头戴帽，手戴白如雪的手套。欢迎队伍中还有一些穿戴随意的外国游客，他们是来看热闹的。

瓦丽恩尕一直留意站在后边的叔叔和婶婶，看到他们心里好像踏实一些，但是，每当瓦丽恩尕看他们时，他们总是有意无意地把脸转向大家。瓦丽恩尕心想是不是她这身穿戴让他们丢脸了……

从院门口到客厅的过道上铺着红地毯，客厅的地板上铺着从伊朗进口的绿色地毯，天花板上挂着带有果型灯泡的圆形大吊灯。

戛图利亚的父亲高坐在宝石装饰的大靠背椅上，左右两边是亲朋故友，他们坐的靠背椅和主人的一样，只不过略矮一点。

独生儿子荣归故里和将举行盛宴庆祝的消息早已不胫而走，远近无人不知。是的，失而复得的孩子归来以求父亲和村里亲朋故友的赐福的消息早已家喻户晓……

瓦丽恩尕感觉自己好像是一名电影演员。

当她脚踩红地毯时就有这种感觉。

当她跨过门槛走进客厅踩在绿色地毯上时是这种感觉。

当她站在客厅里环视四周时也是这种感觉……

突然，她的目光与戛图利亚的父亲目光相遇。

像戛图利亚的父亲吗？啊，一点也不像！

当瓦丽恩尕的目光与端坐在靠背椅上、伸出双手想和她握手的恩戈利卡的老富翁目光相遇时，她突然告诉自己：“嗯，他像戛图利亚的爸爸，也像瓦姆布依的爸爸？”

7

“爸爸，这是……”戛图利亚想将瓦丽恩尕介绍给爸爸。

他爸爸挥手制止他。这位爸爸长得膀大腰圆，肥头大耳，寥寥的几根灰发在光秃的头顶上格外显眼。

他毫无表情。他想单独和孩子的未婚妻先认识一下，当他将戛图利亚和其他人请出去时表情也很平淡。

“戛图利亚，你也先出去一下，先去看看你妈妈。把这些客人带去见见其他客人。出去时，请将门给我关上，见到你妈时，告诉她千万不要烦恼！”

客人们陆续离开客厅，离开时无一例外地都要瞥瓦丽恩尕一眼，许多人心里都在想：如今的女孩真美！人老了真是罪过！客人们都认为盛宴活动正在按预期进行着，谁也没有想到会突然发生预想不到的事情——没有人会想到，只有瓦丽恩尕和戛图利亚爸爸……

戛图利亚的爸爸？瓦姆布依的爸爸！

8

恩戈利卡的老富翁的手开始发抖。他将颤抖的手放在桌子上的那本《圣经》上。他也不知道什么时候开始他的嘴唇也开始颤抖。喉咙一阵阵发干，说话也变得困难起来。

瓦丽恩尕站在老富翁面前，用咄咄逼人的目光紧盯着他！

瓦丽恩尕轻轻地摸了一下手提包，确信那东西还在时，她将手提包从右边挪到左边的肩上背着。

“你不坐下来？”老富翁问瓦丽恩尕，说着站起来推给了她一张椅子让她坐下。

瓦丽恩尕依然站着，一言不发。

老富翁回到他的靠背椅坐下，惶惶不安地看着瓦丽恩尕，他嘴唇依然在不断颤抖，一时不知从何说起。

“你……你知道戛图利亚是我的儿子，是我的独生子吗？”

瓦丽恩尕不断地摇头。

“让我们一起跪下请求上帝宽恕吧！”

瓦丽恩尕蔑视地耸了耸肩膀，一动不动地站着。

“请原谅我，求求你和我一起祈求我们的救世主上帝给我们指出一条光明大道吧！”

瓦丽恩尕昂首站着，无动于衷。老富翁突然嚓一声跪倒在瓦丽恩尕脚下。

瓦丽恩尕依然站着，用蔑视的目光看着脚下这个厚颜无耻用所谓忏悔继续欺骗她的家伙。

老富翁双眼紧闭，不知所措，他想向上帝祷告，但不知道该说什么好。

瓦丽恩尕的嘴唇微微张开了一下，想笑，但没有笑出来。

恩戈利卡的老富翁睁开眼睛，抬头望着瓦丽恩尕，但他目光所及的仅仅是瓦丽恩尕冷酷和蔑视的表情。

老富翁的嘴唇颤抖得越来越厉害，他不再想祷告了。他从地上爬了起来，背着双手，踩着地毯来回踱着，但没有多久，他又放下背着的双手，用一只手扶着桌子，接着又用手扶着靠背椅。瓦丽恩尕一直在冷眼怒视他这可悲又可笑的一举一动。

现在他不再来回走动了，他来到瓦丽恩尕跟前。

“这是一种磨难……”那声音好像是一个迷途的人在说话，“……现在你应该明白你和戛图利亚的计划要泡汤了吧？”

瓦丽恩尕毫无表情地看着他那豆大的汗珠不断从光滑的秃顶上冒出来，心头悄悄掠过一丝同情，想说什么，但马上又改变了主意。面对眼前的一切，她心灰意冷，悲痛难忍。

老富翁灵敏的嗅觉从她缓和的声调中闻出事情有了转机，机会就要来了，他已见到瓦丽恩尕铁石心肠之墙开始出现裂缝，现在重要的是要抓紧用甜言蜜语这把撬棍将墙缝撬大。

“瓦丽恩尕，瓦丽恩尕！当今社会，没有一件事是我办不到的……说实在的，只要你帮我解除我心中之痛，你要我做什么都行。求求你了，贾西恩塔！瓦丽恩尕！我以你亲生母亲的名义，求你帮帮我，我的幸福、名誉、地位、信仰、财富，乃至我的生命……一切都会属于你的。只要你帮我从精神枷锁中解脱出来。”

瓦丽恩尕心里直想笑，刚才心里的那一点点的同情心已经消失得无影无踪。她只用一句话回应了他。

“什么？”

一阵难堪的沉默过后，恩戈利卡老富翁突然抬起头来看着瓦丽恩尕，心想，瓦丽恩尕同情心的墙缝已经打开，时候到了，因此迫不及待地对她说：“放弃戛图利亚吧，他是我唯一的儿子，尽管他不想走我的路，只想干他那毫无益处的事，背叛了我，但我对他依然宠爱有加；论辈分，戛图利亚应该是你的儿子，因此只要我活着，我不可能让你和他结婚，因为这就等于是儿子娶了母亲，就等于我活着时儿子娶了我的妻子，我在上帝和众人面前丢不起这个脸！如果这样，我的家就要分崩离析，我的生活就会支离破碎。啊！贾西恩塔，救救我吧！”

“什么？”

瓦丽恩尕的话再次将他的心刺得生疼。他又无可奈何地站了起来，在地毯上来回一阵徘徊，过了一会儿，他收住了脚步，鼓足最大的勇气再次对瓦丽恩尕说：“我要你放弃戛图利亚！”

“什么？”

“你们先回内罗毕去，一到那里你就告诉他，你们的爱情已经结束了。他还是一个孩子，稚气未消，不懂事。”

“我？”

老富翁以为像过去那样，甜言蜜语已敲开了她的心，顿觉热血沸腾，身上一阵阵燥热，出现了久违了的那种男性冲动，他走过去迫不及待地将手搭在瓦丽恩尕的肩膀上，可在瓦丽恩尕犀利的目光注视下，他不由自主地将手收了回去，装成是在用手拍自己的裤脚，嘴依然在不断喃喃说着："你要记住，你是我的，原来就是我的。是我让你从一个姑娘变成了一个完美的女人，让你当了妈妈……成了我孩子的母亲，尽管我和我们的孩子还未见过面。"

"那，你的老婆，戛图利亚的母亲呢？"

老富翁知道他的话驯服不了瓦丽恩尕，但受强烈性欲的支配，他依然不死心，甜言蜜语流水般继续涌向瓦丽恩尕，同时有意慢慢靠近瓦丽恩尕。他滔滔不绝，说话的口气和内容和老板基哈拉同出一辙，好像两人同上过一所勾引女人的专科学校或同读过百封父女传情的情书。

"贾西恩塔，你不要在意，她已经老了，旧香水已经失去了它的香味。我的小美人，我的甜心，听我的话，答应我，你是我的女人，不要让我今天在众人面前丢脸。我可以在内罗毕、莫巴萨或者其他你喜欢的地方给你买房子，房子装修的材料和用品，就像你在我家见到的那样，你要什么，我就给你买什么。我要让你脱掉这身长裙，穿上从欧洲进口的昂贵的时髦服装，我还要给你买一个小菜篮子——丰田卡罗拉或你喜欢的其他小汽车。贾西恩塔，和我一起回家吧，你不用再为生活而奔波，孩子不用再分离，家里再也不会有忧愁……"

"哪个孩子？"

"嘻，嘻，嘻，当然是戛图利亚。"

"瓦姆布依呢？她不是你的孩子？"

"我没有你想的那样笨。基库尤人有一句俗话说，你不喜欢哪头奶牛，就连它的奶你也厌烦。现在我也告诉你一句话，如果你喜欢哪头牛，就连牛犊你也喜欢。"

"如果我拒绝你的要求，不想成为你的摆设，不想成为你这把年纪老头的花瓶，那又怎么样呢？"瓦丽恩尕没有好气地反问道。

老富翁无语，他眉头紧皱，满脸愁云，瓦丽恩尕的话深深地刺痛了他的心。他向来不习惯别人当面反对和挑战他的话和想法，他愤愤然大声对瓦丽恩尕说：

“好，你听着，我给你讲一个故事，在很早很早以前，撒旦是受上帝宠爱的天使，那个时候他的名字叫露西法。有一天一个邪恶的精灵窃取他的灵魂，他开始眷恋上帝右边的那个宝座，你要知道，右边这个宝座是上帝专门给唯一的圣子设的。上帝后来是怎么处理露西法的呢？你知道，秉承上帝的旨意，就是我们这些在人世间的信徒也有许多方法来处理他。我不想多费口舌来给你解释这件事，因为你不再是一个无知的小孩。我没有去参加伊乌莫罗格的盛宴，但是我知道，在参加盛宴的人当中，有一个特殊的人物叫姆韦雷利·瓦·穆基拉伊；我听说通过他的手就发出了许多盛宴的请柬，但他吃饱喝足了就开始亵渎上帝，拒绝遵守上帝的人间玉律，讽刺和嘲笑同行们，尽管他曾经受到人们的爱戴和尊重，但今天这位姆韦雷利·瓦·穆基拉伊又在何处呢？”

“他被编号 MMM333 的福特牌 T 三轮车的车主穆瓦乌拉在利穆卢附近的基内尼耶杀害了……”瓦丽恩尕说。

恩戈利卡的老富翁感到很惊讶。

“原来你知道，好，既然你都知道了，那么对你就没有什么可隐瞒的了。穆瓦乌拉其实是一个叫魔鬼天使的流氓团伙头头，也许你已经听说过。这个团伙的宗旨是消灭一切阻止他们秉承上帝旨意行事的叛逆者，以便他们能在这个世道上为所欲为。哪怕现在，只要我一张嘴，你就过不了吉乌吉乌……啊，贾西恩塔，我们说了些什么呢？跑题了。我知道，你不笨，你不会拒绝财富，就是你想要裂谷的那个庄园我也可以给你，然后你就可以和我一样，坐在内罗毕或莫巴萨的家里用电话遥控他们种地。现在只要你说要什么，我马上就给你。”

“人们都在外面，我们怎么对他们讲呢？”瓦丽恩尕问。

“这些由我来处理！”

“基塔希先生，我觉得你从来就没有考虑过别人的死活和人格，我能问你一个问题吗？”

“那当然，我不会去检举提问题的人的。”老富翁调侃地说。

“你是不是要我断绝和戛图利亚的来往？”

“是的！”

“那好，现在你要和我结婚是吗？要正式举行一个婚礼，让我当你的二房是吗？”

“贾西恩塔，求求你啦，你不要再装什么都不懂了。你要知道，我是教堂里的元老，是解读上帝旨意和福音的总导师！我只是想秘密和你来往，就像过去那样，你不记得啦？为了我的名誉，为了我儿子的名声，为了我们这个家的名誉，求你了！你不会后悔的，你将会知道我是怎样一个知恩图报的男人！”

就在这时奇迹发生了。恩戈利卡的老富翁色眯眯地盯着瓦丽恩尕，她太迷人了！她闭花羞月之貌已经彻底征服了他，使他不能自我；突然间，他不由自主地扑了过去，跪倒在瓦丽恩尕的脚下，双手紧抱她的脚，甜言蜜语像泛滥的河水那样从他的嘴里流淌出来。

“我从来没有遇见过像你这样绝顶美丽的姑娘……救救我吧，亲爱的……救救我……”

瓦丽恩尕心灵麻木地站着，一言不发。过了一会，她用法官在法庭里宣布判决结果的口气说：“基塔希，你绑架了别人的生命，你不会忘记我们过去曾经玩过的猎人与猎物的游戏吧？你绝不会想到会有一天猎人变成猎物吧？恶有恶报，作恶必自毙。现在我要救的不是你，是其他因为你的甜言蜜语而堕落的许许多多无辜的生命……”

老富翁急切地打断她的话说：“我知道你会同意的，我的最爱！我的小甜果，我的小蜜橘……装点我晚年生活的鲜花！”

老富翁语无伦次地唠叨着，以致他没有看到瓦丽恩尕的手已经从手提包里掏出那把手枪。

“你看着我！”她像法庭里的法官，用命令的口气说。

戛图利亚的爸爸看到黑洞洞的枪口正对着他，吓得魂飞魄散，全身发抖。

9

院子里的人听见枪声，纷纷跑进客厅，只见老富翁跪在瓦丽恩尕脚下，双手依然紧紧地抱着她的脚，三颗子弹已穿透了他的身体。

“怎么啦？怎么啦？瓦丽恩尕？”戛图利亚急着问瓦丽恩尕。

“他……他不是人，他是跳蚤、臭虫、虱子、象鼻虫……他是附在他人生命之树的寄生虫！”

10

瓦丽恩尕眼神呆滞，表情麻木，大步走出会客厅，周围的人都闪开给她让道，快到门口时，冤家路窄，突然遇见了基哈阿胡·瓦·加思卡、基图图·瓦·嘎塔恩古卢，想起了曾经将她从精神奴役的锁链中解救出来的穆图里、瓦恩嘎丽和学生领袖，一时怒从心起，掏出手枪。

“你！还有你！”她瞄准基哈阿胡和基图图，朝他们的腿，连放数枪。人群一时大乱，四处逃窜，有人喊着：“抓住她！抓住她，抓住这个狐狸精！”

有两个人跑上来想抓她，她摆开柔道的架势朝来人飞起一脚踢了过去，接着又用功夫的招式朝另一个人击一猛掌，将他们一一打翻在地。周围的人一个个惊魂未定，惊恐地目送着瓦丽恩尕泰然自若信步走出大门。

此时，只见有一个人正双手吃力地托着硕大的肚子喘着粗气拼命往外逃，他就是恩迪提卡·瓦·恩古恩吉。他边跑边喊：“穆瓦乌拉，你在哪里？你在哪里？”其实穆瓦乌拉早就开着他的新三轮车像离弦之箭逃之夭夭了。

戛图利亚六神无主，不知所措，是处理父亲的尸体呢，还是去安慰母亲，抑或是跟瓦丽恩尕走？……他浑浑噩噩地站在院里，就像一尊没有嘴，没有手也没有脚的雕像，听着心中响起的乐曲，不知何去何从。

瓦丽恩尕一把辛酸泪，激愤地一直往前走，没回头……

她心里明白，命运多舛，前路更加艰辛……